btb

Buch
Immer wieder am Wochenende weisen in Oslo deutliche Spuren auf Gewaltverbrechen hin. Doch es fehlen die Opfer. Wochen vergehen, bis die erste Leiche entdeckt wird: eine junge Frau, offenbar Asiatin, brutal vergewaltigt und ermordet. Kommissarin Hanne Wilhelmsen findet heraus, daß es sich bei allen Opfern der »Samstagsmassaker« – so werden die Bluttaten im Polizeihauptquartier von Oslo mittlerweile genannt – um Ausländerinnen handelt; Frauen, die allein in Norwegen lebten, Flüchtlinge, über deren Aufenthalt nur die Fremdenpolizei informiert war. Als eines Tages eine junge Norwegerin vergewaltigt wird, scheint es, als könnten Hanne und ihr Kollege Håkon Sand mit ihren Ermittlungen von vorn anfangen...

Autorin
Anne Holt, 1958 geboren, lebt in Oslo. Sie war einige Jahre im Polizeidienst tätig und arbeitete dann als Rechtsanwältin, bis sie im Herbst 1996 zur norwegischen Justizministerin ernannt wurde. Wenige Monate später legte sie ihr Mandat krankheitsbedingt nieder. »Selig sind die Dürstenden« ist ihr zweiter Roman um die bildhübsche Kommissarin Hanne Wilhelmsen, die gemeinsam mit der Anwältin Karen Borg und Håkon Sand, dem Jurist im Polizeidienst, daran geht, knifflige Fälle zu lösen.

Von Anne Holt bei btb bereits erschienen:
Blinde Göttin (72115)

Anne Holt

Selig sind die Dürstenden

Roman

*Aus dem Norwegischen
von Gabriele Haefs*

btb

Die Originalausgabe erschien 1994
unter dem Titel »Salige er de som torster«
bei J. W. Cappelens Forlag A.S, Oslo

Umwelthinweis:
Alle bedruckten Materialien dieses Taschenbuches
sind chlorfrei und umweltschonend.

btb Taschenbücher erscheinen im Goldmann Verlag,
einem Unternehmen der Verlagsgruppe Bertelsmann.

1. Auflage
Genehmigte Taschenbuchausgabe März 1998
Copyright © der Originalausgabe 1994
by J. W. Cappelens Forlag A.S, Oslo
Copyright © der deutschsprachigen Ausgabe 1994
by Rasch und Röhring Verlag, München
Umschlaggestaltung: Design Team München
Umschlagfoto: Mauritius/Superstock
Satz: IBV Satz- und Datentechnik GmbH, Berlin
RK · Herstellung: Augustin Wiesbeck
Made in Germany
ISBN 3-442-72256-X

SONNTAG, 9. MAI

Es war noch so früh, daß nicht einmal der Teufel schon in seine Stiefel gestiegen sein konnte. Im Westen hatte der Himmel die intensive Farbe angenommen, mit der nur ein skandinavischer Frühlingshimmel gesegnet sein kann; königsblau vorm Horizont und heller zum Zenit hin, um dann im Osten, wo die Sonne langsam aufstand, in rosa Flausch überzugehen. Die Luft, vom heraufdämmernden Tag noch befreiend unberührt, war von der seltsamen Durchsichtigkeit, die einfach zu schönen Frühlingsmorgen bei fast sechzig Grad nördlicher Breite gehört. Das Thermometer war zwar noch nicht über zehn geklettert, aber alles schien auf einen weiteren warmen Maitag in Oslo hinzudeuten.

Hanne Wilhelmsen dachte nicht ans Wetter. Sie stand ganz starr da und fragte sich, was sie machen sollte. Überall war Blut. Auf dem Boden. An den Wänden. Selbst die grobe Decke zeigte dunkle Flecken wie abstrakte Bilder aus irgendeinem Psychotest. Hanne legte den Kopf schräg und starrte einen Fleck unmittelbar über ihr an. Er sah aus wie ein purpurroter Stier mit drei Hörnern und deformiertem Hinterleib. Sie stand so reglos da, nicht nur, weil sie verwirrt war, sondern auch, weil sie Angst hatte, auf dem glitschigen Boden auszurutschen.

»Nicht anfassen«, warnte sie, als ein jüngerer Kollege, dessen Haarfarbe mit der bizarren Umgebung zu verschwimmen schien, die Hand nach einer Wand ausstreckte. Ein schmaler Spalt in der baufälligen Decke gestattete einem staubigen Lichtstrahl, auf die Rückwand zu fallen, wo das Blut so großzügig verteilt war, daß es weniger an Zeichnungen als an miserabel ausgeführte Anstreicherarbeiten erinnerte.

»Hau ab hier«, befahl sie und unterdrückte angesichts der Fußspuren, die der unerfahrene Polizist fast überall auf dem Boden verteilt hatte, einen resignierten Seufzer. »Und versuch, in deinen eigenen Fußspuren wieder hinauszugehen.«

Nach zwei Minuten folgte sie seinem Beispiel, rückwärts und zögernd. In der Türöffnung blieb sie stehen, nachdem sie den Jungen nach einer Taschenlampe geschickt hatte.

»Ich wollte bloß pissen«, winselte der Mann, der die Polizei gerufen hatte. Brav war er vor dem Schuppen stehengeblieben. Jetzt trat er dermaßen hektisch von einem Fuß auf den anderen, daß Hanne Wilhelmsen der Verdacht kam, er habe sein eigentliches Vorhaben noch nicht in die Tat umsetzen können.

»Da ist das Klo.« Er zeigte ziemlich unnötigerweise auf die entsprechende Tür. Der herbe Geruch eines der noch viel zu zahlreichen Osloer Außenklos stach sogar den ekelhaften süßlichen Blutgeruch aus. Die Tür mit dem Herzen war gleich nebenan.

»Gehen Sie nur aufs Klo«, sagte sie freundlich, aber er hörte nicht.

»Ich wollte pissen, wissen Sie, aber dann habe ich gesehen, daß die Tür offenstand.«

Er zeigte widerstrebend auf den Holzschuppen und trat einen Schritt zurück, als läge dort drinnen ein schreckliches Ungeheuer auf der Lauer, das jederzeit herausschießen und seinen Arm verschlingen könnte.

»Der ist sonst immer zu. Nicht abgeschlossen, meine ich, aber zu. Die Tür klemmt so sehr, daß sie nicht von selbst ins Schloß fällt. Und wir wollen nicht, daß sich streunende

Katzen und Hunde hier einnisten. Deshalb nehmen wir das sehr genau.«

Ein seltsames kleines Lächeln breitete sich auf dem groben Gesicht aus. Auch in dieser Gegend nahm man die Dinge genau, das mußte sie sich klarmachen, sie hatten Regeln und hielten sich an die Ordnung, obwohl sie gerade dabei waren, den Kampf gegen den Verfall zu verlieren.

»Ich wohne schon mein Leben lang hier«, sagte er und schien auch darauf ein bißchen stolz zu sein. »Ich sehe sofort, wenn nicht alles so ist, wie es sich gehört.«

Er warf einen raschen Seitenblick auf die adrette junge Dame, die den Polizisten, die er bisher gesehen hatte, so gar nicht ähnelte, und rechnete mit einem Wort des Lobes.

»Sehr gut«, lobte sie. »Und gut, daß Sie uns verständigt haben.«

Als er jetzt herzlich und mit offenem Mund lächelte, fiel ihr auf, daß er kaum noch Zähne hatte. Das war seltsam, so alt konnte er eigentlich noch nicht sein; er war vielleicht um die Fünfzig.

»Ich war ja völlig außer mir, das kann ich Ihnen sagen. Das ganze Blut...«

Er schüttelte heftig den Kopf; sie mußte doch begreifen, wie entsetzlich es gewesen war, auf einen dermaßen teuflischen Anblick zu stoßen.

Das begriff sie sehr gut. Ihr rothaariger Kollege war inzwischen mit der Taschenlampe zurückgekehrt. Hanne Wilhelmsen nahm die Lampe in beide Hände und ließ den Lichtstrahl systematisch über die Wände wandern. Danach nahm sie sich die Decke vor, so gründlich, wie das von der Tür aus möglich war, und schließlich ließ sie den Strahl im Zickzack über den Boden gleiten.

Der Raum war vollständig leer. Nicht einmal ein Holzscheit lag hier herum, nur ein paar Abfälle berichteten davon, daß dieser Schuppen einst seinem ursprünglichen Zweck gedient hatte. Das schien lange her zu sein. Nachdem sie jeden Quadratmeter mit dem Lichtstrahl abgetastet hatte, trat sie noch einmal ins Innere, wobei sie sorgfältig darauf achtete, nur ihre eigenen Fußstapfen zu benutzen. Eine Handbewegung verhinderte, daß der Kollege ihr folgte. In der Mitte des an die fünfzehn Quadratmeter großen Raumes ging sie in die Hocke. Der Lichtstrahl fiel in ungefähr einem Meter Höhe auf die Wand gegenüber. Von der Tür aus war ihr etwas aufgefallen, möglicherweise Buchstaben, Zeichen im Blut, das verlaufen war, was die Deutung erschwerte.

Es waren keine Buchstaben. Es waren Zahlen. Acht Ziffern. Soweit sie sehen konnte, stand dort 910 43 576. Die 9 war undeutlich und hätte auch eine 4 sein können. Die letzte Ziffer sah aus wie eine 6, sicher war sie sich jedoch nicht. Vielleicht war es auch eine 8. Sie erhob sich und ging noch einmal rückwärts hinaus ins Tageslicht, das sich nun endgültig durchgesetzt hatte. Aus einem offenen Fenster im zweiten Stock hörte sie ein Baby weinen, und ihr schauderte bei dem Gedanken, daß Kinder in solchen Vierteln wohnen mußten. Ein Pakistani in Straßenbahneruniform kam aus der Mietskaserne und musterte Hanne und die anderen neugierig; dann fiel ihm offenbar ein, daß er es eilig hatte, und er trabte durch den Torweg davon. In den Fenstern ganz oben zeigten Reflexe, daß die Sonne inzwischen ein gutes Stück gestiegen war. Die Vögel, die kleinen, grauen, die das harte Leben im innersten Kern der Innenstadt eisern durchhielten, zwitscherten probeweise aus einer halbtoten Birke, die vergeblich versuchte, sich zu den Streifen von Morgenlicht hochzustrecken.

»O verdammt, das muß ja ein Verbrechen sein!« sagte der junge Polizist und spuckte aus – ein vergeblicher Versuch, sich vom Kloakengeschmack zu befreien. »Hier war ja wohl der Bär los!«

Dieser Gedanke schien ihn glücklich zu stimmen.

»O ja«, sagte Hanne Wilhelmsen leise. »Natürlich kann hier etwas Schlimmes passiert sein. Aber bis auf weiteres...«

Sie unterbrach sich und drehte sich zu ihrem Kollegen um. »Bis auf weiteres ist das hier kein Verbrechen. Dazu brauchten wir ein Opfer. Und von dem gibt's bisher keine Spur. Das hier ist höchstens Vandalismus. Aber...« Wieder blickte sie in den Schuppen. »Natürlich können wir noch etwas finden. Ruf mal die Spurensicherung. Besser, wir gehen auf Nummer Sicher.«

Sie fröstelte leicht. Eher beim Gedanken daran, was sich hinter dem Anblick von eben verstecken konnte, als wegen der frischen Morgenluft. Sie zog die Jacke dichter um sich. Dann bedankte sie sich noch einmal bei dem Zahnlosen für seinen Anruf und ging allein die dreihundert Meter zum Polizeigebäude zurück. Als sie die Straßenseite wechselte und in die Reichweite des Morgenlichtes geriet, wurde es wärmer. Morgengrüße auf Urdu, Pandschabi und Arabisch schallten auf internationale Frauenweise um die Ecke. Ein Kioskbesitzer startete ohne Rücksicht auf Kirchzeit oder Öffnungsbestimmungen einen neuen langen Arbeitstag und hatte seinen Krimskrams schon auf dem Bürgersteig aufgestapelt. Er bleckte freundlich seine weißen Zähne, hielt Hanne eine Apfelsine hin und hob fragend die Augenbrauen. Einige halbwüchsige Bengels schepperten mit ihren Zeitungskarren den Straßenrand entlang. Zwei verschleierte Frauen eilten niedergeschlagenen Blicks irgendeinem Ziel entgegen. Ansonsten waren wenig Menschen unterwegs. Bei diesem Wetter erhielt sogar Tøyen eine gewisse versöhnliche, fast schon charmante Prägung.

Es schien wirklich noch ein schöner Tag zu werden.

MONTAG, 10. MAI

»Was in aller Welt hattest du denn am Wochenende beim Job zu suchen? Findest du nicht, daß wir auch so schon genug malochen müssen?«

Polizeiadjutant Håkon Sand stand in der Tür. Er trug neue Jeans und ausnahmsweise einmal Jackett und Schlips. Das Jackett war ein wenig zu groß, der Schlips eine Spur zu breit, aber er sah trotzdem ganz brauchbar aus. Abgesehen von der Länge der Jeans. Hanne Wilhelmsen konnte sich nicht zurückhalten; sie hockte sich vor ihn und klappte schnell die überflüssigen zehn Zentimeter nach innen, wodurch sie unsichtbar wurden.

»Du darfst sie nicht nach außen umschlagen«, sagte sie freundschaftlich und erhob sich. Sie strich ihm in einer leichten, fast liebevollen Geste über den Ärmel. »So. Jetzt siehst du ganz toll aus. Mußt du ins Gericht?«

»Nein«, sagte der Adjutant, der trotz der vertraulichen Geste verlegen geworden war, als seine Kollegin ihn auf seine mangelhafte Eleganz hingewiesen hatte. Das wäre nun wirklich nicht nötig gewesen, dachte er, sagte aber etwas anderes.

»Ich bin gleich nach der Arbeit zum Essen verabredet. Aber du, weshalb warst du gestern hier?«

Ein hellgrüner Umschlag schwebte durch die Luft und landete elegant auf Hanne Wilhelmsens Schreibunterlage.

»Den habe ich gerade reingekriegt«, sagte er. »Komische Kiste. Kein Wort von zerlegten Menschen oder Tieren in unserem Bezirk.«

»Ich hab' eine Extraschicht bei der Bereitschaft eingelegt«, erklärte sie und ließ den Umschlag unberührt liegen. »Die haben da im Moment zu viele Krankheitsfälle.«

Der Polizeiadjutant, ein dunkler, ziemlich gutaussehender Mann mit graueren Schläfen, als seine fünfunddreißig Jahre hätten erwarten lassen, ließ sich in den Besuchersessel fallen. Er nahm die Brille ab und putzte sie mit seinem Schlipszipfel. Die Brille wurde kaum sauberer, der Schlips jedoch war danach um einiges mehr zerknittert.

»Der Fall liegt jetzt bei uns. Wenn es einer ist. Kein Opfer, niemand hat was gehört, niemand hat was gesehen. Komisch. Es sind ein paar Bilder dabei.«

Er zeigte auf den Umschlag.

»Die brauche ich nicht, danke«, sagte sie abwehrend. »Ich war ja da. Und es hat wirklich nicht besonders schön ausgesehen. Aber weißt du«, fügte sie hinzu und beugte sich vor. »Wenn das alles Menschenblut war, dann müssen dort zwei oder drei Leute umgebracht worden sein. Ich glaube eher, daß uns da ein paar Rotzbengels einen Streich spielen wollen.«

Diese Theorie wirkte durchaus nicht unwahrscheinlich. Es war das schlimmste Jahr, das die Osloer Polizei je hatte durchmachen müssen. Innerhalb von sechs Wochen war die Stadt von drei Morden heimgesucht worden, von denen mindestens einer wohl niemals würde aufgeklärt werden können. Im selben Zeitraum waren nicht weniger als sechzehn Vergewaltigungen angezeigt worden, sieben davon hatten die Medien ausgiebigst dargestellt. Daß eines der Opfer eine Abgeordnete der Christlichen Volkspartei war – sie war auf dem Heimweg von einer nächtlichen Ausschußsitzung im Schloßpark brutal überfallen worden –, konnte den Zorn der Allgemeinheit über den ausbleibenden Fahndungserfolg der Polizei nun wirklich nicht verringern. Mit großzügiger Unterstützung durch die Boulevardpresse protestierten nun die Bürger der Stadt wutschnaubend gegen die scheinbare Handlungsunfähigkeit im Polizeigebäude. Das große, leicht geschwungene Haus stand unverändert da, starr und grau, scheinbar unberührt von der gnadenlosen Kritik. Seine Bewohner kamen morgens mit hochgezogenen Schultern und gesenkten Blicks zur Arbeit. Sie gingen allabendlich viel zu spät mit hängendem Kopf nach Hause und konnten als Resultat ihres Tageseinsatzes nichts anderes vorweisen als weitere Sackgassen, in die vermeintliche Spuren sie geführt hatten. Die Wettergötter machten sich einen Spaß mit hochsommerlichen Temperaturen. Vor allen Fenstern auf der Südseite des riesigen Gebäudes waren die Rollos heruntergelassen, aber das half auch nicht und ließ das Haus nur blind und taub aussehen. Nichts half, und nichts konnte offenbar den Weg aus einer fachlichen Sackgasse weisen, die sich mit jedem neuen Fall, der in die riesigen Computersysteme eingegeben wurde, weiter zu verschließen schien. Die Computer sollten ein Hilfsmittel sein, wirkten aber eher unfreundlich, fast höhnisch, wenn sie morgens ihre Listen der ungelösten Fälle ausspuckten.

»Was für ein Frühling«, sagte Hanne Wilhelmsen und seufzte theatralisch. Resigniert zog sie die Augenbrauen hoch und sah ihren Untergebenen an. Ihre Augen waren nicht besonders groß, aber von auffälligem Blau mit einem klaren schwarzen Rand um die Iris, was sie dunkler wirken ließ, als sie waren. Ihre Haare waren ziemlich kurz und dunkelbraun. In unregelmäßigen Abständen zupfte sie zerstreut daran herum, als wünsche sie sich lange Haare und glaube, das Wachstum durch die Zupferei beschleunigen zu können. Ihr Mund war ausgeprägt; der Schwung der Oberlippe traf in der Mitte mit einem unteren Zwilling zusammen – wie eine zögernde Hasenscharte, die sich die Sache noch einmal überlegt hatte und ein sinnlicher Bogen geworden war, kein Gebrechen. Über dem linken Auge zog sich parallel zur Braue eine Narbe hin. Sie war hellrot und noch nicht sehr alt.

»So was habe ich noch nie erlebt. Ich bin allerdings auch erst seit elf Jahren hier. Kaldbakken hat schon dreißig auf dem Buckel. Aber er hat so was auch noch nicht erlebt.«

Sie zog an ihrem T-Shirt und schüttelte es.

»Und diese Hitze macht die Sache auch nicht besser. Nachts

ist die ganze Stadt auf den Beinen. Eine Regenperiode wäre jetzt toll. Dann bleiben die Leute wenigstens zu Hause.«

Sie blieben ein wenig zu lange sitzen. Sie redeten über alles und nichts. Sie waren gute Kollegen, denen nie der Gesprächsstoff ausging, die aber nur wenig übereinander wußten. Lediglich, daß sie beide ihre Arbeit mochten, daß sie sie ernst nahmen und daß die eine tüchtiger war als der andere. Das spielte keine große Rolle für ihre Beziehung. Sie war ausgebildete Polizistin; ihr Ruf war immer gut gewesen, reichte jedoch seit einer dramatischen Geschichte im vergangenen Herbst ins Legendäre. Er stapfte seit über sechs Jahren als mittelmäßiger Jurist im Haus herum, niemals strahlend, niemals blendend. Aber im Laufe der Zeit hatte er sich den Ruf erarbeiten können, pflichtbewußt und fleißig zu sein. Und er hatte in der erwähnten dramatischen Geschichte eine entscheidende Rolle gespielt, weshalb er jetzt mehr als früher als solide und zuverlässig galt: ziemlich uninteressant also.

Vielleicht ergänzten sie einander. Vielleicht steckte die Tatsache, daß sie nie miteinander konkurrierten, hinter ihrer guten Zusammenarbeit. Aber es war eine seltsame, von den sechs Mauern des Polizeigebäudes begrenzte Freundschaft. Håkon Sand bedauerte das sehr und hatte mehrmals versucht, es zu ändern. Es war nun schon eine Weile her, daß er so ganz nebenbei ein Essen vorgeschlagen hatte. Er war so schroff abgewiesen worden, daß er auch lange keinen Versuch mehr unternehmen würde.

»Na gut, vergessen wir erst mal den blutigen Schuppen. Ich hab' auch sonst genug zu tun.«

Hanne Wilhelmsen klopfte auf einen hohen Stapel von Ordnern, die in einem Fach beim Fenster lagen.

»Haben wir doch alle«, erwiderte der Adjutant und ging die zwanzig Meter über den Flur zu seinem eigenen Büro.

»Warum warst du noch nie mit mir hier?«

Die Frau auf der anderen Seite des kleinen Zweipersonentisches lächelte vorwurfsvoll und faßte nach seiner Hand.

»Ich wußte doch nicht, ob du dieses Essen magst«, antwortete er, sichtlich froh darüber, daß die Mahlzeit so gut angekommen war. Die tadellos gekleideten pakistanischen Kellner, deren Sprache anzudeuten schien, daß sie in einem Osloer Krankenhaus geboren worden waren und nicht in einem Gesundheitszentrum in Karachi, hatten sie zuvorkommend durch das Menü gelotst.

»Es liegt ein bißchen blöd«, sagte er nun. »Aber ansonsten gehört es zu meinen Lieblingsrestaurants. Gutes Essen, tolle Bedienung und Preise, die sich ein Staatsangestellter leisten kann.«

»Du warst also schon öfter hier«, sagte sie. »Mit wem denn?«

Er gab keine Antwort, sondern hob sein Glas, um zu verbergen, wie peinlich ihm diese Frage war. Alle seine Frauen waren hier gewesen. Die ganz kurzfristigen, viel weniger, als ihm lieb war, und die zwei oder drei, mit denen er einige Monate durchgehalten hatte. Jedesmal hatte er an sie gedacht. Daran, wie es wäre, mit Karen Borg hier zu sitzen. Und nun saßen sie hier.

»Denk nicht an die ersten. Konzentrier dich lieber darauf, die letzte zu sein«, grinste er schließlich.

»Wie elegant formuliert«, entgegnete sie, aber in ihrer Stimme lag dieser Hauch von ... nicht von Kälte, aber von einer Kühlheit, die ihn immer in Panik versetzte. Daß er es auch nie lernte!

Karen Borg wollte nicht über die Zukunft reden. Seit fast vier Monaten trafen sie sich nun mehrmals pro Woche. Sie aßen zusammen und gingen ins Theater. Sie wanderten im Wald und liebten sich, sobald sich eine Gelegenheit bot. Was nicht zu oft vorkam. Sie war verheiratet, ihre Wohnung war also ausgeschlossen. Ihr Mann wisse zwar, daß sie ein Techtelmechtel hätten, behauptete sie, aber sie wollten erst alle Brücken hinter sich einreißen, wenn sie sicher wären, daß sie genau das wollten. Natürlich hätten sie zu ihm gehen können, was er auch jedesmal vorschlug. Aber das wollte sie nicht.

»Wenn ich zu dir nach Hause gehe, dann habe ich eine Entscheidung getroffen«, erklärte sie unlogischerweise. Håkon Sand war sicher, daß die Entscheidung, überhaupt mit ihm ins Bett zu gehen, ein viel dramatischerer Entschluß war als die Wahl des Tatortes, aber damit konnte er sich bei ihr nicht durchsetzen.

Der Kellner stand, zwanzig Minuten nachdem er ihm einen Wink gegeben hatte, mit der Rechnung da. Sie wurde ihm, korrekt zusammengefaltet, altmodisch auf einem Teller präsentiert. Karen Borg griff danach, und er mochte nicht widersprechen. Es war eine Sache, daß sie fünfmal soviel verdiente wie er – immer wieder daran erinnert zu werden war etwas ganz anderes. Als die AmEx-Karte in Gold zurückgebracht worden war, erhob er sich und zog den Stuhl für sie zurück. Der bildschöne Kellner hatte ein Taxi bestellt, und sie schmiegte sich auf dem Rücksitz an Håkon.

»Du willst sicher direkt nach Hause«, sagte er, um seiner eigenen Enttäuschung zuvorzukommen.

»Ja, ich muß morgen arbeiten«, bestätigte sie. »Wir sehen uns bald. Ich ruf' an.«

Sie stieg aus, beugte sich aber noch einmal ins Taxi und gab ihm einen leichten Kuß.

»Danke für den wunderschönen Abend«, sagte sie leise, lächelte kurz und verschwand ein zweites Mal aus dem Auto. Er seufzte und nannte dem Fahrer seine Adresse. Er wohnte an einem ganz anderen Ende der Stadt, hatte also Zeit genug, den leise stechenden Schmerz auszukosten, der sich nach den Abenden mit Karen Borg immer einstellte.

SONNTAG, 16. MAI

»Das ist wirklich komisch!«

Håkon Sand und Hanne Wilhelmsen waren sich absolut einig. Es war höchst seltsam.

Es nieselte. Endlich und ganz besonders willkommen nach der unnormalen Tropenhitze der letzten Wochen. Das Parkhaus war eins von der offenen Sorte, bei der die Etagen einander in Abständen von einigen Metern mit Pfosten abstützen. Deshalb schob sich keine Wand zwischen das Wetter und das eine oder andere vergessene Auto in diesem tristen Gemäuer. Und dennoch schien nichts von dem Blut weggespült worden zu sein.

»Ist das alles? Keine Waffen oder irgendwelche Gegenstände? Keine vermißte junge Frau?«

Der Adjutant hatte diese Fragen gestellt. Er trug einen Trainingsanzug und eine Helly-Hanssen-Jacke und gähnte trotz der von Gewaltanwendung geprägten Umgebung. Eine Ecke im ersten Stock des Parkhauses war von Blut übersprüht. Er wußte zwar aus bitterer Erfahrung, daß Blut die unangenehme Eigenschaft hatte, immer überwältigend auszusehen, aber hier mußten wirklich etliche Liter im Spiel sein.

»Gut, daß du angerufen hast«, sagte er, unterdrückte ein weiteres Gähnen und warf einen diskreten Blick auf seine Swatch. Es war halb sechs am Sonntag morgen. Ein Wagen voller feiernder Abiturienten raste mit ohrenbetäubendem Hupkonzert vorüber. Dann zog wieder die Stille ein, die herrscht, wenn alle nächtlichen Zecher nach Hause gegangen und in der sicheren Annahme ins Bett gefallen sind, bis auf weiteres nicht aufstehen zu müssen.

»Ja, das mußtest du doch sehen. Zum Glück hatte eine aus meinem Jahrgang Bereitschaftsdienst und wußte noch, daß ich auch beim ersten Mal...«

Hanne Wilhelmsen wußte nicht so recht, wie sie diese absurden Fälle nennen sollte.

»Daß ich auch beim ersten Samstagsmassaker am Tatort war«, sagte sie nach einer kurzen Pause. »Ich bin vor einer halben Stunde gekommen.«

Zwei Mann von der Spurensicherung nahmen schon Proben und fotografierten. Sie arbeiteten schnell, präzise und wortlos. Hanne und Håkon schwiegen ebenfalls lange. In der Ferne hatten die Abiturienten Bekannte getroffen und lärmten von neuem los.

»Das muß doch irgendwas zu bedeuten haben! Schaut mal!«

Håkon Sand versuchte, einer geraden Linie zwischen ihrem Zeigefinger und der Wand zu folgen. Das Licht war nicht günstig, aber als er erst auf sie aufmerksam gemacht worden war, konnte er die Zahlen recht deutlich erkennen.

»Neun-eins-sechs-vier-sieben-acht-drei-fünf«, las er vor. »Sagt dir das was?«

»Rein gar nichts. Nur, daß es genauso viele Ziffern sind wie beim letztenmal und daß die ersten beiden übereinstimmen.«

»Eine Telefonnummer kann das nicht sein?«

»Die Vorwahl gibt es nicht. Auf die Idee bin ich auch schon gekommen.«

»Personenkennummer?«

Resigniert verkniff sie sich die Antwort.

»Nein, natürlich nicht«, sagte er selbst rasch. »Es gibt schließlich keinen neunzehnten Monat...«

»Und entweder sind es zwei Ziffern zuviel oder drei zuwenig.«

»In manchen Ländern schreiben sie das Datum umgekehrt«, warf Håkon Sand eifrig in die Debatte. »Die fangen mit dem Jahr an.«

»Sicher. Dann haben wir einen Mörder, der am 78.64. 1991 geboren ist.«

Eine peinliche Pause folgte, aber Hanne Wilhelmsen verfügte über genügend Herzenswärme, sie nicht allzu lange dauern zu lassen.

»Das Blut wird untersucht. Außerdem muß es hier irgendwo Fingerabdrücke geben. Wir sollten sehen, daß wir nach Hause kommen. Hier können wir nicht mehr viel ausrichten. Ich hoffe, es macht nichts, daß ich dich angerufen habe. Bis morgen!«

»Morgen? Morgen ist doch Feiertag.«

»Verdammt, stimmt«, sagte sie und unterdrückte ein Gähnen. »Ich boykottiere Nationalfeiertage, aber ein freier Tag ist ja doch ganz nett.«

»Du boykottierst den Nationalfeiertag?«

Er war ehrlich geschockt.

»Ein Tag für Trachten, Flaggen und anderen nationalistischen Quatsch. Ich kümmer' mich dann lieber um die Blumenkästen auf dem Balkon.«

Er wußte nicht so recht, ob das ernst gemeint war. Wenn ja, dann hatte sie zum erstenmal etwas über sich erzählt. Und darüber freute er sich auf dem ganzen Weg nach Hause. Obwohl er den Nationalfeiertag liebte.

DIENSTAG, 18. MAI

Der Nationalfeiertag war von der guten alten Art gewesen. Die Sonne hatte ihre Strahlen über das Land und die knallgrünen Frühlingsbäume ergossen. Die königliche Familie hatte treu winkend auf ihrem geräumigen Balkon gestanden. Mürrische, müde Kinder in eisverschmierten Miniaturtrachten hatten ihre kleinen Flaggen hinter sich hergeschleift, obwohl die Eltern immer wieder anfeuernd hurra riefen. Heisere, angetrunkene Abiturienten hatten getobt, als sei dies ihr allerletzter Tag und als müßten sie sich für den Weg ins Jenseits die höchstmögliche Promillezahl zulegen. Das norwegische Volk hatte es sich mit Grundgesetz und Zuckerei gemütlich gemacht, und alle stimmten überein, es sei ein wunderbarer Tag gewesen.

Abgesehen von Oslos Polizisten. Sie sahen, was zu sehen den meisten anderen zum Glück erspart blieb: jede Menge Ordnungswidrigkeiten, einige etwas zu betrunkene Zeitgenossen, viele allzu freimütige Teenager, den einen oder anderen besoffenen Autofahrer und ein paar häusliche Prügeleien; das alles war vorausgesehen worden und ließ sich deshalb einigermaßen reibungslos in Ordnung bringen. Ein ungewöhnlich brutaler Mord und fünf weitere Messerstechereien dagegen waren durchaus nicht normal. Hinzu kamen fünf neue Vergewaltigungen. Der 17. Mai dieses Jahres würde als der härteste aller Zeiten in die Geschichte eingehen.

»Ich begreife nicht, was in diese Stadt gefahren ist. Ich fass' es einfach nicht!«

Hauptkommissar Kaldbakken blickte auf eine längere Dienstzeit zurück als die anderen Anwesenden. Er war kein Mann großer Worte, meist murmelte er nur Undeutlichkeiten. Aber das hatten sie alle verstanden.

»So was habe ich noch nie erlebt!«

Die anderen starrten ins Leere und schwiegen. Allen war unangenehm klar, was diese Welle von Kriminalität zu bedeuten hatte. »Überstunden«, murmelte schließlich einer und starrte wütend auf eine an der Wand angebrachte Collage, Bilder vom letztjährigen Sommerfest. »Überstunden, Überstunden. Und die Alte ist stocksauer.«

»Können wir Überstunden denn überhaupt finanzieren?« fragte eine junge Frau mit kurzen blonden Haaren, die sich ihre optimistische Weitsicht offenbar erhalten hatte.

Ihr wurde nicht einmal eine Antwort zuteil, nur ein tadelnder Blick des Abteilungsleiters, der den erfahreneren Anwesenden erzählte, was sie längst wußten.

»Tut mir leid, Leute, aber wenn das so weitergeht, müssen die Urlaube verschoben werden«, sagte er.

Drei der elf Anwesenden hatten für August und September Urlaub angemeldet, und nun sprachen sie ein stilles Gebet, um für ihre eigene Weitsicht zu danken. Bis dahin mußte die Lage sich doch beruhigt haben.

Sie verteilten die Fälle, so gut es ging. Sie machten nicht einmal den Versuch, die schon vorhandene Arbeitsmenge zu berücksichtigen. Alle waren gleichermaßen überlastet.

Hanne Wilhelmsen wurden die Morde erspart. Zum Ausgleich erhielt sie zwei Vergewaltigungen und drei Körperverletzungen. Erik Henriksen, der Polizist mit dem flammenden Schopf, sollte sie unterstützen. Diese Aussicht schien ihn glücklich zu machen. Hanne seufzte tief, erhob sich, als die Aufgaben verteilt waren, und fragte sich auf dem ganzen Rückweg in ihr Büro, wo um alles in der Welt sie anfangen sollte.

SAMSTAG, 22. MAI

Der Abend war gerade erst beim Wochenrückblick angelangt, als Hanne Wilhelmsen auch schon schlief. Ihre (bis auf drei Wochen) gleichaltrige Mitbewohnerin hatte sie die ganze Woche hindurch kaum zu sehen bekommen. Sogar zu Christi Himmelfahrt war Hanne bei Sonnenaufgang verschwunden, erst um neun Uhr abends wieder aufgetaucht und gleich ins Bett gefallen. Heute hatten sie das wiedergutgemacht. Sie hatten lange geschlafen, waren vier Stunden lang mit dem Motorrad unterwegs gewesen und hatten drei Pausen eingelegt, um Eis zu essen. Sie fühlten sich zum erstenmal seit einer Ewigkeit wie ein Liebespaar. Obwohl Hanne einen miesen Film verschlafen hatte, während Cecilie mit Kochen beschäftigt gewesen war, hatte sie sich gerade noch das Essen und eine halbe Flasche Rotwein einverleiben können, dann war sie auf dem Sofa weggesackt.

Cecilie war nicht sicher, ob sie schmollen oder sich geschmeichelt fühlen sollte. Sie entschied sich für letzteres, deckte ihre Liebste zu und flüsterte ihr ins Ohr: »Du fühlst dich meiner wohl ganz schön sicher?«

Der süße Duft von Frauenhaut und leichtem Parfüm hielt sie fest. Sie küßte die Schlafende behutsam auf die Wange, ließ ihre Zungenspitze hauchzart über den weichen Flaum gleiten und beschloß, Hanne trotzdem zu wecken.

Anderthalb Stunden später klingelte das Telefon. Und zwar Hannes. Cecilies Telefon klingelte, Hannes piepste. Daß sie unterschiedliche Nummern hatten, verletzte Cecilie zutiefst. Hannes Telefon wurde nur von ihr selbst angerührt, niemand unter den Kollegen durfte wissen, daß sie mit einer Frau zusammenwohnte. Das Telefonsystem gehörte zu den restlos indiskutablen Regeln, auf denen ihr fünfzehnjähriges Zusammenleben basierte.

Das Telefon ließ nicht locker. Ein Anrufer auf Cecilies Apparat hätte schon längst die Geduld verloren. Das drängelnde Piepsen jedoch konnte andeuten, daß es sich um etwas Wichtiges handelte. Hanne stöhnte, rappelte sich auf und stand schließlich nackt, mit dem Rücken zum Schlafzimmer, in der Tür zur Diele.

»Hier Wilhelmsen!

»Iversen. Bereitschaft. Tut mir leid, daß ich so spät noch anrufe...«

Hanne warf einen Blick auf die Wanduhr in der Küche, die sie gerade noch erkennen konnte. Mitternacht war längst vorbei. »Ach, ist schon gut«, gähnte sie und fröstelte leicht, weil es ein wenig durch die Wohnungstür zog.

»Irene Årsby meinte, wir sollten dich verständigen. Wir haben ein neues Samstagsmassaker für dich. Es sieht einfach scheußlich aus.«

Cecilie schlich hinter sie und legte ihr einen rosa Morgenrock aus Frottee mit einem riesigen Harley-Davidson-Emblem um die Schultern.

»Wo denn?«

»In einer Nissenhütte am Lo. Sie war mit einem kleinen Hängeschloß abgesperrt, jeder Knirps hätte das aufbrechen können. Du kannst dir einfach nicht vorstellen, wie es da aussieht!«

»Doch. Ich hab' so meine Ahnung. Habt ihr irgendwas Interessantes gefunden?«

»Nichts. Nur Blut. Überall. Willst du es dir ansehen?«

Das wollte Kommissarin Wilhelmsen durchaus. Die blutigen Tatorte nichtexistierender Verbrechen interessierten sie inzwischen brennend. Andererseits war Cecilies Geduld, wenn auch wirklich berühmt, nicht unerschöpflich. Irgendwo mußte es Grenzen geben.

»Nein, diesmal begnüge ich mich mit den Bildern. Danke für den Anruf.«

»Alles klar!«

Sie wollte schon auflegen, da fiel ihr noch etwas ein.

»Hallo! Bist du noch da?«

»Ja.«

»Ist dir aufgefallen, ob irgendwas in das Blut geschrieben war?«

»Ja, allerdings. Eine Zahl. Mehrere Ziffern. Ziemlich unleserlich, aber sie werden von allen Ecken aus fotografiert.«

»Gut. Das ist nämlich ziemlich wichtig. Gute Nacht. Und nochmals danke.«

»Alles klar.«

Hanne Wilhelmsen lief zurück zum Bett.

»War es was Ernstes?« fragte Cecilie.

»Nein, nur wieder eine von diesen Blutlachen, von denen ich dir erzählt habe. Nichts Ernstes.«

Hanne Wilhelmsen befand sich irgendwo im Grenzgebiet

zwischen Traum und Wirklichkeit und wollte gerade auf die Schlafseite hinüberkippen, als Cecilie sie zurückriß.

»Wie lange wollen wir unser Telefonsystem eigentlich noch behalten?« fragte sie leise ins Leere hinein, als ob sie im Grunde keine Antwort erwarte.

Das war auch besser, denn Hanne drehte sich um und kehrte ihr wortlos den Rücken. Plötzlich wurden die Decken, die halbwegs übereinander gelegen und gemeinsam zwei Menschen gewärmt hatten, die zusammengehörten, unmerklich in entgegengesetzte Richtungen gezogen. Hanne stopfte ihre Decke gut um sich herum fest, schwieg aber noch immer.

»Ich verstehe das nicht, Hanne. Ich habe schon so viele Jahre Verständnis. Und du hast immer gesagt, daß sich eines Tages alles ändern würde.«

Noch immer lag Hanne Wilhelmsen schweigend da, in Embryostellung, und ihr Rücken wirkte wie eine eiskalte Abfuhr.

»Zwei Telefonnummern. Ich kenne keinen einzigen von deinen Kollegen. Und deinen Eltern bin ich auch nie vorgestellt worden. Deine Schwester wird höchstens mal in einer Anekdote aus deiner Kindheit erwähnt. Und zusammen Weihnachten feiern können wir auch nicht.«

Jetzt hatte sie sich wirklich heiß geredet und setzte sich im Bett halb auf. Sie hatte das alles vor über zwei Jahren zuletzt zur Sprache gebracht, und obwohl sie nur minimal daran glaubte, daß sie irgend etwas erreichen würde, kam es ihr plötzlich unendlich wichtig vor, klarzustellen, daß sie sich mit der Lage noch immer nicht abgefunden hatte. Daß sie sich niemals an die wasserdichten Schotten gewöhnen würde, die Hannes gesamtes Leben außerhalb der Wohnung abschirmten.

»Warum sind wir nur mit Ärztinnen und Krankenpflegern befreundet? Warum treffen wir uns nur mit meinen Bekannten? Himmel, Hanne, du bist der einzige Polizist, mit dem ich je gesprochen habe!«

»Ich bin kein Polizist«, erklang es tränenerstickt aus den Kissen.

Wieder hatte Cecilie den Impuls, die Hand auf den Rücken neben sich zu legen, und diesmal brauchte sie sie nicht zurückzuziehen. Der ganze Körper bebte. Hanne Wilhelmsen hatte nichts zu sagen. Ihre Liebste hielt den Mund, schmiegte sich nur dicht, ganz dicht an die Weinende und beschloß, dieses Thema nie wieder zur Sprache zu bringen. Und wenn doch, dann erst in vielen Jahren.

SAMSTAG, 29. MAI

Später ging ihr auf, daß er gar nicht schlecht ausgesehen hatte. Groß und blond. Ziemlich breite Schultern. Eine matte, kahle Glühbirne über der Haustür verriet, daß sich die Haare über den Schläfen schon zurückzogen und daß er für diese Jahreszeit ungewöhnlich braun war, selbst wenn man das gute Wetter berücksichtigte. Die Haut der Frau wirkte in diesem bleichen Licht milchig, er dagegen war golden, so als sei er gerade vom Osterausflug in die Berge zurückgekehrt.

Sie löste sich aus dem Schatten und wühlte in ihrer großen Stofftasche nach dem Schlüssel. Mit einem Interesse, das ihr eigentlich hätte auffallen müssen, beobachtete er sie dabei, als habe er mit sich selbst eine Wette abgeschlossen, daß sie nicht imstande sein würde, in diesem Chaos etwas zu finden.

»›Geld ist nicht alles auf der Welt, sagte der Alte, als er in eine Damentasche schaute.‹ Findest du sie nicht?«

Sie bedachte den Typen mit einem müden Lächeln. Mehr brachte sie nicht über sich. Es war zu spät.

»Mädels wie du sollten um diese Zeit nicht mehr unterwegs sein«, sagte er, als sie die Tür schließlich öffnete. Er folgte ihr ins Haus. »Na dann schlaf gut«, fügte er hinzu und ging die Treppe hoch.

Der Briefkasten war leer. Sie fühlte sich nicht so ganz wohl. Sie hatte zwar nicht viel getrunken, nur zwei Halbe, aber das Lokal war sehr verräuchert gewesen. Ihre Augen brannten, die Kontaktlinsen schienen förmlich am Augapfel zu kleben.

Das ganze Haus war schon zur Ruhe gegangen, nur ein ferner Baß aus einer kräftigen Stereoanlage in irgendeinem Nachbarhaus ließ den Boden unter ihren Füßen leise erheben.

Die Tür hatte zwei Sicherheitsschlösser. Eine alleinstehende junge Frau mitten in der Stadt könne einfach nicht vorsichtig genug sein, hatte ihr Vater gemeint und die Schlösser selbst montiert. Sie benutzte nur das eine. Auch der Pessimismus mußte seine Grenzen haben.

Warmer, heimeliger Geruch stieg ihr zur Begrüßung in die Nase, und sie stolperte über die Schwelle. Kaum war sie in der Wohnung, stand er da.

Der Schock war größer als der Schmerz bei ihrem Sturz. Sie hörte, wie hinter ihr die Tür ins Schloß fiel. Die eiserne, kalte Hand auf ihrem Mund lähmte sie vollständig. Hart spürte sie sein Knie im Kreuz, ihr Kopf wurde an den Haaren nach hinten gezogen. Ihr Rücken schien durchbrechen zu wollen.

»Mund halten und brav sein, dann geht alles gut.«

Seine Stimme war jetzt ganz anders als noch vor drei Minuten. Aber sie wußte, daß er es war. Und sie wußte, was er wollte. Eine vierundzwanzig Jahre alte Frau in einem Miethaus mitten in Oslo hatte keine nennenswerten Wertsachen. Außer der, auf die er scharf war. Das wußte sie.

Aber sie hatte keine Angst davor. Sollte er doch machen, was er wollte. Solange er sie nicht umbrachte. Sie fürchtete sich vor dem Tod. Nur vor dem Tod.

Bei dem heftigen Schmerz wurde ihr schwarz vor Augen. Oder kam es daher, daß sie schon seit einer Weile keine Luft mehr bekam? Langsam lockerte sich sein Griff über ihrem Mund, während er seinen Befehl, sie solle die Klappe halten, wiederholte. Das war nicht nötig. Ihr Kehlkopf war zu einem riesigen, schmerzenden, stummen Geschwür herangewachsen, das alles blockierte.

Lieber Gott, mach, daß ich nicht sterben muß. Mach, daß ich nicht sterben muß. Mach, daß er bald fertig ist, bald, bald.

Das war ihr einziger Gedanke, und er wirbelte wie ein Mahlstrom durch ihren verängstigten Kopf, wieder und wieder.

Er kann machen, was er will, aber lieber, lieber Gott, mach, daß ich nicht sterben muß.

Die Tränen kamen ganz von selbst, ein lautloser Strom, so als reagierten ihre Augen aus eigener Initiative. Sie trauerten auf eigene Faust und registrierten nicht, daß sie im Grunde doch gar nicht weinte. Plötzlich sprang der Mann auf. Ihr Rücken jammerte, als er in seine ursprüngliche Lage zurücksackte; nun lag sie platt auf dem Bauch. Aber nicht lange. Er packte ihren Kopf, eine Hand ihr rechtes Ohr, die andere die Haare, zog sie hinter sich her ins Wohnzimmer. Das tat unendlich weh, und sie versuchte zu kriechen. Er war zu schnell, ihre Arme konnten nicht Schritt halten. Ihr Hals streckte sich verzweifelt, um nicht zerrissen zu werden. Wieder wurde ihr schwarz vor Augen.

Liebster Gott. Mach, daß ich nicht sterben muß.

Er knipste keine Lampe an. Eine Laterne vor dem Fenster gab genügend Licht. Mitten im Zimmer ließ er sie los. Zusammengekrümmt, in Embryostellung, fing sie wirklich an zu weinen. Leise zwar, aber sie schluchzte und zitterte. Sie schlug die Hände vors Gesicht, in der vergeblichen Hoffnung, der Mann könnte verschwunden sein, wenn sie sie wieder wegnähme.

Plötzlich machte er sich wieder über sie her. Ein Lappen wurde in ihren Mund gestopft. Der Spüllappen. Der beißende Geschmack drohte sie zu ersticken. Sie erbrach sich heftig, aber das, was aus ihrem Bauch nach oben kam, fand keinen Ausweg. Und da verlor sie das Bewußtsein.

Als sie wieder zu sich kam, war der Lappen verschwunden. Sie lag in ihrem Bett und merkte, daß sie nackt war. Der Mann lag auf ihr. Sie spürte, wie sein Penis aus- und einjagte, aber der Schmerz an ihren Knöcheln war noch schlimmer. Die Füße waren mit irgend etwas an die Bettpfosten gebunden. Mit etwas Schneidendem, es fühlte sich an wie Stahldraht.

Lieber heiliger Gott, mach, daß ich nicht sterben muß. Ich will mich auch nie mehr über irgendwas beklagen.

Sie hatte aufgegeben. Sie konnte ja doch nichts machen. Sie versuchte zu schreien, aber ihre Stimmbänder waren noch immer gelähmt.

»Du bist wunderbar«, zischte er durch zusammengebissene Zähne, »eine wunderbare Frau wie du darf doch samstags nachts nicht ohne Schwanz gelassen werden!«

Sein Schweiß tropfte in ihr Gesicht. Er brannte auf ihrer Haut, und sie drehte den Kopf zur Seite, um den Tropfen auszuweichen. Er ließ für einen Moment ihr eines Handgelenk los und verpaßte ihr eine derbe Ohrfeige.

»Stillhalten!«

Es dauerte. Wie lange, wußte sie nicht. Als er fertig war, blieb er bleischwer auf ihr liegen. Er keuchte. Sie sagte nichts, tat nichts. Sie hatte kaum noch das Gefühl, überhaupt zu existieren.

Langsam erhob er sich und band ihre Füße los. Es war wirklich Stahldraht. Den muß er bei sich gehabt haben, dachte sie schwerfällig. Sie hatte keinen in der Wohnung. Obwohl sie jetzt hätte aufstehen können, blieb sie apathisch liegen. Er drehte sie auf den Bauch. Sie leistete keinen Widerstand.

Wieder legte er sich auf sie. Einen müden Moment lang registrierte sie, daß seine Erektion sich nicht gelegt hatte. Sie konnte nicht begreifen, daß sein Schwanz schon wieder gebrauchsfähig war, nur eine Minute nach der letzten Auslösung. Er teilte ihre Hinterbacken. Dann drang er von hinten in sie ein. Sie konnte nichts machen. Zum zweitenmal wurde sie ohnmächtig, konnte aber ihr Stoßgebet noch wiederholen.

Lieber, lieber Gott im Himmel, mach, daß ich nicht sterben muß. Ich bin doch erst vierundzwanzig. Mach, daß ich nicht sterben muß.

Er war nicht mehr da. Hoffte sie. Sie lag noch genauso da wie vor ihrer Ohnmacht, nackt, auf dem Bauch. Draußen fing die Stadt an, den Sonntag zu begrüßen. Es war nicht mehr Nacht. Ein weißer Maimorgen war ins Zimmer gewandert, und ihre Haut wirkte fast bläulich. Sie wagte nicht, sich so weit umzudrehen, daß sie den Nachttischwecker sehen konnte. Sie lag ganz still und horchte auf ihren eigenen Herzschlag. Drei Stunden lang. Danach war sie fast sicher. Er mußte gegangen sein.

Steif erhob sie sich und blickte an ihrem Körper hinunter. Ihre Brüste hingen leblos herab, als ob sie ihr Schicksal betrauerten oder vielleicht auch schon tot wären. Die Knöchel waren dick geschwollen. Eine breite, unregelmäßige Blutspur zog sich unten um beide Waden. Ihr Enddarm tat entsetzlich weh, und die Vagina pochte schmerzhaft bis in ihren Bauch hinein. Ruhig, fast schon apathisch, zog sie das Bett ab. Das ging schnell, und sie versuchte, das Bettzeug in den Mülleimer zu werfen. Der war nicht groß genug. Weinend und mit wachsender Wut mühte sie sich vergeblich, das Zeug hart in die Mülltüte zu stopfen. Sie mußte aufgeben und blieb vollständig aufgelöst, nackt und wehrlos auf dem Boden sitzen.

Lieber Gott, warum konntest du mich nicht sterben lassen?

Die Türklingel schrillte brutal durch die Wohnung. Sie fuhr zusammen, und sie konnte einen Schrei nicht unterdrücken.

»Kristine?«

Die Stimme kam von weit, weit her, aber die Angst war selbst durch die beiden Türen zu hören.

»Geh weg«, murmelte sie, ohne die Hoffnung, er könnte es hören.

»Kristine? Bist du da?«

Die Stimme wurde lauter und ängstlicher.

»*Geh weg!*«

Alle Kraft, die ihr nachts, als sie sie gebraucht hatte, gefehlt hatte, sammelte sich zu einem einzigen Schrei.

Gleich darauf stand er vor ihr und rang um Atem. Sein Schlüsselbund fiel zu Boden.

»Kristine! Meine Kleine!«

Er bückte sich und legte behutsam die Arme um den nackten, zusammengekrümmten Körper. Der Mann zitterte vor Entsetzen, und sein Atem jagte wie bei einem Kaninchen. Sie wollte ihn trösten, etwas sagen, das alles wiedergutmachen würde, sagen, daß alles in Ordnung, daß nichts passiert sei. Aber als sie den steifen Stoff seines Wanderhemdes an ihrem Gesicht und den beschützenden, vertrauten Männergeruch spürte, gab sie auf.

Ihr riesiger Vater hielt sie im Arm und wiegte sie wie ein kleines Kind. Er wußte, was passiert war. Der Mülleimer mit dem hervorquellenden Bettzeug, ihre blutigen Knöchel, die nackte, wehrlose Gestalt, das verzweifelte Weinen, das er noch nie gehört hatte. Behutsam trug er sie zum Sofa und wickelte sie in eine Decke. Der grobe Wollstoff kratzte zwar auf ihrer nackten Haut, aber er wollte sie nicht loslassen, um ein Laken zu holen. Statt dessen schwor er sich einen heiligen Eid, während er ihr immer wieder über die Haare strich.

Aber davon sagte er ihr nichts.

MONTAG, 31. MAI

Sie konnte sich einfach nicht daran gewöhnen. Die vierundzwanzig Jahre alte Frau, die vor ihr saß und den Boden anstarrte, war Hanne Wilhelmsens zweiundvierzigstes Vergewaltigungsopfer. Sie führte Buch darüber. Vergewaltigung war das Allerschlimmste, anders als ein Mord. Ein wilder, wütender Augenblick, gewaltiger Affekt, vielleicht seit Jahren aufgestaute Aggression. Ein Mord war fast zu verstehen. Eine Vergewaltigung nicht.

Das Opfer hatte seinen Vater mitgebracht. Das kam nicht selten vor. Ein Vater, eine Freundin, ab und zu der Freund. Aber nur selten eine Mutter. Seltsam. Vielleicht stand eine Mutter zu nahe.

Der Mann war riesig groß und schien in dem engen Sessel fehl am Platze. Er war nicht wirklich übergewichtig, er war einfach riesig. Und seine zusätzlichen Kilo standen ihm gut. Er war sicher über eins neunzig, eine vierschrötige Erscheinung, sehr maskulin und ziemlich unschön. Eine gewaltige Pranke hatte sich über die schmächtige Hand der Tochter gelegt. Sie sahen einander auf undefinierbare Weise ähnlich. Die Frau war von ganz anderem Körperbau, fast zart, wenn sie auch die hohe Gestalt ihres Vaters geerbt hatte. Die Ähnlichkeit lag in den Augen, dieselbe Form, dieselbe Farbe. Und genau derselbe Ausdruck. Ein hilfloser, trauriger Zug, der bei dem riesigen Mann überraschenderweise noch mehr auffiel.

Hanne Wilhelmsen war verlegen. An Vergewaltigungen konnte sie sich einfach nicht gewöhnen. Aber Hanne Wilhelmsen war tüchtig. Tüchtige Polizistinnen zeigen ihre Gefühle nie. Jedenfalls nicht, wenn sie verlegen sind.

»Ich muß dir ein paar Fragen stellen«, sagte sie leise. »Einige davon sind nicht besonders angenehm. Schaffst du das trotzdem?«

Der Vater wand sich in seinem Sessel.

»Sie ist doch gestern schon stundenlang verhört worden«, sagte er. »Muß die Sache denn wirklich noch einmal durchgegangen werden?«

»Ja, leider. Die Anklage an sich reicht noch nicht.« Sie zögerte kurz. »Wir können bis morgen warten, aber...« Sie zupfte sich an den Haaren. »Aber für uns eilt die Sache, wißt ihr. Bei Ermittlungen dieser Art müssen wir schnell vorgehen.«

»Ist schon gut.«

Diesmal hatte die Frau geantwortet. Sie richtete sich ein wenig auf und wappnete sich für eine weitere Rekapitulation des Samstag abends.

»Ist schon gut«, wiederholte sie, diesmal an ihren Vater gewandt.

Jetzt tröstete die Hand der Tochter die des Vaters.

Der ist wirklich noch schlimmer dran, dachte die Polizistin und begann mit dem Verhör.

»Essen, Håkon?«

»Nein, ich hab' schon gegessen.«

Hanne Wilhelmsen schaute auf die Uhr. »Schon? Aber es ist doch erst elf!«

»Ja, aber ich komm' auf einen Kaffee mit. Um dir Gesellschaft zu leisten. Kantine oder Büro?«

»Büro.«

Es fiel ihm auf, sowie er ihr Büro betrat. Sie hatte neue Vorhänge. Und zwar keine besonders polizeimäßigen.

Mittelblau mit Wiesenblumen.

»Die sind aber schön! Wo hast du die denn her?«

Sie gab keine Antwort, sondern nahm eine sorgfältig zusammengelegte Stoffbahn aus dem Schrank.

»Für dich habe ich auch welche genäht.«

Das verschlug ihm die Sprache.

»Die haben nur sieben Kronen den Meter gekostet. Bei IKEA. Sieben Kronen den Meter! Sie sind gemütlicher und vor allem viel sauberer als diese staatseigenen Fetzen.«

Sie zeigte auf schmutziggrauen Stoff, den sie in den Papierkorb gestopft hatte. Der alte Vorhang sah aus, als hätten ihre Worte ihn zutiefst beleidigt.

»Tausend Dank!«

Håkon Sand nahm begeistert seine Stoffbahn in Empfang und kippte sofort seinen Kaffee um. Eine große braune Blüte machte sich zwischen den rosa und roten Blümchen breit. Mit fast lautlosem, resigniertem Seufzen nahm seine Kollegin die Vorhänge wieder an sich.

»Ich kann sie waschen.«

»Nein, um Himmels willen, das mache ich schon selbst.«

Im Büro lag ein heftiger Parfümgeruch. Fremd und ein wenig zu heftig. Die Erklärung steckte in einem dünnen grünen Umschlag, der zwischen ihnen auf dem Schreibtisch lag. »Das ist übrigens unser Fall«, sagte sie, nachdem sie weiteren Kaffeeschäden vorgebeugt hatte. Sie reichte ihm die Papiere.

»Vergewaltigung. Verdammt übel.«

»Alle Vergewaltigungen sind übel«, murmelte Håkon Sand. Nachdem er einige Minuten gelesen hatte, war er noch immer dieser Meinung. Verdammt übel.

»Was macht sie für einen Eindruck?«

»Völlig in Ordnung. Nett. In jeder Hinsicht anständig. Medizinstudentin. Intelligent. Erfolgreich. Und arg vergewaltigt.« Sie schüttelte sich. »Sie sitzen da, verängstigt und hilflos, starren den Boden an und verkrampfen die Hände, als ob alles ihre Schuld sei. Und ich bin völlig verzweifelt. Fühle mich manchmal noch hilfloser als sie. Glaube ich.«

»Was glaubst du wohl, wie mir zumute ist«, erwiderte Håkon Sand. »Du bist immerhin eine Frau. Es ist nicht deine Schuld, daß Männer vergewaltigen.«

Er knallte die beiden Verhörprotokolle auf den Tisch.

»Deine Schuld ist es ja wohl auch nicht so ganz«, lächelte seine Kollegin.

»Nein... aber ich fühle mich ziemlich mies, wenn ich ihnen gegenübersitze. Arme Mädels. Aber...« Er hob die Arme über den Kopf, gähnte und trank seinen verbliebenen Kaffee. »Aber in der Regel brauche ich nicht mit ihnen zu sprechen. Die Staatsanwälte kümmern sich darum. Zum Glück. Für mich sind diese Frauen nur Namen auf einem Stück Papier. Hast du übrigens dein Motorrad schon in Gebrauch genommen?«

Hanne Wilhelmsen lächelte breit und stand auf.

»Komm her!« Sie winkte ihm und trat ans Fenster. »Da! Das rosafarbene!«

»Du hast ein hellrotes Motorrad?«

»Das ist nicht hellrot«, sagte sie äußerst pikiert. »Das ist rosa. Oder pink. Aber keinesfalls hellrot.«

Håkon Sand grinste und versetzte ihr einen Rippenstoß.

»Hellrote Harley Davidson. So was Bescheuertes hab' ich noch nie gesehen.« Er musterte sie von Kopf bis Fuß. »Andererseits: Du bist sowieso zu hübsch zum Motorradfahren. Dann muß ja wenigstens deine Mühle hellrot sein.«

Zum allererstenmal in den vier Jahren ihrer Bekanntschaft sah er Hanne Wilhelmsen rot werden. Er zeigte triumphierend auf ihr Gesicht.

»Hellrot!«

Die Limoflasche traf ihn mitten auf der Brust. Zum Glück war es eine Plastikflasche.

Um nichts in der Welt hätte sie eine präzise Beschreibung des Vergewaltigers liefern können. In ihrem Kopf oder irgendwo sonst gab es ein vollständig klares Bild. Aber sie konnte es nicht hervorholen.

Der Zeichner war ein geduldiger Mann. Er zeichnete und radierte, warf neue Striche auf das Blatt und schlug ein anderes Kinn vor. Die Frau schüttelte den Kopf, betrachtete das Bild aus zusammengekniffenen Augen und wollte die Ohren ein wenig verkürzen. Nichts half. Das Bild wies überhaupt keine Ähnlichkeit mit dem Mann auf.

Sie waren seit drei Stunden am Werk. Der Zeichner hatte viermal das Blatt wechseln müssen. Er hatte schon fast resigniert. Die Zeichnungen lagen vor ihr, keine war fertig.

»Welche ähnelt ihm am meisten?«

»Keine...«

Es war wirklich an der Zeit, die Sache aufzugeben.

Hanne Wilhelmsen und Håkon Sand waren nicht die einzigen, denen Vergewaltigungsfälle nicht gefielen. Hauptkommissar Kaldbakken, Hanne Wilhelmsens direkter Vorgesetzter, hatte sie ebenfalls restlos satt. Sein Pferdegesicht sah aus, als stehe es vor einem Sack voll verdorbenem Hafer und würde am liebsten dankend ablehnen.

»Der sechste in weniger als zwei Wochen«, murmelte er. »Aber der hier sieht ein bißchen anders aus. Die fünf anderen waren selbstverschuldet. Aber dieser hier...«

Selbstverschuldete Vergewaltigungen... dieser Ausdruck provozierte sie aufs schärfste. Solche Fälle gab es oft; Frauen, die nach einem feuchten Abend in der Stadt bei einem Mann noch ein letztes Glas hatten trinken wollen. Diese Fälle waren in der Regel nicht lösbar. Aussage gegen Aussage. Und dennoch konnte wohl kaum von eigener Schuld die Rede sein.

Sie beschloß aber, nicht zu widersprechen. Nicht, weil sie sich vor ihrem Chef fürchtete, sondern weil sie ganz einfach keinen Bock hatte.

»Die Geschädigte kann uns bei der Zeichnung nicht helfen«, sagte sie statt dessen. »Und im Archiv ist der Bursche auch nicht zu finden. Ganz schön schwierig.«

Das stimmte. Nicht so sehr, weil sie den Fall nicht würden

lösen können. In der Hinsicht landete er in guter Gesellschaft. Aber die Vorgehensweise des Täters bot Grund zur Besorgnis.
»Solche Leute hören erst auf, wenn wir sie haben.«
Kaldbakken starrte ins Leere. Sie schwiegen beide, und beide ahnten in dem schönen Maitag, der hinter den ungeputzten Fenstern lockte, eine böse Vorwarnung. Der magere Mann tippte mit einem verkrümmten Finger auf den Ordner.
»Der kann uns einen ziemlich heißen Frühling bescheren«, sagte er aufrichtig besorgt. »Ich werde vorschlagen, die anderen fünf Fälle einzustellen. Wir geben diesem hier die Priorität, absolute Priorität, Wilhelmsen. Ja, das machen wir. Absolute Priorität...«
Es war so warm im Raum, daß selbst das dünne, abgetragene Sweatshirt mit dem Emblem der Washington Redskins auf der Brust zuviel war. Sie zog es über den Kopf. Das Unterhemd war feucht zwischen ihren Brüsten, und sie zupfte ein wenig daran herum, was aber nicht weiter half. Das Fenster stand sperrangelweit offen, die Tür dagegen mußte geschlossen bleiben. Durchzug wäre nicht gut für den Hauch von Ordnung gewesen, den sie auf ihrem Schreibtisch zustande gebracht hatte.
Viel konnte sie nicht tun. Am Tatort waren zwar ein paar Funde gemacht worden, zwei Haare, die vom Täter stammen konnten, Blutspuren, die vermutlich nicht von ihm stammten, Spermareste, bei denen das einwandfrei der Fall war. Aber ohne gute Zeichnung war bei den Massenmedien wenig zu holen, selbst wenn sie den Versuch machen sollten. Und das Fotoarchiv hatte auch nichts ergeben.
Die Analyse des spärlichen Materials würde einige Zeit dauern. Inzwischen konnte sie eigentlich nur bei den Nachbarn nachfragen, ob die etwas gehört oder gesehen hätten.
Das hatten sie vermutlich kaum. Das taten sie nie.
Sie tippte vier Ziffern in die Sprechanlage.
»Erik?«

»Ja?«
»Hier ist Hanne. Hast du Zeit für einen kleinen Ausflug?«
Erik hatte Zeit. Er war Hanne Wilhelmsens Hundebaby, ein Polizist im ersten Dienstjahr mit roten Haaren und so vielen Sommersprossen, daß eine einzige mehr ihn zum Indianer gemacht hätte. Dreißig Sekunden später stand er schwanzwedelnd in der Tür.
»Soll ich einen Wagen besorgen?«
Sie erhob sich, lächelte breit und warf ihm einen schwarzen Fahrradhelm zu. Er fing ihn mit noch breiterem Lächeln auf.
»Geil!«
Hanne Wilhelmsen schüttelte den Kopf.
»Ach, Erik, was du so alles geil findest!«

Das Haus stammte wohl aus der Zeit der Jahrhundertwende. Es lag in der Weststadt und war sorgfältig renoviert worden. Ganz anders als die Mietskasernen im Osten, die einander in Lila und Rosa und anderen Farben anschrien, die damals, als die Häuser neu waren, noch ihrer Erfindung geharrt haben mochten. Dieses Haus war perlgrau. Fenster und Türen hatten dunkelblaue Rahmen, und die Renovierung konnte noch nicht lange zurückliegen.
Hanne Wilhelmsen stellte ihr Motorrad vor dem Haus ab. Erik der Rote stieg stolz vom Rücksitz, verschwitzt und aufgekratzt.
»Können wir auf dem Rückweg einen Umweg fahren?«
»Werden sehen.«
Neben den Klingeln waren zwei Reihen von Namensschildchen befestigt. Im ersten Stock wohnte K. Håverstad, vernünftig und geschlechtsneutral, was ihr allerdings auch nicht geholfen hatte. Im Erdgeschoß schien jemand neu eingezogen zu sein; das Namensschild war nicht vorschriftsmäßig und unifomiert unter der Glasplatte angebracht worden, sondern mit einem Stück Klebeband daneben befestigt. Ein fremdar-

tiger Name, der einzige im ganzen Haus, der auf ausländische Herkunft hinzudeuten schien. Kommissarin Wilhelmsen klingelte bei den Leuten, die K. Håverstad gegenüber wohnten.

»Hallo?«

Eine Männerstimme antwortete. Eine sehr alte Männerstimme.

Sie stellte sich vor. Der Mann wirkte überglücklich angesichts dieses Besuches und drückte noch auf den Summer, als sie schon halb die Treppe hoch gestiegen waren. Als sie den ersten Stock erreichten, empfing er sie mit ausgestreckten Händen und einem so herzlichen Lächeln, als hätte er sie zu einem Fest geladen.

»Hereinspaziert, hereinspaziert«, piepste er und riß die Tür sperrangelweit auf.

Er mußte an die Neunzig sein und war wohl kaum größer als eins sechzig. Außerdem war er bucklig, und deshalb mußten sie sich setzen, um Blickkontakt zu ihm aufnehmen zu können.

Das sonnige Wohnzimmer war gut in Schuß und wurde von zwei riesigen Vogelkäfigen dominiert. In jedem machte ein großer bunter Papagei einen Höllenlärm. Überall standen Topfblumen herum, an den Wänden hingen alte Gemälde in großen, vergoldeten Rahmen. Das Sofa war steinhart und unbequem. Erik wußte nicht so recht, wie er sich verhalten sollte, und deshalb blieb er bei einem der Papageien stehen.

»Einen Moment noch, ich hole uns eine Tasse Kaffee!«

Der alte Mann war hingerissen. Hanne versuchte, den Kaffee abzuwehren, begriff aber schnell, daß das nichts bringen würde. Porzellantassen und eine Plätzchenschale mit hohem Fuß wurden auf den Tisch gestellt. Durch Schaden klug geworden, lehnte sie die Plätzchen dankend ab, wagte es aber, eine halbe Tasse Kaffee zu trinken. Erik fehlte diese Erfahrung, und er langte gierig zu. Ein Bissen reichte. Ein verzweifelter Ausdruck trat in seine Augen, und er hielt panisch nach einer Möglichkeit Ausschau, die drei Plätzchen, die er auf seinen Teller gepackt hatte, wieder loszuwerden. Er fand keinen Ausweg und war für den Rest des Besuchs mit dem Versuch beschäftigt, die Plätzchen herunterzuwürgen.

»Sie wissen vielleicht, warum wir hier sind?«

Der Mann beantwortete diese Frage nicht, er lächelte nur und versuchte, ihr ein Stück Königskuchen aufzuschwatzen.

»Wir sind von der Polizei«, sagte sie lauter, »das wissen Sie doch, ja?«

»Polizei, ja.« Er war zuckersüß. »Polizei. Nette junge Leute. Nettes Mädchen.«

Die strohtrockene runzlige Greisenhand war überraschend weich; mehrmals fuhr er ihr über den Handrücken. Ruhig nahm sie seine Hand und fing seinen Blick auf. Seine Augen waren hellblau. Die Brauen waren kräftig und hoben sich in der Mitte, wo die Haare am längsten waren, zu einem optimistischen Bogen. Sie sahen aus wie zwei kleine Hörner. Ein netter, freundlich gesinnter kleiner Teufel.

»In der Nachbarwohnung hier ist ein Verbrechen passiert! In der Nacht zum Sonntag!«

Sie fuhr zusammen, als aus einem Käfig ein Echo ertönte.

»Nachzum Sonntag, nachzum Sonntag!«

Erik schreckte noch heftiger hoch. Der Papageienschnabel befand sich gleich neben seinem Ohr, und deshalb ließ Erik seinen Teller zu Boden fallen. Er war unglücklich über dieses Zerstörungswerk, aber auch erleichtert, weil das letzte Plätzchen mit den Scherben auf dem Boden lag und nun wirklich nicht mehr gegessen werden konnte. Er entschuldigte sich stotternd und mit vollem Mund.

Dem Alten schien das nichts auszumachen. Er humpelte hinaus und holte Kehrblech und Handfeger. Erik folgte ihm und bestand darauf, die Scherben selbst wegzukehren. Der Papageienbesitzer legte zwei große schwarze Tücher über die Käfige. Sofort war alles still.

»So. Jetzt können wir uns unterhalten. Sie brauchen nicht so laut zu reden. Ich höre noch gut.«

Sie saßen einander wieder gegenüber.

»Ein Verbrechen«, murmelte er leise. »Ein Verbrechen. Davon gibt es heute so viele. In den Zeitungen. Jeden Tag. Ich gehe fast nie aus dem Haus.«

»Das ist sicher das beste«, bestätigte die Polizistin. »Das sicherste.«

In der Wohnung war es warm. Eine Uhr tickte schwer und müde auf einem Tisch, und Hanne Wilhelmsen wartete ab, als sie entdeckte, daß der Zeiger auf die Vier zuging. Zögernd und mit großer Kraftanstrengung schlug die Uhr viermal.

»Deshalb möchten wir mit den Nachbarn sprechen. Ob die etwas gehört oder gesehen haben.«

Der Mann gab keine Antwort, er schüttelte nur ruhig den Kopf.

»Mit dieser Uhr stimmt etwas nicht. Früher war sie nicht so. Sie klingt jetzt anders. Finden Sie nicht auch?«

Hanne Wilhelmsen seufzte.

»Schwer zu sagen. Ich höre sie heute doch zum erstenmal. Aber ich finde auch, daß sie sich ein bißchen... traurig anhört. Vielleicht sollten Sie sie mal zum Uhrmacher bringen?«

Vielleicht fand er das nicht. Er schwieg und schüttelte nur weiter leise den Kopf.

»Haben Sie in der Nacht zum Sonntag etwas gehört? Vorgestern nacht?«

Obwohl der Alte betont hatte, daß sein Gehör völlig in Ordnung sei, hob sie automatisch die Stimme.

»Nein, etwas gehört... ich glaube nicht. Ich habe wohl nichts gehört. Nur das, was ich jede Nacht höre, natürlich. Autos. Und die Straßenbahn. Aber die fährt nachts ja nicht. Die habe ich also nicht gehört.«

»Sind Sie oft...«

»Ich habe einen sehr leichten Schlaf, wissen Sie«, fiel er

ihr ins Wort. »Als ob ich in meinem langen Leben genug geschlafen hätte. Ich bin jetzt neunundachtzig. Meine Frau ist nur siebenundsechzig geworden. Jetzt nehmen Sie doch endlich ein Plätzchen. Meine Tochter hat sie gebacken. Nein, das stimmt nicht, das war meine Enkelin. Manchmal komme ich doch ein bißchen durcheinander. Meine Tochter ist ja tot. Da kann sie auch nicht mehr backen!«

Er lächelte ein reizendes, bescheidenes Lächeln, so als sei ihm plötzlich aufgegangen, daß die Zeit ihn nicht nur eingeholt, sondern längst auch überholt hatte.

Ein Schuß in den Ofen. Hanne Wilhelmsen trank ihren Kaffee, bedankte sich höflich und beendete das Gespräch.

»Was war das denn überhaupt für ein Verbrechen?« fragte der Mann plötzlich interessiert, als Hanne und ihr Kollege im Flur bereits zu Helmen und Lederjacken griffen.

Kommissarin Wilhelmsen drehte sich zu ihm um und zögerte kurz, ehe sie den lieben alten Mann mit den brutalen Schattenseiten der Hauptstadt konfrontierte. Dann riß sie sich zusammen. Er hat dreimal soviel vom Leben gesehen wie ich, dachte sie und antwortete: »Vergewaltigung. Es war eine Vergewaltigung.«

Er schüttelte sich und breitete die Arme aus.

»Sie ist doch so ein nettes junges Mädchen«, sagte er. »Wie schrecklich!«

Die Tür schloß sich hinter ihnen, und der Alte stapfte zu seinen gefiederten Freunden zurück, um die Tücher von den Käfigen zu nehmen. Eine Kakophonie von Danksagungen wurde ihm zuteil, und er hielt einem der Aras einen Finger hin, woraufhin der Vogel freundlich an der Hand seines Besitzers herumbiß.

»Vergewaltigung. Wie entsetzlich«, sagte der Alte zu dem Papagei, der zustimmend nickte. »Ob jemand hier aus dem Haus zu so etwas fähig ist? Nein, das war sicher ein Fremder. Vielleicht der mit dem roten Auto. Das Auto habe ich noch nie gesehen.« Er zog seinen Finger zurück und stapfte zu einem abgenutzten, bequemen Sessel am Fenster. Dort saß er immer, wenn die Schlaflosigkeit ihn aus dem warmen Bett vertrieb. Die Stadt war seine Freundin, solange er sicher im Haus saß. Er wohnte schon sein Leben lang in dieser Wohnung, hatte gesehen, wie Pferdewagen lärmenden Automobilen weichen mußten, wie Gaslaternen durch elektrisches Licht ersetzt und die Pflastersteine mit grauschwarzem Asphalt zugeschmiert worden waren. Er kannte seine Nachbarschaft, jedenfalls so, wie sie aus einem Fenster im ersten Stock erschien. Er kannte die Autos aus der Gegend und wußte, wem sie gehörten. Das rote Auto hatte er noch nie gesehen. Und den hochgewachsenen jungen Mann, der gegen Morgen damit weggefahren war, auch nicht. Der war sicher der Täter.

Er blieb noch ein Weilchen am Fenster sitzen und nickte vielleicht auch ein. Dann ging er in aller Ruhe in die Küche und kochte sich ein bißchen Suppe.

Die anderen Nachbarn hatten ebenfalls nichts gehört. Oder gesehen. Die meisten hatten registriert, daß am Sonntag morgen die Polizei gekommen war. Gerüchte waren durch das Mietshaus geeilt, und alle anderen wußten schon mehr als der liebenswürdige Greis aus dem ersten Stock. Aber nichts davon war von Interesse für die Polizei, es waren nur Geschichten, die sie einander eifrig übers Treppengeländer hinweg erzählt hatten, kopfschüttelnd und ungläubig; Spekulationen und gegenseitige Beteuerungen, daß sie von nun an alle viel besser aufpassen würden.

Kristine Håverstad war nicht zu Hause. Das wußte Hanne Wilhelmsen. Sicherheitshalber klingelte sie aber trotzdem und wartete einige Sekunden, ehe sie die Tür aufschloß. Die junge Frau hatte ihr die Schlüssel gegeben und gesagt, sie wolle fürs erste bei ihrem Vater bleiben. Wie lange, wisse sie noch nicht.

Die Wohnung war aufgeräumt, gut in Schuß und gemütlich. Sie war nicht groß, Hanne und ihr Kollege sahen schnell, daß sie aus einem Wohnzimmer mit Kochnische und einem recht großen Schlafzimmer mit einem Schreibtisch in einer Ecke bestand. Ein schmaler Flur führte in die Zimmer. Das Bad war so klein, daß es fast möglich schien, auf dem Klo zu sitzen, zu duschen und sich gleichzeitig die Zähne zu putzen. Es war sauber und duftete leicht nach Desinfektionsmittel mit Kiefernnadelgeruch.

Die Spurensicherung war schon hier gewesen, und Hanne Wilhelmsen wußte, daß sie nichts von Bedeutung finden würde. Sie war einfach neugierig. Die Bettwäsche war nicht mehr da, die Decke lag ordentlich auf dem Bett. Es war ein Einzelbett, aber es war breit genug, um zwei guten Freunden Platz zu bieten. Es war aus Kiefernholz; kleine gedrechselte Kugeln krönten die Pfosten. Unterhalb der Kugeln am Fußende sah sie eine dunkle, ungleichmäßige Kante. Sie hockte sich hin und ließ ihre Finger über diese Stelle gleiten. Winzige Holzsplitter stachen sie. Sie seufzte tief, verließ das Schlafzimmer und blieb in der Wohnzimmertür stehen.

»Was suchen wir hier eigentlich?« fragte Erik unsicher.

»Nichts«, antwortete Hanne Wilhelmsen und starrte vor sich hin, um ihrer Antwort zusätzlichen Ausdruck zu verleihen. »Wir suchen nichts. Ich wollte diese Wohnung, in die Kristine Håverstad sicher niemals zurückziehen können wird, nur sehen.«

»Das ist einfach übel«, murmelte der Junge.

»Das ist noch viel mehr«, sagte Hanne. »Das ist viel, viel mehr als das.«

Sie schlossen beide Sicherheitsschlösser ab und machten auf dem Rückweg einen unnötig großen Umweg. Erik der Rote war hingerissen. Nach diesem Ausflug wußte er nicht, in wen er heftiger verliebt war, in Hanne Wilhelmsen oder in ihre riesige rosa Harley.

DIENSTAG, 1. JUNI

Kristine Håverstad versuchte sich zu grausen, aber das schaffte sie nicht. Es war doch auch egal. Sie brauchte keine Anwältin. Sie brauchte eigentlich gar nichts. Sie wollte nur zu Hause sein, zu Hause bei ihrem Vater. Sie wollte alle Türen abschließen und fernsehen. Jedenfalls wollte sie keine Anwältin. Aber die Polizistin hatte darauf bestanden. Sie hatte ihr eine Namensliste gezeigt und vorsichtig angedeutet, daß Linda Løvstad eine gute Wahl sein könnte. Als Kristine Håverstad genickt und mit den Schultern gezuckt hatte, hatte Hanne Wilhelmsen für sie angerufen. Bereits am nächsten Tag wurde Kristine Håverstad um 10.30 in der Kanzlei von Anwältin Løvstad erwartet.

Jetzt stand sie vor dem Haus und versuchte sich zu grausen. Das Namensschild wies Narben auf, die beim Austauschen von Anwaltsnamen entstanden waren, aber es war doch deutlich zu lesen, »AnwältInnen Andreassen, Bugge, Hoel und Løvstad, 1. Stock«. Schwarze Buchstaben auf abgeschabtem Messing. Ein Hund kam ihr schwanzwedelnd entgegen, als sie die Glastür im ersten Stock öffnete. Sie fuhr zusammen, wurde aber von einem Mann beruhigt, der unmöglich Anwalt sein konnte, so, wie er angezogen war. Abgewetzte Jeans und Turnschuhe. Er lächelte, nahm den Hund am Halsband und zog ihn leise schimpfend in ein Büro. Am Ende eines sehr langen Flurs lag noch ein Hund, groß und koksgrau, den Kopf auf den Pfoten und mit einem traurigen Ausdruck, als könne er nur zu gut nachvollziehen, was sie durchgemacht hatte. Eine dünne, gutangezogene junge Frau an der mit einer Telefonanlage gekoppelten Rezeption zeigte auf den traurigen grauen Hund.

»Die vorletzte Tür links«, sagte sie mit leiser Stimme und einem Lächeln.

»Herein«, hörte sie, als sie noch gar nicht angeklopft hatte. Vielleicht war der Mann mit dem ersten Hund ja doch ein Anwalt gewesen. Diese Frau trug zwar keine Turnschuhe, wohl aber Chinasandalen und Jeans und eine Bluse, die Kristine schon in einem Kaufhaus gesehen hatte. Das Büro erzählte auch sonst nicht gerade von Luxus. Außerdem lag in einer Ecke ein dritter Hund. Vielleicht war das eine Voraussetzung, um hier Arbeit zu finden. Daß man einen Hund hatte. Es war eine Promenadenmischung, dünn und rabenschwarz und häßlich, aber mit großen schönen Augen.

Ein geschwungener Schreibtisch nahm fast das ganze Zimmer ein. Die Bücherregale waren schlicht und nicht besonders gut gefüllt, und auf dem Boden stand, an die Regalwand gelehnt, eine lächerliche riesige Stoffkatze. Sie war nicht schön und auch nicht übermäßig witzig, aber zusammen mit einem Spielzeugstreifenwagen, billigen Plakaten hinter rahmenlosem Glas an den Wänden und einem blühenden Fleißigen Lieschen in einem weißen Übertopf half sie doch, das Zimmer weniger furchteinflößend erscheinen zu lassen.

Die Anwältin erhob sich und streckte Kristine die Hand entgegen. Linda Løvstad war dürr wie eine Bohnenstange, platt wie ein Bügelbrett und hatte strähnige hellblonde Haare, die sie im vergeblichen Versuch, sie voller aussehen zu lassen, zu einer Art Dutt hochgesteckt hatte. Aber ihr Gesicht war freundlich, ihr Lächeln schön und ihr Händedruck fest. Sie bot Kaffee an, holte einen hellbraunen, leeren Ordner hervor und fing an, Personalien aufzunehmen.

Kristine Håverstad wußte einfach nicht, was sie hier zu suchen hatte. Unter keinen Umständen würde sie ihre Erklärungen ein weiteres Mal abgeben.

Die Frau war Gedankenleserin.

»Du brauchst mir nichts über die Vergewaltigung zu erzählen«, beruhigte sie. »Ich bekomme alle Unterlagen von der Polizei.«

Es folgte eine Pause, die überhaupt nicht peinlich war. Nur beruhigend. Die Anwältin sah Kristine lächelnd an, blätterte in einigen Papieren, die nichts mit ihr zu tun haben konnten, und wartete vielleicht darauf, daß sie etwas sagte. Kristine musterte die Stoffkatze und fuhr mit den Fingern über ihre Sessellehne. Als die Anwältin noch immer nichts sagte, zuckte Kristine leicht mit den Schultern und starrte den Boden an.

»Hast du Hilfe? Eine Psychologin oder so was?«

»Ja. Genauer gesagt, eine Sozialberaterin. Ist ja auch egal.«

»Und bringt das irgendwas?«

»Kommt mir im Moment nicht so vor. Aber ich weiß, daß es wichtig ist. Auf längere Sicht, meine ich. Und ich war auch erst einmal bei ihr. Gestern.«

Anwältin Løvstad nickte aufmunternd.

»Meine Aufgabe ist eigentlich ziemlich begrenzt. Ich soll eine Art Bindeglied zwischen dir und der Polizei sein. Wenn du Fragen hast, dann ruf mich einfach an. Die Polizei soll mich auf dem laufenden halten. In der Regel verschlampen sie das, aber du hast Glück mit deiner Hauptermittlerin. Die sagt Bescheid.«

Jetzt lächelten beide.

»Ja, die scheint in Ordnung zu sein«, bestätigte die Mandantin.

»Und ich werde dir beim Schmerzensgeld behilflich sein.«

Die junge Frau sah verwirrt aus.

»Schmerzensgeld?«

»Ja, du hast Anspruch auf Schmerzensgeld. Entweder vom Täter oder vom Staat. Das ist genau festgelegt.«

»Ich will kein Schmerzensgeld!«

Kristine Håverstad war von ihrer heftigen Reaktion überrascht. Schmerzensgeld? Als ob ihr jemals irgendwer einen Betrag geben könnte, der ausreichte, alle Schmerzen zu heilen, die entsetzliche schwarze Nacht auszuwischen, die ihr ganzes Leben auf den Kopf gestellt hatte. Geld?

»Ich will nichts!«

Wenn ihre Tränendrüsen nicht restlos erschöpft gewesen wären, dann wäre sie jetzt in Tränen ausgebrochen. Sie wollte kein Geld. Hätte sie die Wahl gehabt, dann hätte sie sich für ein Videogerät entschieden, auf dem sie ihr Leben praktischerweise als Band ablaufen lassen könnte. Sie würde die Tage zurückspulen und am fraglichen Samstag zu ihrem Vater gehen, statt sich in ihrer eigenen Wohnung ihr Leben zerstören zu lassen. Aber diese Wahl hatte sie nicht.

Ihre Unterlippe und bald auch die gesamte Kinnpartie bebten heftig.

»Ich will mein Leben zurückhaben! Und kein Schmerzensgeld!«

Das letzte Wort spuckte sie aus wie einen verdorbenen Bissen.

»Ganz ruhig!«

Die Anwältin beugte sich über den breiten Tisch und fing ihren Blick ein.

»Über das alles können wir später noch reden. Vielleicht bist du dann immer noch dieser Ansicht, dann wird dich natürlich niemand zwingen. Vielleicht überlegst du es dir ja auch anders. Wir warten erst mal ab. Aber brauchst du jetzt vielleicht irgendeine Art von Hilfe? Irgendeine andere?«

Die große zarte Frau musterte ihre Anwältin einige lange Sekunden lang. Dann konnte sie nicht mehr. Sie beugte sich über den Tisch und legte den Kopf auf die Arme. Ihre Haare fielen nach vorn und verbargen ihr Gesicht. Sie weinte tränenlos eine halbe Stunde, während die Anwältin einfach nur ihren Rücken streichelte und ihr beruhigende Worte zuflüsterte.

»Wenn mir doch bloß irgendwer helfen könnte«, schluchzte die junge Frau. »Und wenn irgendwer meinem Vater helfen könnte!«

Schließlich stand sie auf.

»Eigentlich will ich überhaupt nichts mit der Polizei zu tun haben. Im Grunde ist es mir egal, ob sie ihn erwischen. Ich will bloß...« Wieder mußte sie weinen, konnte nun aber aufrecht stehen bleiben. »Ich will einfach nur Hilfe. Und jemand muß meinem Vater helfen. Er spricht nicht mit mir. Er ist immer bei mir, will alles für mich tun, aber er... er sagt nichts. Ich habe solche Angst, er könnte...«

Wieder wurde sie von ihrem Kummer überwältigt. Nach einer weiteren Viertelstunde wußte Linda Løvstad, daß sie zum erstenmal in ihrer kurzen Karriere als Anwältin für eine Mandantin einen Krankenwagen holen mußte.

Sie versprachen sich nicht viel von der Zeichnung, hatten sie aber doch an die Zeitungen weitergereicht. Etwas hatte das immerhin gebracht, es waren ihnen schon über fünfzig Namen genannt worden. Vielleicht kam das gerade daher, daß es der Zeichnung dermaßen an Charakter fehlte, an den vagen Zügen, dem unklaren Gesicht; es war ein identitätsloses Schattenbild. Hanne Wilhelmsen hielt die Zeitung auf Armeslänge von sich weg und schüttelte den Kopf.

»Das könnte doch jeder sein«, sagte sie. »Mit etwas gutem Willen kenne ich vier oder fünf Männer, die so ähnlich aussehen.« Sie kniff die Augen zusammen und legte den Kopf schräg. »Das hat Ähnlichkeit mit dir, Håkon! Das hat doch tatsächlich Ähnlichkeit mit dir!«

Sie lachte und ließ sich die Zeitung aus den Händen reißen.

»Hat es überhaupt nicht!« protestierte er beleidigt. »Mein Gesicht ist nicht so rund. Und meine Augen stehen auch nicht so eng beieinander. Und ich habe mehr Haare.«

Die Zeitung wurde brutal zusammengeknüllt und in den Papierkorb geworfen.

»Wenn du diese Ermittlungen so betreibst, dann verstehe ich, warum niemand mit einer Aufklärung rechnet«, erklärte er, immer noch ziemlich sauer. »Also echt...«

Sie ließ nicht locker. Sie fischte die mißhandelte Zeitung aus dem Papierkorb und glättete sie mit einer langfingrigen, schmalen Hand, daß der Nagellack glänzte.

»Sieh dir doch diese Zeichnung an. Könnte das nicht jeder x-beliebige sein? Solche Zeichnungen dürften überhaupt nicht veröffentlicht werden. Entweder hat sich das Opfer irgendein Merkmal besonders eingeprägt, dann kriegt der Mann eine zu große Nase, und wir kriegen keine Tips. Oder er sieht so aus. Beliebig. Wie irgendein Norweger.«

Lange starrten sie das Bild des anonymen Norwegers mit dem nichtssagenden Gesicht an.

»Wissen wir eigentlich, daß er Norweger ist?«

»Wir wissen nur, daß er fließend Norwegisch spricht und norwegisch aussieht. Also können wir annehmen, daß er Norweger ist.«

»Aber er war doch ziemlich braun...«

»Jetzt hör aber auf, Håkon. Wir haben wirklich schon genug Rassisten, da brauchst du dir nicht auch noch einzureden, ein blonder Mann mit Osloer Akzent könnte Marokkaner sein.«

»Aber die vergewaltigen doch wie die...«

»Hör sofort mit dem Scheiß auf, Håkon!«

Ihre Stimme hatte einen fast aggressiven Ton angenommen. Zwar waren Nordafrikaner in den Vergewaltigungsstatistiken überrepräsentiert. Zwar waren die ihnen vorgeworfenen Vergewaltigungen oft ungewöhnlich brutal. Zwar machten sich ab und zu ihre eigenen Vorurteile ungewöhnlich heftig bemerkbar – als Resultat von zu vielen Begegnungen mit gutaussehenden wollhaarigen Arschlöchern, die ihr frech ins Gesicht logen, obwohl sie im wahrsten Sinne des Wortes mit heruntergelassener Hose erwischt worden waren und jeder Norweger in derselben Situation gesagt hätte: Doch, wir haben gefickt, aber sie wollte das auch. Zwar wußte sie das alles, aber es laut zu sagen war trotzdem etwas ganz anderes.

»Was glaubst du, wie hoch die Dunkelziffer bei ›norwegischen‹ Vergewaltigungen liegt?« Sie winkte mit zwei Fingern an jeder Hand, als sie »norwegischen« sagte. »Die Vergewaltigungen, die beim letzten Glas in der Wohnung passieren, bei Firmenfeiern, durch Ehemänner... you name it! Da hast du die Dunkelziffer. Jede Frau weiß, daß eine Anzeige überhaupt nichts bringt. Die ›waschechten‹ Vergewaltigungen dagegen...« Wieder winkten die Finger. »Die gemeinen Überfälle, die gemeinen, dunkelhäutigen Verbrecher, die nicht von hier sind, von denen alle Welt weiß, daß die Polizei es auf sie abgesehen hat... die werden angezeigt.«

Pause. Håkon fühlte sich getroffen und lächelte verlegen und abwehrend.

»So war das doch nicht gemeint.«

»Nein, davon gehe ich aus. Aber du darfst so was nicht sagen. Nicht mal aus Jux. Und eines glaube ich ganz sicher.«

Schweißnaß und resigniert richtete sie sich auf, beugte sich zum Fenster hinüber und versuchte, es weiter aufzureißen. Die neuen Vorhänge bewegten sich kaum, und auch das eher durch Hannes Bewegung als durch einen Luftzug von draußen.

»Himmel, das ist vielleicht heiß.«

Das alles brachte nichts. Das Fenster schloß sich bis auf einen zehn Zentimeter breiten Spalt, und der bewirkte gar nichts. Im Zimmer herrschten sicher dreißig Grad.

»Eines glaube ich ganz sicher«, wiederholte sie. »Wenn alle Vergewaltigungen, die hierzulande stattfinden, wirklich angezeigt würden, dann wären wir entsetzt über zwei Dinge.«

Håkon Sand wußte nicht sicher, warum sie sich hier unterbrach. Vielleicht wollte sie ihm die Möglichkeit bieten, diese beiden Dinge zu erraten. Statt das Risiko einer zweiten Blamage einzugehen, wartete er schweigend ihr Fazit ab.

»Erstens: wie viele Vergewaltigungen passieren. Zweitens: daß Ausländer genauso viele davon begehen, wie ihr Anteil an der Bevölkerung es erwarten läßt. Nicht mehr und nicht weniger.« Wieder stöhnte sie über die Hitze. »Wenn das nicht bald ein Ende hat, raste ich aus. Ich glaube, ich fahre eine Runde. Kommst du mit?«

Mit entsetztem Blick lehnte er das Angebot ab. Eine andere Motorradfahrt steckte ihm noch in den Knochen; eine eiskalte, lebensgefährliche Tour vor einem halben Jahr, als Hanne Wilhelmsen gefahren war und er selbst einen geblendeten und triefnassen Passagier gegeben hatte. Diese Tour war absolut lebensnotwendig gewesen. Seine erste Motorradfahrt und ganz bestimmt auch die letzte.

»Nein danke, ich geh' lieber eine Runde schwimmen«, sagte er. Es war halb vier. Im Grunde konnten sie jetzt Feierabend machen.

»Strenggenommen solltest du ja erst mal die Tips durchgehen«, sagte er zaghaft.

»Das mache ich morgen, Håkon. Morgen.«

Seine Verzweiflung drohte ihn zu verzehren. Sie nagte wie eine scheußliche graue Ratte irgendwo in seinem Brustkasten herum. Seit Sonntag morgen hatte er zwei Flaschen eines Magenmittels mit Apfelsinengeschmack geleert. Aber das brachte nichts. Der Ratte schien der Geschmack zu gefallen, sie nagte mit neuer Kraft weiter. Was er auch tat, was er auch sagte, nichts half. Seine Tochter wollte nicht mit ihm sprechen. Sie wollte zwar bei ihm sein, in ihrem Elternhaus, in ihrem alten Kinderzimmer. Darin fand er einen Hauch von Trost. Daß seine Nähe ihr vermutlich doch eine Art Sicherheit gab. Aber mit ihm sprechen wollte sie nicht.

Er hatte Kristine vom psychiatrischen Notdienst abgeholt. Als er sie dort sitzen sah, elend, mit düsteren Augen und eingesunkenen Schultern, mußte er an seine Frau denken, vor zwanzig Jahren. Sie hatte damals genauso dagesessen, mit demselben leeren Blick, derselben hoffnungslosen Haltung, demselben ausdruckslosen Mund. Sie hatte gerade erfahren, daß der Tod sie von ihrem Mann und der knapp vier

Jahre alten Tochter wegreißen würde. Damals war er wütend gewesen. Er hatte geflucht und Krach geschlagen und seine Frau zu jedem einzelnen Fachmann im ganzen Land gebracht. Schließlich hatte er sich von seinen Eltern einen bedeutenden Betrag geliehen, in der vergeblichen Hoffnung, daß ferne Fachleute in den USA, diesem gelobten Land der Mediziner, die grausame Tatsache ändern könnten, über die vierzehn norwegische Ärzte ein und dieselbe traurige Meinung gehabt hatten. Das einzige Resultat dieser Expedition war gewesen, daß die junge Frau weit von zu Hause gestorben war und daß er die Heimreise mit seiner Geliebten in einer Kühltruhe im Laderaum angetreten hatte.

Sein Leben allein mit der kleinen Kristine war schwierig gewesen. Er hatte gerade sein Examen als Zahnarzt gemacht, zu einem Zeitpunkt, als dieser früher so lukrative Beruf nach zwanzig Jahren sozialdemokratischer Volkszahnpflege weniger einträglich geworden war. Aber er hatte überlebt. Die Mitte der siebziger Jahre hatte im Zeichen der Frauenbewegung gestanden, und paradoxerweise hatte ihm das geholfen. Ein alleinstehender Vater, der darauf bestand, sich um seine Tochter zu kümmern, konnte mit jeglicher Unterstützung durch die Behörden, mit großer Sympathie seitens seiner Umgebung und mit Hilfe und Solidarität von Kolleginnen und Nachbarinnen rechnen. Er hatte überlebt.

Es hatte nicht viele Frauen in seinem Leben gegeben. Er war zwar die eine oder andere Beziehung eingegangen, aber lange hatte keine gedauert. Dafür hatte Kristine gesorgt. Bei den drei Gelegenheiten, da er es gewagt hatte, ihr eine potentielle Stiefmutter vorzustellen, hatte sie mürrisch jeglichen Versuch der Anbiederung abgewiesen. Und immer hatte sie gewonnen. Er liebte seine Tochter. Natürlich wußte er, daß alle Männer ihre Kinder lieben und daß er sich in dieser Hinsicht wohl kaum sonderlich von der übrigen männlichen Bevölkerung Norwegens unterschied. Gefühlsmäßig bestand er jedoch sich selbst und seiner Umgebung gegenüber darauf, daß die Beziehung zwischen ihm und seiner Tochter etwas Besonderes sei. Sie hatten einander. Er war Vater und Mutter für sie gewesen. Er hatte bei Krankheiten an ihrem Bett gewacht, hatte für saubere Kleider gesorgt und den Teenager getröstet, als die erste Liebesgeschichte nach drei Wochen kläglich geendet war. Als ihm die Dreizehnjährige mit einer Mischung aus Freude und Furcht ihre blutbefleckte Unterhose gezeigt hatte, hatte er sie zu Filetsteak und mit Wasser verdünntem Rotwein in ein Restaurant eingeladen, um die Tatsache zu feiern, daß seine kleine Tochter nun zur Frau wurde. Und er hatte zwei Jahre lang alle BH-Wünsche abschlagen müssen, da die dafür vorgesehenen Mückenstiche so klein waren, daß jeder BH lächerlich gewirkt hätte. Er hatte sich allein über die großartigen schulischen Leistungen seiner Tochter freuen müssen, hatte allein den bitteren Schmerz ertragen, daß sie lieber mit Freunden feiern wollte, als sie an einem Sommertag vor vier Jahren ihren Medizinstudienplatz an der Uni Oslo bekommen hatte.

Er liebte seine Tochter, kam aber nicht an sie heran. Als er sie abgeholt hatte, war sie bereitwillig mitgekommen; sie selbst hatte darum gebeten, daß er verständigt würde. Sie wollte also nach Hause. Zu ihm. Aber sie sagte nichts. Versuchsweise hatte er auf dem Heimweg im Auto nach ihrer Hand getastet, und sie hatte ihn nicht abgewehrt. Aber das war keine Antwort, es war einfach eine schlaffe Hand, die sie passiv in seiner ruhen ließ. Es war kein Wort gefallen. Zu Hause hatte er versucht, sie mit einer Mahlzeit aus sich herauszulocken: Frischgebackenes Brot, Roastbeef und Krabbensalat, was sie beides liebte, dazu seinen besten Rotwein. Sie hatte dem Wein zugesprochen, das Essen jedoch stehenlassen. Nach drei Glas hatte sie den Rest in der Flasche mitgenommen, sich höflich entschuldigt und sich in ihrem Zimmer verkrochen.

Das war drei Stunden her. Kein einziger Laut war aus ihrem Zimmer zu hören. Steif erhob er sich vom Sofa. Es kam aus den USA und war niedrig und viel zu weich. Die Kerzen, die im hellen Frühlingsabend heruntergebrannt waren, erloschen mit einem letzten Zischen. Er blieb vor der Kinderzimmertür stehen und wartete mehrere Minuten ganz still ab, ehe er es wagte, anzuklopfen. Keine Antwort. Er wartete noch einige Minuten, dann beschloß er, sie in Ruhe zu lassen.

Und ging ins Bett.

In einem gelben Kinderzimmer mit karierten Vorhängen saß Kristine Håverstad mit einem Bären auf dem Schoß und einer leeren Rotweinflasche vor sich auf einem weißlackierten Tisch. Das Bett war schmal, und sie hatte Krämpfe in den Beinen, nachdem sie stundenlang in Lotusstellung gesessen hatte. Die Krämpfe waren ihr willkommen. Sie wurden immer schlimmer, und sie konzentrierte sich darauf, den Schmerz voll auszukosten. Alles andere verschwand, sie spürte nur den stechenden, schmerzhaften Protest ihrer Glieder, die schon lange nicht mehr ausreichend durchblutet waren. Schließlich konnte sie es nicht mehr ertragen; sie legte sich aufs Bett und streckte die Beine aus. Der Schmerz steigerte sich noch, als das Gefühl in ihre Waden zurückbrauste. Sie packte mit beiden Händen ihren Oberschenkel und umklammerte ihn so hart, daß ihr die Tränen in die Augen traten. Das alles tat sie, um den Schmerz anhalten zu lassen. Aber sie konnte ja nicht ewig so weitermachen. Nach einer Weile ließ sie los. Die Schmerzen in der Brust stellten sich wieder ein. Dort drinnen war alles hohl, ein schwarzer leerer Raum, darin ein undefinierbarer Schmerz. Der Schmerz wirbelte umher, schneller und schneller, und schließlich stand sie auf und holte die kleine Pillenschachtel, die sie beim Notdienst bekommen hatte. Valium, 0,5 mg. Eine winzige Schachtel. Jede Pille stellte die Hoffnung auf ein wenig Ruhe dar. Für einen Moment. Die Schachtel in der linken Hand, blieb sie eine Ewigkeit stehen. Dann ging sie damit ins Badezimmer, klappte den Klodeckel hoch und kippte den Inhalt ins bläuliche Chlorwasser. Die Pillen schwammen noch eine Weile an der Oberfläche, dann sanken sie langsam auf den Porzellanboden und verschwanden im Abfluß. Sicherheitshalber zog sie ab. Zweimal. Danach wusch sie sich gründlich mit kaltem Wasser das Gesicht und ging ins Wohnzimmer. Jetzt war es dunkel. Nur eine kleine Lampe über dem Fernseher brannte und warf einen schwachen gelben Lichtschein über die weichen Teppiche vor der Sitzecke. Sie holte sich noch eine Flasche Rotwein aus der Küche, ganz leise, um ihren Vater nicht zu wecken. Falls der schlief. Danach saß sie im besten Sessel, dem alten Lehnstuhl ihres Vaters, bis auch diese Flasche leer war.

Und dann stand er in der Tür. Riesig groß, aber mit hängenden Schultern, im Schlafanzug. Er streckte in hilfloser Geste die Hände aus. Beide schwiegen. Er zögerte lange, dann kam er doch herein und hockte sich vor sie hin.

»Kristine«, sagte er leise, mehr um überhaupt etwas zu sagen. »Kristine. Meine Kleine.«

Sie hätte so gern geantwortet. Lieber als alles auf der Welt wäre sie ihm entgegengekommen, hätte sich vorgebeugt, sich trösten lassen und ihn getröstet. Ihm erzählt, wie traurig es sie machte, ihm das angetan zu haben, traurig, weil sie ihn enttäuscht und sein Leben ruiniert hatte, als sie dumm genug gewesen war, sich vergewaltigen zu lassen. Sie hätte so schrecklich gern die vergangenen entsetzlichen Tage ausgewischt, alles ausgewischt, um vielleicht acht Jahre alt und wieder glücklich zu sein, um sich in die Luft werfen und von seinen Armen auffangen zu lassen. Aber sie schaffte das ganz einfach nicht. Nichts konnte alles wiedergutmachen. Sie hatte sein Leben ruiniert. Sie konnte nur die Hand ausstrecken und mit den Fingerspitzen sein Gesicht streicheln, von der weichen Haut an den Schläfen über die rauhe, unrasierte Wange bis zum Grübchen im Kinn.

»Papa«, sagte sie leise und stand auf. Sie schwankte leicht, fand ihr Gleichgewicht wieder und ging zurück in ihr Zimmer. Bei der Tür drehte sie sich kurz um und sah, daß er immer noch dort hockte, die Hände vors Gesicht geschlagen. Sie schloß die Tür hinter sich und legte sich angezogen aufs Bett. Einige Minuten später schlief sie tief und traumlos.

MITTWOCH, 2. JUNI

Auf dem gepflasterten Hang, der sich vom Grønlandsleiret zum Polizeigebäude erstreckte, war einiges los. Leute kamen und gingen. Ab und zu flitzte ein Taxi heran und spuckte Männer in Anzügen aus, die allesamt wichtige Menschen in den oberen Etagen sprechen mußten, alte Damen, die auf dünnen Beinen und in vernünftigen Laufschuhen ins Haus staksten, um aufgeregt und empört einen verschwundenen Pudel zu melden, und alle möglichen anderen Leute. Die Sonne schien und schien, und der Löwenzahn auf dem Rasen bekam schon graue Haare. Sogar das Gefängnis hinten in der Pappelallee sah gemütlich aus. Jederzeit hätten die Panzerknacker pfeifend durch das Tor kommen können, bereit zu neuen Taten. Halbnackte Menschen lagen und saßen überall auf den Grünflächen zwischen den Gebäuden, einige machten Mittagspause, die anderen waren Arbeitslose und Hausfrauen, die diesen einzigen grünen Flecken im alten Oslo genossen. Ein paar dunkelhäutige Kinder spielten zwischen den Sonnenbadenden Fußball, was einige, die immer wieder aus ihrem schläfrigen Zustand hochfuhren, wenn der Ball auf ihrem eingeölten Bauch landete, doch sehr verärgerte. Die Kinder lachten und schienen ihr Spiel durchaus nicht an einen anderen Ort verlegen zu wollen.

Hanne Wilhelmsen und Håkon Sand saßen auf einer Bank hinten an der Mauer. Hanne hatte sich die Hosenbeine bis über die Knie aufgekrempelt und die Schuhe ausgezogen. Ein verstohlener Blick verriet Håkon, daß sie sich die Beine nicht rasierte. Was gut war, denn sie hatte nur weichen, hellen, femininen Flaum vorzuweisen, der viel besser aussah als glatte Haut. Ihre Beine hatten sich schon hellbraun gefärbt.

»Hast du dir eins schon mal überlegt«, fragte Håkon Sand mit vollem Mund. Er kaute zu Ende, faltete sein Butterbrotpapier ordentlich zusammen und goß den restlichen Inhalt eines Milchkartons in sich hinein. »Hast du dir schon mal überlegt, daß es diesmal kein Samstagsmassaker gegeben hat? Am letzten Samstag, meine ich.«

»Ja.«

Hanne Wilhelmsen hatte ihren Mittagsimbiß längst beendet. Er hatte aus einem Joghurt und einer mittelgroßen gelben Rübe bestanden. Håkon hatte verblüfft gefragt, ob sie abnehmen wolle. Sie hatte ihm keine Antwort gegeben.

»Ja, das habe ich mir schon mal überlegt«, bestätigte sie noch einmal. »Komisch. Vielleicht hat der Scherzkeks das Ganze satt. Wir haben die Sache ja aus den Zeitungen heraushalten können. Auf die Dauer war es ihm vielleicht zu öde, sich die ganze Mühe zu machen, nur um uns zu ärgern. Er hatte sich wahrscheinlich mehr erhofft. Wenn die Scherzkekstheorie zutrifft, meine ich.«

»Vielleicht ist ihm ganz einfach das Blut ausgegangen.«

»Ja, vielleicht.«

Der Fußball kam in hohem Bogen auf sie zu. Hanne erhob sich und fing ihn lächelnd auf. Sie drehte sich zu ihrem Kollegen um.

»Sollen wir eine Runde spielen?«

Håkon fuchtelte heftigst mit den Händen, was jegliche Hoffnung, ihn mit den kleinen Pakistani Fußball spielen zu sehen, im Keim erstickte. Hanne trat den Ball zurück und jammerte. Sie setzte sich und rieb sich den schmerzenden Fuß.

»Aus der Übung.«

»Wie siehst du die Sache eigentlich?« fragte Håkon Sand.

»Ich weiß es wirklich nicht. Ich hoffe, daß es nur ein Jux war. Aber irgend etwas an der Geschichte gefällt mir nicht. Der Typ hat sich doch immerhin eine riesige Mühe gemacht.«

»Oder die Frau.«

»Ich glaube ehrlich gesagt nicht, daß eine Frau so was tun würde. Es ist irgendwie zu... ein bißchen zu maskulin. Das viele Blut.«

»Aber wenn es nun kein Witz sein sollte? Wenn an den drei Orten ein wirkliches Verbrechen stattgefunden hat? Wenn nun...«

»Hast du nicht genug zu tun, Håkon? Findest du es wirklich nötig, dir über ›Wenn nun‹ – Verbrechen den Kopf zu zerbrechen? Dann steht dir eine lebhafte Zeit bevor, mein Lieber.«

Leicht genervt zog sie Strümpfe und Schuhe an und krempelte die Hosenbeine herunter.

»Game over. Gehen wir wieder an die Arbeit«, kommandierte sie.

Sie schlenderten ins Haus. Goldener Schrott hing von der Decke – ein Versuch, das riesige Foyer ein wenig hübscher zu machen –, schien aber vor lauter Hitze bald herabfallen zu wollen. Die Sonne wurde so hart reflektiert, daß es in den Augen weh tat.

Kein großer Verlust, wenn der ganze Scheiß runterkommt, dachte Hanne Wilhelmsen.

Dann fuhr sie mit dem Fahrstuhl in den zweiten Stock.

Håkons Gedankenspiel um die Samstagsmassaker wollte ihr nicht aus dem Kopf. Sie hatte jetzt fünf Vergewaltigungen, sieben schwere Körperverletzungen und einen Verdacht auf Inzest zu bearbeiten. Das war mehr als genug. Sie hatten zwar eine eigene Gruppe, die Übergriffe auf Kinder behandelte, aber in diesem absurden Frühling schienen die Kleinen als Sexualobjekte im Kurs noch gestiegen zu sein. Deshalb mußten alle helfen, um den Karren aus dem Dreck zu ziehen. Was ihr vorlag, war typisch für die Fälle, bei denen die Ermittlungen eingestellt werden. Klinisch gesehen gab es keine Anzeichen dafür, daß etwas vorgefallen war. Daß das Kind zur großen Verzweiflung seiner Mutter und der Kindergärtnerinnen sein Verhalten vollständig geändert hatte und daß ein Psychologe mit großer Sicherheit erklärte, irgend etwas sei vorgefallen, ließ eine Verurteilung in unerreichbare Ferne rücken. »Irgend etwas« war juristisch gesehen nicht gerade präzise. Vor dem Untersuchungsrichter hatte das Kind einiges erzählt, aber es war restlos verstummt, als Hanne sich vorsichtig erkundigt hatte, wem denn der komische Schwanz mit der Milch gehörte. Das Protokoll der Vernehmung durch den Untersuchungsrichter war der letzte Strohhalm, aber das hatte noch Zeit. Zwei Wochen immerhin.

Wenn nun...

Hanne Wilhelmsen legte die Beine auf den Tisch, verschränkte die Hände im Nacken und schloß für einen Moment die Augen.

Wenn nun wirklich etwas passiert war: im Holzschuppen in Tøyen, in der Baracke am Loelv, im Parkhaus in Vaterland? Wenn ja, dann war das grotesk. Das Blut konnte unmöglich von einem einzigen Menschen stammen. Daß aber jedesmal drei oder vier Menschen einem grausigen Schicksal zum Opfer gefallen waren, war dermaßen unwahrscheinlich, daß es – bis auf weiteres jedenfalls – als ausgeschlossen gelten mußte.

Sie fuhr zusammen, als Hauptkommissar Kaldbakken das Zimmer betrat, und knallte rasch die Füße auf den Boden.

»Zuwenig zu tun, Wilhelmsen«, brummte er. »Komm ruhig zu mir und hol dir neue Beschäftigung.«

»Nein, um Himmels willen!«

Trotz des mürrischen Auftretens ihres Chefs und der wenig vorteilhaften Situation, in der er sie erwischt hatte, wußte sie, daß er wußte.

»Ich habe mehr als genug. Das geht uns allen so.«

Der Chef setzte sich.

»Bist du mit der Vergewaltigung vom Samstag schon weitergekommen? Bei diesem weiblichen Studenten?«

Hauptkommissar Kaldbakken war sicher einer der letzten, die Studentinnen als »weibliche Studenten« bezeichneten. Angeblich trug er auch am Nationalfeiertag seine alte Studentenmütze.

»Nein, das kann ich nicht sagen, es ist das Übliche. Niemand hat etwas gesehen, niemand etwas gehört. Sie selbst kann nur eine sehr vage Beschreibung liefern. Du hast die Zeichnung ja gesehen, so sieht wirklich alle Welt aus. Wir haben an die fünfzig Tips bekommen, die Erik durchgesehen hat. Keiner scheint besonders interessant zu sein. Sagt er wenigstens. Ich gehe sie auch selbst noch mal durch.«

»Das gefällt mir alles nicht«, sagte er mit belegter Stimme, danach hustete er vier Minuten lang.

»Du solltest mit dem Rauchen aufhören, Kaldbakken«, sagte sie leise und stellte fest, daß er sich anhörte wie ein Lungenemphysem im letzten Stadium. Sie selbst sollte auch aufhören. Wirklich.

»Das sagt meine Frau auch«, antwortete er mit halberstickter Stimme und räusperte sich abschließend so kräftig, daß vermutlich allerlei Schleim von ekelhafter Konsistenz nach oben transportiert wurde.

Hanne Wilhelmsen wandte sich taktvoll ab und betrachtete zwei Spatzen, die auf der Fensterbank aufeinander loshackten. Auch denen war es wohl zu heiß.

»Das gefällt mir alles nicht«, wiederholte er. »Überfallsvergewaltigungen kommen selten allein. Hast du schon was aus der Gerichtsmedizin gehört?«

»Nein, das ist noch zu früh. Die brauchen doch immer Wochen!«

»Dann mahn das mal an, Wilhelmsen. Mahn das an. Ich mache mir wirklich ziemliche Sorgen.«

Mühselig stand er auf und hustete sich in sein eigenes Büro zurück.

DONNERSTAG, 3. JUNI

Es war gar nicht einfach, sich so plötzlich frei zu nehmen. Aber seine beiden Kollegen hatten großes Verständnis gezeigt. Schnell entschlossen und wohlwollend hatten sie kurzfristig seine Patienten übernommen. Das bedeutete einen Einkommensverlust. Andererseits: Er hatte sich schon seit vielen Jahren keinen richtigen Urlaub mehr gegönnt.

Wenngleich – Urlaub... Er hatte viel zu tun. Womit er anfangen sollte, war vorerst jedoch ziemlich unklar. Deshalb ging er erst einmal schwimmen. Selbst jetzt, um sieben Uhr morgens, war das Schwimmbad überraschend gut besucht. Schwer hing der Chlorgeruch über den Schwimmenden, sicher war gerade erst nachgefüllt worden. Einige Leute kamen ihm vor wie Stammgäste, sie grüßten einander und plauderten ein wenig am Beckenrand. Andere waren zielbewußter, schwammen hin und her durch das fünfzig Meter lange Becken, ohne auf andere zu achten oder irgendwen anzusehen. Sie schwammen einfach, schwammen und schwammen. Er auch.

Nach hundert Metern war er müde. Nach zweihundert Metern ging ihm auf, daß er nicht nur älter wurde, sondern langsam auch zu fett. Nach zwei weiteren Bahnen ging es wieder besser. Er hatte einen Rhythmus gefunden, den sein Herz hinnehmen konnte. Sein Rhythmus war viel träger als der der anderen Schwimmer, die immer wieder prustend an ihm vorüberzogen. Die muskulösen Oberkörper zogen Kielwasser hinter sich her wie schwere Schiffe im Miniaturformat. Er hängte sich an die Heckwelle einer grellen Badehose. Nach siebenhundert Metern fühlte er sich bereit. Es war ein seltsamer Tagesanfang, etwas Neues, anderes, und er konnte sich nicht erinnern, wann er sich zuletzt Zeit dafür genommen hatte. Er hievte sich auf den Beckenrand, zog den Bauch ein und streckte die Brust heraus. Das schaffte er nur bis zur Treppe zu den Garderoben. Er ließ die Luft durch zusammengepreßte Zähne entweichen und den Oberkörper in seine angestammte Lage zurücksinken.

In der Sauna fand er Trost. Die anderen, die bei fast hundert Grad mit geröteter Haut dasaßen, sahen auch nicht besser aus. Während er, mit züchtig um den Bauch gewickeltem Badetuch, schwitzte, beschloß er, das Haus aufzusuchen, in dem seine Tochter wohnte. Gewohnt hatte. Er mußte irgend etwas mit der Wohnung machen. Es war ausgeschlossen, daß Kristine wieder dorthin zog. Aber er wollte ihr jetzt keine Entscheidung aufzwingen. Sie hatten Zeit. Bis auf weiteres.

Er fühlte sich sauber und leichter als seine knapp hundert Kilo. Draußen regnete es, aber die leichte Wolkendecke hatte den Thermostat nicht herunterdrehen können. Noch immer war es viel zu warm für die Jahreszeit. Selbst Mitte Juli wären achtzehn Grad über Null am frühen Morgen beeindruckend gewesen. Jetzt waren sie erschreckend. Vielleicht war doch etwas Wahres an dieser Geschichte mit dem Ozonloch.

Er setzte sich problemloser als sonst in sein Auto, das verbotenerweise auf einem Behindertenparkplatz stand. Die Trainingsrunde hatte ihm gutgetan. Das mußte er öfter machen. Er beschloß, sich am Riemen zu reißen.

Vierzehn Minuten später fand er nur fünfzig Meter vom Haus seiner Tochter entfernt eine Parklücke, die groß genug war. Er schaute noch einmal auf die Uhr und fand, es sei noch zu früh, fremde Leute zu stören. Die, die zur Arbeit mußten, hatten jetzt bestimmt keine Zeit, mit ihm zu reden. Deshalb schnappte er sich lieber zwei Boulevardzeitungen und ging in eine Bäckerei, die eilige Morgenmenschen bereits mit dem lebhaften Duft von frischem Hefegebäck in Versuchung führte.

Nach drei Brötchen, einem Viertelliter Milch und zwei Tassen Kaffee war genau die richtige Zeit für sein Vorhaben. Er ging bei seinem Auto vorbei und fütterte die Parkuhr mit neuen Kronenstücken, dann näherte er sich der Haustür. Er fischte die Schlüssel aus der Tasche und betrat das Haus. Es gab zwei Wohnungen auf jeder Etage und insgesamt vier Etagen. Er konnte im Erdgeschoß anfangen.

Ein selbstgemachtes Porzellanschild verriet, daß in der linken Wohnung Hans Christiansen und Lena Ødegård hausten. Er riß sich zusammen und klingelte kurz. Keine Reaktion. Er machte noch einen Versuch. Nichts zu hören.

Das war kein guter Anfang. Na, dann würde er eben nachmittags noch einmal vorbeischauen. An der Tür gegenüber gab es kein Namensschild. An der Haustür war ihm ein ausländischer Name aufgefallen. Er hatte nicht feststellen können, ob der Name einer Frau oder einem Mann gehörte. Auf jeden Fall hatte der oder die Betreffende es nicht für nötig gehalten, das Namensschild zu ersetzen, das früher offenbar die Tür geschmückt hatte; auf dem Holz zeichneten sich ein helles Feld und zu beiden Seiten jeweils ein Schraubenloch ab.

Er hörte ein deutliches Summen, als er auf die Klingel drückte. Und dann hörte er in der Wohnung Schritte. Aber sonst passierte nichts. Bsssss. Er machte noch einen Versuch. Weiterhin keine Reaktion. Irritiert schellte er noch einmal, diesmal ziemlich lange. Unhöflich lange, dachte er und klingelte ein weiteres Mal.

Schließlich klirrte eine Sicherheitskette, und die Tür wurde einen Spaltbreit geöffnet. Die Kette gestattete nur eine Öffnung von zehn Zentimetern. Durch diese Öffnung erblickte er eine Frau. Sie war klein, höchstens einhundertfünfundfünfzig Zentimeter groß. Sie trug altmodische, billige und wahrscheinlich zu hundert Prozent synthetische Kleider. Sie glitzerten im Lichtschein, der irgendwo aus der Wohnung stammte. Die Frau wirkte zutiefst verängstigt.

»Du Polizei?«

»Nein, ich bin nicht von der Polizei«, sagte er und versuchte, so wohlwollend und einladend wie möglich zu lächeln.

»Du kein Polizei, du hier nicht rein«, sagte die kleine Frau und wollte die Tür wieder schließen.

Blitzschnell schob er den Fuß in den Spalt und konnte das gerade noch verhindern. Er bereute seine Tat, sowie er die Angst in ihren Augen sah.

»Keine Panik«, bat er verzweifelt. »Bitte, haben Sie keine Angst! Ich möchte nur kurz mit Ihnen reden. Ich bin der Vater von Kristine Håverstad. Aus dem ersten Stock. Genau über Ihnen. Second floor«, fügte er hinzu, in der Hoffnung, daß sie ihn so besser verstehen würde. Dann fiel ihm ein, daß das nicht stimmte. »First floor, I mean. My daughter. She lives upstairs.«

Vielleicht glaubte sie ihm. Vielleicht begriff sie bei genauerem Nachdenken auch, wie unwahrscheinlich es war, daß irgend jemand ihr um halb zehn Uhr morgens zu nahe treten würde. Jedenfalls entfernte sie die Sicherheitskette und öffnete vorsichtig die Tür. Er blickte sie fragend an, sie winkte ihn in die Wohnung.

Die war ungeheuer spartanisch möbliert. Sie war identisch mit der Wohnung seiner Tochter, wirkte aber trotzdem kleiner. Wahrscheinlich, weil es an Möbeln fehlte. An der einen Wohnzimmerwand stand ein Sofa. Da es weder Tisch noch Sessel gab, konnte es wohl kaum als Sitzecke bezeichnet werden. Offenbar diente das Sofa auch als Bett, denn als er einen Blick ins Schlafzimmer warf, sah er, daß es mit Ausnahme von zwei Koffern in einer Ecke vollständig leer war. Im Wohnzimmer standen noch ein kleiner Eßtisch und ein Holzstuhl. An der Wand dem Sofa gegenüber stand auf einem Tischchen ein kleiner Fernseher, vermutlich schwarzweiß. Der Boden war kahl. Die Wände ebenfalls, abgesehen von dem großen, nicht gerahmten Farbfoto eines stattlichen Mannes mit Adlernase und überdekorierter Uniform. Sofort erkannte er den letzten Schah von Persien.

»Kommen Sie aus dem Iran?« fragte er, glücklich, auf diese Weise ein Gespräch eröffnen zu können.

»Iran! Ja!« Die kleine Frau lächelte schüchtern. »Ich aus Iran. Ja.«

»Sprechen Sie Norwegisch, oder wäre Ihnen Englisch lieber?« fragte er, unsicher, ob er sich wohl setzen dürfe. Er beschloß, stehen zu bleiben. Wenn er sich setzte, würde sie stehen bleiben oder sich neben ihn aufs Sofa setzen müssen. Was ihr sicher unangenehm sein würde.

»Ich Norwegisch gut verstehe«, antwortete sie. »Schlecht spreche vielleicht.«

»Ich finde, Sie schaffen das gut«, sagte er aufmunternd. Das Stehen ging ihm inzwischen auf die Nerven, und er kam zu einer anderen Entscheidung. Er packte den Holzstuhl, zog ihn zum Sofa und fragte, ob er sich setzen dürfe.

»Setzen, ja«, sagte sie und schien sich nicht mehr so zu fürchten. Sie ließ sich auf der Sofakante nieder.

»Wie gesagt.« Er räusperte sich. »Ich bin der Vater von Kristine. Kristine Håverstad. Die junge Frau aus der Wohnung über Ihnen. Sie haben vielleicht gehört, was ihr am letzten Samstag passiert ist.«

Es war schwer, darüber zu reden. Noch dazu mit einer fremden Frau aus dem Iran, der er noch nie begegnet war und die er wahrscheinlich niemals wiedersehen würde. Wieder räusperte er sich. »Ich erkundige mich einfach auf eigene Faust. Das ist wichtig für mich. Ich nehme an, Sie haben schon mit der Polizei gesprochen.«

Die Frau nickte.

»Waren Sie hier, als es passiert ist?«

Sie zögerte offensichtlich, und er begriff nicht, warum sie überhaupt Vertrauen zu ihm hatte. Vielleicht wußte sie das ja selbst nicht.

»Nein, ich war nicht hier. Ich in Dänemark. Bei Freunde. Aber ich nicht Frau von Polizei sage. Ich sage, ich schlafe.«

»Ach. Sie haben Freunde in Dänemark.«

»Nein. Keine Freunde in Dänemark. Keine Freunde in Norwegen. Aber Freunde in Deutschland. Die getroffe in Kopenhagen. Lange, lange nicht gesehen. Ich Sonntag spät wieder hier.«

Die Frau war nicht eigentlich schön, hatte aber ein starkes, warmes Gesicht. Sie war viel heller, als er es je bei ihren Landsleuten gesehen hatte, und wies keinen der Züge auf, die er mit Menschen aus ihrem Erdteil verband. Sie war zwar dunkel, aber ihr Haar war nicht blauschwarz und auch nicht dunkelbraun. Es war eher das, was seine Frau in alten Zeiten als »mausgrau« bezeichnet hätte, aber es war glänzend und dicht. Und sie hatte blaue Augen!

Mit Hilfe von Gesten und englischen Einsprengseln konnte sie ihm ihre traurige Geschichte erzählen. Sie war ein Flüchtling und wartete seit dreizehn endlosen bürokratischen Monaten darauf, daß ihr Antrag auf Asyl im Königreich Norwegen behandelt würde. Ihre Familie war in alle Himmelsrichtungen verstreut, und groß war sie auch nicht mehr. Ihre Mutter war vor drei Jahren eines natürlichen Todes gestorben, viele Jahre nachdem ihr Vater nach Norwegen geflohen war. Er war im Iran des Schahs Rechtsanwalt gewesen, und die Familie hatte auf der Sonnenseite der Gesellschaft gelebt. Das hatte sich nach dem Sturz des Regimes gerächt. Zwei Brüder waren in den Gefängnissen der Ajatollahs umgebracht worden. Ihre Schwester und sie selbst waren zunächst davongekommen. Bis vor anderthalb Jahren. Einer aus ihrer Zelle war festgenommen worden. Nach dreitägigem Verhör hatte er alles verraten. Einen Tag später war er tot gewesen. Noch einen Tag später hatten Soldaten vor ihrer Tür gestanden. Aber inzwischen war sie gewarnt worden und hatte sich mit Hilfe von Gesinnungsgenossen durch ein Schlupfloch über die türkische Grenze retten können. In der Türkei hatte sie ein Flugzeug nach Norwegen genommen und war davon ausgegangen, nun mit ihrem Vater zusammenleben zu können. Auf dem Flugplatz hatte die Fremdenpolizei ihr erzählt, daß ihr Vater drei Tage zuvor einem Herzanfall erlegen sei. Ein Anwalt, der ihr unmittelbar nach ihrer Ankunft im Flüchtlingsheim Tanum zugewiesen worden war, hatte schnell feststellen können, daß sie die Hinterlassenschaften ihres Vaters geerbt hatte. Die erschöpften sich in einer schuldenfreien Wohnung, fünf prachtvollen Perserteppichen, einigen Möbelstücken und einem Bankkonto mit vierzigtausend Kronen. Teppiche und Möbel hatte sie verkauft. Sie hatten über hunderttausend Kronen eingebracht, die sie in den Iran geschickt hatte, in der Hoffnung, damit ihrer Schwester helfen zu können. Sie hatte daraufhin nichts von ihrer Schwester gehört, was sie aber auch nicht erwartet hatte. Sie konnte nur das Beste hoffen. Von den vierzigtausend Kronen auf dem Konto bestritt sie ihren Lebensunterhalt. Auf diese Weise fiel sie der norwegischen Gesellschaft nicht zur Last.

»Ich Glück. Nicht in Tanum wohne. Hier wohne. Viel besser für mich.«

Der Ausflug nach Dänemark war illegal gewesen, da sie als Asylbewerberin ohne Paß hier lebte und das Land nicht verlassen durfte. Aber aufgrund ihres untypischen Aussehens ging sie zumindest bei überarbeiteten Zollbeamten als Skandinavierin durch. Sie hatte keine Probleme gehabt. Aber das bedeutete auch, daß sie ihm überhaupt nicht weiterhelfen konnte.

Er erhob sich.

»Na gut. Auf jeden Fall vielen Dank. Und weiterhin viel Glück!«

In der Tür blieb er stehen und reichte ihr die Hand.

»Ich hoffe, die Polizei behandelt Sie gut.«

Er war sich nicht sicher, hatte aber das Gefühl, daß für den Bruchteil einer Sekunde ein Hauch von Unsicherheit über ihre Augen huschte.

»Ich meine, ich hoffe, Sie dürfen in Norwegen bleiben«, präsizierte er.

»Ich hoffe auch so«, sagte sie.

Er war schon unterwegs in den ersten Stock, als die Tür ins Schloß fiel. Das Klirren der Sicherheitskette, die nun wieder vorgelegt wurde, begleitete ihn bis nach oben. Auf dem Treppenabsatz blieb er kurz stehen, mit dem seltsamen Gefühl, etwas übersehen zu haben. Einige Sekunden später konnte er dieses Gefühl abschütteln; er klingelte an der nächsten Wohnung.

Die brutale Vergewaltigung in Homansbyen lag nun schon vier Tage zurück, aber sie war der Aufklärung um keinen Schritt näher gekommen. Eher im Gegenteil. Hanne Wilhelmsens Arbeit hatte erschreckend wenig Ertrag gebracht. Eine ungewöhnlich heftige Frustration fiel über sie her.

Aber was sollte sie tun? Den Vortag hatte sie fast ausschließlich mit Zeugenverhören in zwei von ihren anderen Fällen verbracht. Diese Fälle waren überreif, wütende Mahnschreiben der Anwälte schrien sie vom Unterlagenstapel her geradezu an. Und es standen noch mindestens fünf Verhöre im schwerer wiegenden Fall aus, einer dramatischen Messerstecherei, bei der das Glück größer gewesen war als der Verstand und das Messer die Hauptschlagader im Oberschenkel des Opfers nur um wenige Millimeter verfehlt hatte. Wann sie die Zeit für diese fünf Zeugenbefragungen finden sollte, war ihr ein Rätsel.

Der Inzestfall lastete auf ihr wie eine unbezahlte Rechnung von ziemlicher Höhe; das Verfallsdatum hatte er längst überschritten. In der letzten Nacht hatten schlechtes Gewissen und böse Träume sie aus dem Schlaf aufschrecken lassen. Sie würde das nächste Verhör in dieser Sache früher ansetzen müssen, als ursprünglich geplant. Es würde einen ganzen Tag in Anspruch nehmen. Zuerst standen ein Hausbesuch und eine »Kennenlern-Runde« an. Danach würde es Limo in der Kantine, eine Runde im Streifenwagen und eine »Der Polizei vertrauen«-Aktion geben. Sie hatte keinen ganzen Tag. Sie hatte nicht einmal einen halben.

Die Stapel von Ordnern vor ihr verursachten ihr Übelkeit. Wenn die Bevölkerung der Stadt auch nur eine Ahnung davon gehabt hätte, wie hilflos die Polizei derzeit in der Welle von Verbrechen gegen das Untergehen kämpfte, dann wäre sie in ein Protestgeheul ausgebrochen, das der Polizei sofort hundert Millionen und fünfzig neue Stellungen beschert hätte. Im Moment war der verbrechensvorbeugende Effekt der Polizei die pure Illusion. Höchste Zeit für einen großen Coup, dachte Hanne Wilhelmsen. Neunundneunzigprozentige Chance, nicht erwischt zu werden.

Das hätte sie lieber nicht denken sollen.

Der Überfallalarm plärrte los. Die Sprechanlage schaltete sich ein, und alle hörten die tiefe, monotone Stimme des Abteilungschefs. In Sagene war eine Sparkasse überfallen worden. Alle sollten sofort in den Besprechungsraum kommen. Blitzschnell riß sie Motorradhelm und Lederjacke an sich.

Fast hätte sie es nicht geschafft. Nur anderthalb Meter vor der befreienden Tür zum Treppenhaus wurde sie am Kragen gepackt. Der Abteilungschef lachte, als sie sich beschämt umsah.

»Versuch nie, einen alten Schlaukopf auszutricksen«, sagte er. »Mach, daß du ins Besprechungszimmer kommst.«

»Nein, wirklich«, sagte sie. »Ich muß los. Außerdem habe

ich im Moment so viel am Hals, daß ich euch überhaupt nicht helfen kann. Wirklich. Ganz ehrlich. Ich kann mir einfach nicht noch mehr aufladen.«

Vermutlich lag es an ihrer Stimme. Vermutlich war die Tatsache, daß sie zweifellos seine beste Ermittlerin war, von einer gewissen Bedeutung. Vielleicht lag es auch an ihren ungewöhnlich müden Gesichtszügen, an den deutlichen blauen Ringen unter den Augen und der wenig kleidsamen Schärfe ihres Profils. Egal warum, der Abteilungschef stand einen Moment offenbar unentschlossen vor ihr.

»Okay«, sagte er schließlich. »Ab mit dir. Aber laß das nicht zur Gewohnheit werden!«

Unendlich erleichtert rannte sie zur Tür. Wohin sie wollte, wußte sie nicht. Sie mußte einfach weg von hier.

Im Grunde war wohl alles gleich gut. Ein Tatort konnte gar nicht oft genug besichtigt werden. Immerhin brachte es ihr das Gefühl, etwas Konkretes zu unternehmen.

In der Eingangstür wären sie fast zusammengestoßen. Sie fischte gerade ihre Schlüssel aus der Jackentasche, er kam aus dem Treppenhaus gestürzt. Hanne Wilhelmsen mußte einen Schritt zurückweichen, um nicht umzufallen. Der riesige Mann dagegen geriet nicht ins Wanken. Er entschuldigte sich gerade überschwenglich, als er sie erkannte.

Der Zahnarzt war zu alt, um rot zu werden. Außerdem hatte er eine grobe, unrasierte Haut, die wohl gar keine Röte durchgelassen hätte. Aber Hanne Wilhelmsen registrierte doch ein leichtes Flackern in seinem Blick, als er rasch die Erklärung servierte, er habe etwas aus der Wohnung seiner Tochter holen wollen. Und dann fiel ihm auf, daß er mit leeren Händen dastand.

»Es war aber leider nicht da«, erklärte er. »Sie hat sich sicher geirrt.«

Kommissarin Wilhelmsen schwieg. Diese peinliche Pause war zu ihrem Vorteil. Das wußte er; er räusperte sich schnell, dann schaute er auf die Uhr und fügte hinzu, er komme zu spät zu einem wichtigen Termin.

»Könnten Sie sich morgen früh um acht zu einem kurzen Gespräch bei mir einfinden?« fragte sie, ohne ihn vorbeizulassen.

Er dachte kurz nach.

»Morgen früh? Hm, ja, das ist nicht so leicht, glaube ich. Ich habe im Moment so viel zu tun.«

»Es ist ziemlich wichtig. Also, wir sehen uns um acht, ja?«

Ihm war offenbar überhaupt nicht wohl in seiner Haut.

»Na gut, dann um acht. Vielleicht ein paar Minuten später?«

»Von mir aus gern.« Sie lächelte. »Ein paar Minuten mehr oder weniger spielen wirklich keine Rolle.«

Dann ließ sie ihn vorbei. Sie schaute ihm nach, als er zu seinem Auto ging und einstieg. Danach besuchte sie ihren alten Freund im ersten Stock. Dort wurde sie abermals überschwenglich begrüßt und erfuhr, was sie nicht sonderlich überraschte: daß ein sehr netter Mann, der Vater dieses armen Mädchens, zu einem gemütlichen Schwatz hereingeschaut hatte.

Hanne Wilhelmsen achtete kaum auf das, was der Alte sagte. Eine knappe Viertelstunde und eine halbe Tasse Kaffee später bedankte sie sich und ging. Mit bekümmert gerunzelter Stirn stieg sie auf die Harley, ließ jedoch den Motor nicht an. Aus irgendeinem Grund hatte ihr die Begegnung mit dem Vater der vergewaltigten jungen Frau das Gefühl gegeben, an einer Art Wettlauf teilzunehmen. Und dieser Wettlauf gefiel ihr überhaupt nicht.

Es war übel, dermaßen auf frischer Tat ertappt zu werden. Er ärgerte sich darüber, daß er so schlecht auf die Begegnung mit dieser Polizistin vorbereitet gewesen war. Es war doch klar, daß er mit einem solchen Zusammentreffen rechnen mußte, und dennoch hatte er diese Gefahr nicht in Betracht gezogen. Das würde ihm morgen ein peinliches Verhör einbringen. Na gut. Darauf mußte er es ankommen lassen.

Er war nachmittags noch einmal zu dem Haus gegangen, und nun mußte er nur noch mit einem Mann im vierten und einer jungen Frau im zweiten Stock sprechen. Allerdings war das nicht wichtig, denn die anderen Nachbarn hatten ihm erzählen können, daß der Mann seit zwei Monaten im Ausland war und daß die junge Frau am letzten Wochenende ihre Eltern besucht hatte.

Der alte Mann hatte ihm als einziger etwas Konkretes zu sagen vermocht. Etwas über ein rotes Auto. Ein hellrotes, fremdes Auto, das von etwa elf Uhr am Samstag abend bis in die frühen Morgenstunden des Sonntags ungefähr dreißig Meter vom Haus entfernt auf der Straße gestanden hatte.

Wußte die Polizei von diesem roten Auto? Interessierte sie das überhaupt? Der Wagen konnte jedem x-beliebigen gehören. Es war unwahrscheinlich, daß ein Vergewaltiger während der Tat sein Auto in der Nähe des Tatortes stehen ließ. Andererseits steckte der übergroße Zahnarzt Vergewaltiger nun wirklich nicht mit anderen Gesetzesbrechern in eine Schublade. Er stellte sich unter Sittlichkeitsverbrechern sabbernde Untermenschen mit geringer Intelligenz vor. Obwohl er es besser wußte und seine Auffassung modifiziert hatte, jetzt, da er selbst auf einen solchen Kerl Jagd machte, konnte er ... wollte er die Möglichkeit nicht außer acht lassen, daß der Mann der Besitzer des roten Autos sein konnte.

Außerdem war das sein einziger Anhaltspunkt. Ein rotes Auto. Ein PKW. Unbekannte Marke, unbekanntes Kennzeichen.

Er seufzte resigniert und kochte für sich und seine stumme Tochter eine Art Abendessen.

Es war fast zehn Uhr abends, sie lagen auf dem Boden und hatten sich geliebt. Unter sich hatten sie zwei Decken, über sich einen kühlen Luftzug von der Balkontür, die sie kühnerweise einen Spaltbreit offengelassen hatten. Sie hatten die Vorhänge vorgezogen und waren so leise wie möglich gewesen. Aus den anderen Balkontüren hörten sie ferne Geräusche; ein Ehepaar, das sich einen Stock tiefer stritt, nebenan einen etwas zu lauten Fernseher. Hanne und Cecilie lagen schon seit den Fernsehnachrichten hier.

»Warum liegen wir eigentlich hier?« kicherte Hanne. »Das ist ziemlich hart. Mein Steißbein tut schon weh.«

»Waschlappen. Sieh mich doch an, ich hab' mir die Knie aufgekratzt.«

Cecilie hielt ihr ein Knie vor die Nase. Es stimmte. Das Knie sah rot und schrecklich wund aus. Daß sie es auch nie lernten. Nicht zum erstenmal hatte der Teppichboden Ellbogen und Knie aufgescheuert, wenn sie für einen Moment neben der Decke gelandet waren.

»Du Arme«, sagte Hanne und küßte das wehe Knie. »Warum liegen wir denn immer noch hier?«

»Weil es so wahnsinnig gemütlich ist«, erklärte ihre Liebste und erhob sich.

»Gehst du weg?«

»Nein, ich will nur eine Decke. Ich friere.«

Sie packte die obere Decke und zog sie an sich. Was dazu führte, daß Hanne auf den Bauch gedreht wurde. Cecilie kniete sich neben sie und küßte die Stelle, an der der Rücken sich teilte.

»Dein armes Steißbein«, sagte sie, legte sich neben Hanne und zog die Decke über sie beide. Hanne drehte sich auf die Seite, stützte den Kopf auf den Ellbogen und ließ langsam einen Zeigefinger über die Brust der anderen wandern.

»Was würdest du tun, wenn ich vergewaltigt würde?« fragte sie plötzlich.

»Du vergewaltigt? Warum sollte dich einer vergewaltigen? Du bist doch nicht so ungeschickt, daß dir das passieren kann.«

»Red doch nicht so ein Blech. Es hat nichts mit Ungeschicklichkeit zu tun, wenn eine vergewaltigt wird.«

»Ach nein? Und warum ist das dann noch keiner von unseren Freundinnen passiert? Warum lesen wir in den Zeitungen immer wieder von Frauen, die zu den seltsamsten Zeitpunkten an den suspektesten Stellen in der Stadt vergewaltigt werden? Wer aufpaßt, wird auch nicht vergewaltigt.«

Hanne Wilhelmsen hatte jetzt keinen Nerv für einen Streit, obwohl die Begriffsstutzigkeit ihrer Freundin sie ziemlich ärgerte. Sie fühlte sich zu wohl zum Streiten. Sie wollte das einfach nicht. Statt dessen beugte sie sich vor und ließ ihre Zunge nasse Kreise um Cecilies Warzenvorhof ziehen, behutsam, darauf bedacht, nicht die Brustwarze selbst zu berühren. Plötzlich hielt sie inne.

»Ganz im Ernst«, drängte sie. »Was würdest du tun? Was würdest du fühlen?«

Die andere stützte sich langsam auf ihre Arme. Sie drehte sich halb zu Hanne um. Ein grünes Licht vom Display der riesigen Stereoanlage ließ ihr Gesicht für einen Moment fast überirdisch wirken.

»Jetzt siehst du aus wie das schönste Gespenst der Welt«, sagte Hanne leise und lachte. »Das garantiert schönste Gespenst der Welt.«

Sie streckte die Hand nach einer der langen, hellblonden Locken aus und wickelte sie sich mehrmals um den Finger.

»Bitte«, insistierte sie. »Kannst du mir nicht sagen, was du machen würdest?«

Endlich begriff Cecilie, daß die Frage für Hanne wichtig war. Sie setzte sich ein wenig gerader, so als könnte das ihre Denkfähigkeit verstärken. Dann sagte sie laut und deutlich und ganz, ganz ernst: »Ich würde den Kerl umbringen.«

Sie verstummte und dachte noch zehn Sekunden nach.

»Ja, ich würde ihn bestimmt umbringen.«

Genau diese Antwort hatte Hanne hören wollen. Nun richtete auch sie sich auf und küßte ihre Liebste zärtlich.

»Richtige Antwort«, lächelte sie. »Und jetzt müssen wir schlafen.«

FREITAG, 4. JUNI

Der Zahnarzt Finn Håverstad kam nur selten in die Oststadt. Seine Praxis hatte er in einer Villa in Frogner, gediegen, alt und teuer im Unterhalt, weswegen niemand es sich leisten konnte, dort zu wohnen. Im Erdgeschoß hatte ein Architektenbüro seinen Sitz, eines der sehr wenigen, die die anhaltende Krise in der Branche überlebt hatten. Im ersten Stock arbeiteten die drei Zahnärzte in hellen, freundlichen Räumen voller Sonne und Luft.

Seine Wohnung lag in Volvat. Zentral und doch ländlich, umgeben von einem anderthalb Dekar großen Grundstück. Obwohl seine Praxis in den letzten fünfzehn Jahren ziemlichen Profit abgeworfen hatte, war es vor allem ein Vorschuß auf eine Erbschaft gewesen, der ihm im Jahre 1978 den Kauf dieses Hauses ermöglicht hatte. Seine Tochter war von dem Haus begeistert gewesen. Und er konnte in zwanzig Minuten zu Fuß zur Arbeit gehen – was er allerdings nie machte.

Auf der anderen Seite der Stadt roch es anders. Nicht direkt schmutziger, nicht direkt schlichter und doch... stärker. Die Auspuffgase waren aufdringlicher, die Stadt roch kräftiger. Als ob sie gerade hier ihr Deo vergessen hätte. Und alles war viel lauter. Er fühlte sich nicht wohl hier.

Typisch norwegisch, das Polizeihauptquartier in den kläglichsten Teil der Stadt zu verlegen. Der Staat hatte das Grundstück sicher für ein Butterbrot und ein Ei bekommen. Und

Parkplätze gab es auch nicht. Er lenkte seinen BMW vorsichtig in das klaffende Loch unten an dem Hang, auf dem das Polizeigebäude stand. Er mußte zehn Minuten warten, bis ein Platz frei wurde. Ein junger Mann in einem alten Amazon sauste aggressiv aus einer Parklücke und streifte die Ecke am Ausgang aus der Tiefgarage. Ein ziemlich zerkratztes gelbschwarz gestreiftes Feld an der Wand bewies, daß der Junge nicht der erste war. Der Zahnarzt merkte sich diese Falle, bugsierte sein Auto in die Lücke und verließ es nur widerwillig, als er sah, daß er schon eine Viertelstunde zu spät dran war.

Sie sagte nichts zu seiner achtzehnminütigen Verspätung. Sie wirkte überhaupt freundlich und entgegenkommend, geradezu angenehm. Das machte ihn arg unsicher.

»Es dauert nicht lange«, sagte sie beruhigend. »Kaffee? Oder vielleicht Tee?«

Hanne Wilhelmsen holte für sie beide Kaffee und steckte sich eine Zigarette an, nachdem er ihr versichert hatte, daß ihm das wirklich nichts ausmache. Dann blies sie beunruhigend lange Zigarettenrauch ins Zimmer, verfolgte ihn mit trägem Blick und hielt einfach den Mund.

Er rutschte unruhig in seinem Sessel hin und her, unter anderem auch, weil der ausgesprochen unbequem war. Schließlich konnte er das Schweigen nicht länger ertragen.

»Wollen Sie etwas Besonderes von mir?« fragte er und war verblüfft darüber, wie zaghaft er sich anhörte.

»Sicher«, sagte sie fast munter. »Natürlich will ich etwas Besonderes von Ihnen. Zuerst...«

Sie drückte ihre Zigarette aus, sah ihn fragend an, war offenbar zufrieden mit seiner Antwort – er streckte in einer Geste der Zustimmung den Arm aus – und zündete sich sofort eine neue Zigarette an.

»Ich sollte wirklich damit aufhören«, sagte sie vertraulich. »Mein Chef raucht seit dreißig Jahren so viel. Den sollten Sie mal husten hören! Pst!«

Sie erstarrte in ihrer Bewegung und legte den Kopf schräg. Aus der Ferne hörten sie einen röchelnden Hustenanfall.

»Da hören Sie's«, sagte sie triumphierend. »Dieses Zeug ist lebensgefährlich.«

Sie starrte mißbilligend die halbvolle Zigarettenpackung an und verstummte aufs neue.

»Aber jetzt zu uns«, sagte sie schließlich so unvermittelt und so laut, daß er zusammenfuhr. Er merkte, daß ihm der Schweiß ausbrach, und er strich sich so diskret wie möglich mit dem Zeigefinger über die Oberlippe.

»Zuerst die Formalitäten«, sagte sie gleichgültig und hämmerte Namen, Adresse und Personenkennummer in die Maschine. »Und dann muß ich Ihnen folgendes einschärfen: Der Polizei müssen Sie die Wahrheit sagen. Falschaussagen sind strafbar. Sie sind nämlich Zeuge...« Sie lächelte und sah ihn an. »...und kein Angeklagter. Angeklagte können nach Herzenslust lügen. Mehr oder weniger jedenfalls. Ungerecht eigentlich, finden Sie nicht?«

Er nickte heftig. Im Augenblick hätte er dieser Frau bei allem zugestimmt. Sie war beunruhigender, als sie aussah. Als er sie zum erstenmal gesehen hatte, am letzten Montag, hatte er sie als ziemlich attraktiv registriert. Groß und schlank, aber mit fülligen Hüften und runden Brüsten. Jetzt kam sie ihm eher wie eine Amazone vor. Wieder fuhr er sich mit dem Finger über die Oberlippe, aber das half nichts. Er zog ein frischgebügeltes Taschentuch hervor und wischte sich die Schläfen.

»Finden Sie es hier zu warm? Das tut mir leid. Dieses Haus ist für solche Temperaturen einfach nicht gedacht.«

Sie machte keinerlei Anstalten, das Fenster zu öffnen.

»Ach, übrigens«, sagte sie statt dessen. »Sie brauchen keine Aussage zu machen. Sie können verweigern. Aber das wollen Sie sicher nicht?«

Er schüttelte so heftig den Kopf, daß er das Gefühl hatte, die Schweißtropfen flögen nur so durch die Gegend.

»Schön«, sagte sie. »Dann mal los.«

Eine halbe Stunde lang stellte die Polizeibeamtin völlig korrekte Fragen. Wann er am letzten Sonntag in die Wohnung seiner Tochter gekommen sei. Wo genau sie gesessen habe. Ob sie bekleidet gewesen sei. Ob er vielleicht irgendwelche Gegenstände aus der Wohnung entfernt habe. Ob ihm etwas Ungewöhnliches aufgefallen sei, Gerüche, Geräusche oder so etwas. Wie es seiner Tochter jetzt gehe, wie sie sich in den letzten Tagen verhalten habe. Und wie ihm selber zumute sei.

Obwohl es ihm weh tat, über die Sache reden zu müssen, war er doch erleichtert. Seine Schultern entspannten sich etwas, das Zimmer kam ihm jetzt weniger beklemmend vor. Er trank sogar ein wenig Kaffee, als sie eine Pause einlegte, um seine Aussagen in die antiquierte Kugelkopfmaschine zu tippen.

»Die ist ja nicht gerade up to date«, sagte er vorsichtig.

Ohne innezuhalten und ohne ihn anzusehen, erzählte sie, daß sie demnächst einen Computer bekommen werde. Vielleicht nächste Woche. Vielleicht in einem Monat.

Nach zwanzig Minuten war sie fertig und steckte sich wieder eine Zigarette an.

»Was haben Sie gestern bei Kristines Nachbarn gemacht?«

Es war unbegreiflich, daß er von dieser Frage dermaßen überrumpelt wurde. Er hatte doch gewußt, daß sie kommen mußte.

Blitzschnell erwog er die Konsequenzen einer Lüge. Ein fünfzigjähriges Leben vorrangig auf der gesetzestreuen Seite der Gesellschaft siegte.

»Ich wollte mich selbst ein wenig erkundigen«, gab er zu.

Da. Jetzt hatte er es gesagt. Er hatte nicht gelogen. Das war ein gutes Gefühl. Ganz offensichtlich hatte sie mit einer Lüge gerechnet.

»Sie wollen also den Privatdetektiv spielen?«

Es klang durchaus nicht spöttisch. Ihr Wesen wirkte verändert. Ihr Gesicht wurde weicher, sie drehte ihren Stuhl zu ihm um und hatte für längere Zeit Blickkontakt zu ihm, zum erstenmal an diesem Morgen.

»Hören Sie, Håverstad. Ich weiß natürlich nicht, wie Sie sich fühlen. Aber ich kann es mir vorstellen. So ungefähr wenigstens. Ich habe bis heute zweiundvierzig Vergewaltigungsfälle gehabt. Daran gewöhnt sich niemand. Und keine zwei Fälle sind gleich. Abgesehen davon, daß alle gleich schrecklich sind. Für die Opfer und für die, die ihnen nahestehen. Ich habe das immer wieder miterlebt.«

Jetzt erhob sie sich und öffnete ein Fenster. Sie stellte einen häßlichen kleinen Aschenbecher aus braunem Glas in den Spalt, damit das Fenster nicht wieder zufallen konnte.

»Ich habe oft... das müssen Sie mir glauben... oft überlegt, wie ich reagieren würde, wenn meine...« Sie unterbrach sich. »...wenn eine, die mir nahesteht, so etwas durchmachen müßte. Das sind natürlich nur Spekulationen, denn zum Glück ist mir das noch nicht passiert.« Ihre schmale Hand ballte sich zur Faust und schlug dreimal auf die Tischplatte. »Aber ich glaube, ich würde nur an Rache denken. Zuerst würde ich es wohl mit Zuwendung versuchen. Verzweiflung fordert unsere Unterstützung und unseren Trost heraus. Aber Sie brauchen mir nicht zu erzählen, daß Sie damit nicht durchkommen. Das weiß ich. Es ist schwer, Vergewaltigungsopfer zu erreichen. Und dann kommt man leicht auf Rachegedanken. Die Rache...«

Sie verschränkte die Arme vor der Brust und starrte über seinen Kopf hinweg ins Leere.

»Ich glaube, wir unterschätzen unser Rachebedürfnis. Hören Sie sich doch bloß die Juristen an! Wenn jemand auch nur eine Andeutung wagt, daß Rache beim Strafmaß eine Rolle spielen könnte, dann kommen sofort die rechtsgeschichtlichen Vorträge darüber, daß das Thema schon seit Jahrhunderten erledigt ist. Rache gilt bei uns einfach nicht als edel. Sie ist gemein, sie ist verwerflich, und vielleicht vor allem...« Sie biß sich auf die Lippe, während sie nach einem Wort suchte. »...primitiv! Sie erscheint uns primitiv. Das ist ein gediegener Trugschluß, wenn Sie mich fragen. Das Bedürfnis nach Rache ist tief in uns verwurzelt. Die Frustration der Leute, wenn ein Sittlichkeitsverbrecher zu anderthalb Jahren verurteilt wird, läßt sich natürlich nicht durch juristische Phrasen über Verbrechensverhütung und Resozialisierung dämpfen. Die Leute wollen Rache! Jemand, der sich übel aufgeführt hat, soll auch übel behandelt werden. Basta.«

Finn Håverstad ahnte, worauf diese seltsame Polizeibeamtin hinauswollte. Noch immer quälte ihn die Unsicherheit, aber etwas an ihrem Engagement, ihren Augen, ihrer Gestik, die ihre Aussagen zu unterstreichen schien, sagte ihm, daß diese Frau ihm nicht übelwollte. Es war ihre Art, ihn vor dem zu warnen, womit er gerade erst angefangen hatte. Eine Warnung, ganz klar, aber eine wohlmeinende und mitfühlende Warnung.

»Aber wissen Sie, Håverstad, so läuft das bei uns nun mal nicht. Die Leute klären nicht auf eigene Faust Verbrechen auf, um sich dann bei Nacht und Nebel, zur klammheimlichen Freude des Publikums, zu rächen. Das geht nur im Film so. Und vielleicht in den USA.«

Es klopfte. Eine unbeschreibliche Gestalt riß die Tür auf, ohne auf Antwort zu warten. Der Mann war fast zwei Meter groß, hatte sich den Schädel kahlgeschoren und prunkte mit einem üppigen, ungepflegten roten Schnurrbart und einem Kreuz im Ohr.

»Ach, Entschuldigung«, rief er, als er Håverstad sah, aber er schien es durchaus nicht so zu meinen. Er blickte die Polizeibeamtin an. »Freitagsbier um vier, kommst du mit?«

»Wenn ich auch ein alkoholfreies nehmen darf, dann ja.«

»Bis um vier also«, sagte das Monstrum und knallte die Tür ins Schloß.

»Er ist Polizist«, versicherte sie wie zur Entschuldigung. »Fahnder. Die sehen manchmal ein bißchen seltsam aus.«

Die Stimmung hatte sich gewandelt. Ihr Vortrag war zu Ende. Sie reichte ihm die beiden mit der Maschine beschriebenen Blätter zum Durchlesen. Das ging schnell. Nichts von dem, worüber sie in der letzten halben Stunde gesprochen hatten – worüber sie gesprochen hatte –, stand darauf. Sie tippte mit dem Zeigefinger unten auf die zweite Seite, und er unterschrieb.

»Und hier«, sagte sie und zeigte auf den Rand der ersten Seite.

Offenbar konnte er jetzt gehen. Er stand auf, aber sie winkte ab, als er ihr zum Abschied die Hand hinstreckte.

»Ich bring' Sie hinaus.«

Sie schloß ihr Büro ab und wanderte neben ihm durch einen Flur mit blauen Türen und Linoleumboden. Geschäftige Menschen liefen hin und her. Niemand trug Uniform. Vor dem Treppenhaus blieben sie stehen. Jetzt war sie bereit, ihm die Hand zu geben.

»Lassen Sie mich Ihnen einen guten Rat geben, Håverstad. Mischen Sie sich nicht in Dinge ein, mit denen Sie nicht fertig werden. Machen Sie etwas anderes. Fahren Sie mit Ihrer Tochter in Ferien. In die Berge. Nach Spanien. Egal, wohin. Aber lassen Sie uns unsere Arbeit tun. Allein.«

Er murmelte einen Abschiedsgruß und ging die Treppe hinunter. Hanne Wilhelmsen sah ihm nach, bis er sich den schweren Metalltüren näherte, die die unerträgliche Hitze aussperrten. Dann ging sie die paar Meter zum Fenster nach Westen und hatte es gerade erreicht, als er draußen auftauchte. Er ging mit schweren Schritten, wie ein alter Mann. Er blieb kurz stehen und streckte den Rücken, dann verschwand er in der Tiefgarage.

Der Polizeibeamtin Hanne Wilhelmsen tat dieser Mann schrecklich leid.

Kristine Håverstad war sonst immer gern allein zu Hause gewesen. Jetzt machte sie überhaupt nichts mehr gern. Sie war wach gewesen, als ihr Vater aufstand, war aber im Bett geblieben, bis um halb acht die Tür hinter ihm ins Schloß gefallen war. Danach hatte sie das ganze heiße Wasser verbraucht. Zuerst hatte sie zwanzig Minuten lang geduscht, sich rot und wund geschrubbt, und danach habe sie ein langes, kochendheißes Schaumbad genommen. Das war zur Routine geworden, zu einem morgendlichen Ritual.

Jetzt saß sie in einem alten Trainingsanzug und ausgelatschten Seehundspantoffeln da und sah ihre CD-Sammlung durch. Als sie vor zwei Jahren zu Hause ausgezogen war, hatte sie nur ganz neue CDs und ihre Lieblingsmusik mitgenommen. Der restliche Stapel war ziemlich groß. Sie suchte sich eine alte Platte von A-ha aus, »Hunting High and Low«. Passender Titel. Sie hatte das Gefühl, nach etwas zu suchen, von dem sie nicht wußte, wo es sein könnte. Sie ahnte ja nicht einmal, wonach sie suchte. Als sie das Cover aufklappte, fiel die CD auf den Boden. Die Schachtel fiel auseinander und ließ sich nicht wieder zusammensetzen. Wütend versuchte Kristine es immer weiter, obwohl sie wußte, daß es nicht klappen würde. Am Ende war die Schachtel wirklich kaputt. Entnervt warf sie beide Teile auf den Boden und brach in Tränen aus. Diese verdammten CD-Hersteller. Sie weinte eine halbe Stunde lang.

Morten Harket war nicht zerbrochen. Vornübergebeugt, die muskulösen Arme starr ausgestreckt, stierte er mit schwarzweißem, unergründlichem Blick an ihr vorbei. Kristine studierte seit vier Jahren Medizin. Sie beherrschte die Anatomie. Sie fischte das kleine Coverbild aus den Plastikscherben auf dem Boden. Dieser Muskel war bei normalen Menschen nicht zu sehen. Dazu gehörte Training, sehr viel Training. Sie betastete ihre eigenen dünnen Oberarme. Der Trizeps war zwar vorhanden, ließ sich aber nicht blicken. Bei Morten Harket tat er das. Die Oberarme beulten sich kräftig und klar aus. Unverwandt starrte sie auf dieses Bild. Der Mann war durchtrainiert gewesen. Er hatte einen deutlich sichtbaren Trizeps gehabt. Wenn sie versuchte, an den schrecklichen Abend zurückzudenken, dann begriff sie einfach nicht, wann sie das gesehen hatte. Vielleicht hatte sie es nicht gesehen. Vielleicht hatte sie es nur gespürt. Aber sie war hundertprozentig sicher. Der Vergewaltiger hatte einen dicken Trizeps gehabt.

Eine Tatsache. Aber sie wußte nicht, wie sie damit umgehen sollte.

Als sie plötzlich vom Flur her Geräusche hörte, fuhr sie zusammen, als würde sie bei einem ihr unbekannten Verbrechen auf frischer Tat ertappt. Adrenalin schäumte ins Blut, und sie sammelte blitzschnell die Plastikteile auf und versuchte, sie in dem großen Stapel unversehrter CDs zu verstecken. Dann brach sie wieder in Tränen aus.

Im Moment machte ihr alles angst. Früh am Morgen war ein kleiner Vogel gegen das große Wohnzimmerfenster geflogen, als sie gerade versucht hatte, etwas zu essen. Bei dem Geräusch war sie heftigst zusammengefahren. Sie hatte sofort gewußt, was los war, diese kleinen Viecher knallten öfter gegen die Fensterscheibe. Und fast immer ging es gut. Ab und zu blieben sie eine halbe Stunde liegen, dann rappelten sie sich wieder auf, schlugen versuchsweise mit den Flügeln und flogen unsicher davon. Diesmal hatte sie den Vogel aufgehoben, hatte das kleine Herz schlagen hören und war einfach verzweifelt gewesen. Schließlich war der Vogel gestorben. Sicher vor Schreck, weil sie ihn hochgehoben hatte. Sie fühlte sich schuldig und schämte sich.

Ihr Vater beugte sich über sie. Er zog sie hoch, und sie schwankte, als sei sie einfach nicht imstande, ihren schmächtigen Körper aufrecht zu halten. Er hatte ganz vergessen, daß sie so dünn war, und sein Herz krampfte sich zusammen, als er ihre mageren Handgelenke umfaßte, um sie am Umfallen zu hindern. Vorsichtig bugsierte er sie zum Sofa. Sie ließ sich auf die weichen Kissen setzen, ohne zu widersprechen, willenlos. Er setzte sich neben sie, ohne sie zu berühren. Dann überlegte er es sich anders, rutschte näher an sie heran, hielt aber inne, als sie auszuweichen schien. Zögernd nahm er ihre Hand. Sie hinderte ihn nicht daran.

Anderen physischen Kontakt gab es zwischen ihnen nicht. Und darüber war Kristine froh. Sie konnte sich nicht zusammennehmen. Sie wollte es gern. Sie wollte jedenfalls etwas sagen, egal was.

»Es tut mir so leid, Papa. So schrecklich leid!«

Er hörte sie nicht. Sie sprach ganz leise und weinte so heftig, daß sie die Hälfte der Worte gar nicht richtig aussprach. Aber immerhin sprach sie. Einen Moment lang war er unsicher, ob er irgendeine Antwort geben sollte. Würde Schweigen ihr als Zeichen der Hilflosigkeit erscheinen? Oder wäre es gerade das beste, nichts zu sagen, nur zuzuhören? Als Zwischenlösung räusperte er sich.

Das schien das richtige zu sein. Sie ließ sich gegen ihn sinken, langsam, fast zögernd, aber am Ende lag ihr Gesicht an seinem Hals. Und dort blieb sie. Er saß wie eine Salzsäule da, hatte einen Arm um sie gelegt und hielt mit dem anderen ihre Hand. Er saß unbequem, aber eine halbe Stunde lang bewegte er sich nicht. Hier und jetzt wußte er, daß der Entschluß, den er gefaßt hatte, als er vor weniger als einer Woche seine Tochter aufgelöst und zerstört auf dem Boden gefunden hatte, ein Entschluß, den er noch während seines Besuches bei der Polizei angezweifelt hatte, richtig war.

»Bringt das denn überhaupt irgendwas?«

Da sie so viele wichtige Fälle hatten, beanspruchte niemand den sogenannten Bereitschaftsraum für sich allein. Der war übrigens nicht besonders toll. Aber er war immerhin ein Raum und so gut wie jeder andere.

Erik Henriksen war schweißnaß und noch röter im Gesicht als sonst, weshalb er aussah wie eine wandelnde Verkehrsampel. Im Moment saß er vor einem schrägen Arbeitstisch, auf dem jede Menge Notizzettel lagen. Das waren die im Fall Kristine Håverstad eingegangenen Tips. Er blickte zu Hanne Wilhelmsen auf.

»Da ist wirklich allerlei dabei«, lachte er. »Hör dir das mal an: Die Zeichnung hat große Ähnlichkeit mit dem Richter Arne Høgtvedt. Gruß, Nordlands-Ulf.«

Hanne Wilhelmsen lächelte breit. Nordlands-Ulf war ein notorischer Krimineller, der sich häufiger im Gefängnis befand als in Freiheit. Richter Høgtvedt hatte ihm vermutlich den letzten Knastaufenthalt verpaßt.

»Das ist eigentlich gar nicht so blöd. Es hat wirklich ein bißchen Ähnlichkeit mit ihm«, sagte sie, knüllte den Zettel zusammen und zielte auf einen Papierkorb neben der Tür. Sie traf.

»Oder das hier«, sagte Erik Henriksen. »Sicher ist mein Sohn der Täter. Er ist seit 1991 von bösen Geistern besessen. Er hat dem Herrn seine Tür verschlossen.«

»Das ist nun wirklich nicht so dumm«, meinte Hanne Wilhelmsen. »Hast du dich da mal erkundigt?«

»Ja. Der Mann ist Pastor in Drammen. Seine Mutter ist seit 1991 in der Psychiatrie.«

Jetzt lachte sie laut.

»Haben wir nur so was?«

Sie ließ ihren Blick über die Zettel schweifen, die scheinbar chaotisch da lagen.

»Das hier...« Henriksen schlug mit der Hand auf den Haufen oben links. »...ist der pure Unfug.«

Es war leider der größte Haufen.

»Das hier...« Die Faust knallte auf den Haufen daneben, der etwas kleiner war. »...sind Anwälte, Richter und Polizisten.«

Dann ließ er seine Finger weiterwandern.

»Hier sind ehemalige Sittlichkeitsverbrecher, hier sind normale, uns unbekannte Männer, hier sind Leute, die einwandfrei zu alt sind, und hier...« Er hob einen dünnen Stapel aus vier oder fünf Zetteln hoch. »...das sind Frauen.«

»Frauen?« Hanne lachte. »Sind auch Hinweise auf Frauen gekommen?«

»Ja. Wegwerfen?«

»Von mir aus gern. Bewahre der Ordnung halber die Juristen und Polizisten und vielleicht auch den Unfugstapel auf. Aber verschwende deine Zeit nicht damit. Erst mal nicht. Konzentrier dich auf die sexuellen Abweichlinge und die normalen Unbekannten. Wenn die Anrufer einigermaßen seriös gewirkt haben, meine ich. Wie viele bleiben dann übrig?«

Er zählte rasch durch.

»Siebenundzwanzig.«

»Die es sicher nicht waren«, seufzte Hanne Wilhelmsen. »Aber bestell sie mal her. So bald wie möglich. Sag Bescheid, wenn du etwas Interessantes findest. Funktioniert das Telefon?«

Überrascht antwortete er: »Das nehme ich an.« Er hob den Hörer und hielt ihn sich versuchsweise kurz ans Ohr. »Auf jeden Fall kommt das Freizeichen. Wieso meinst du, es könnte nicht funktionieren?«

»Wir haben doch dauernd Ärger mit den Geräten. Hier steht doch nur der Müll rum, den niemand haben will.«

Sie zog einen Zettel aus ihren engen Jeans und wählte eine Osloer Nummer.

»Oberingenieurin Bente Reistadvik bitte«, sagte sie, als jemand sehr schnell an den Apparat kam. Gleich darauf hatte sie die Ingenieurin an der Strippe.

»Wilhelmsen, Polizei. Wir haben zwei Sachen bei euch. Erstens...« Wieder blickte sie ihren Zettel an. »Fall Nummer 93-03541. Kristine Håverstad. Wir haben um DNS gebeten und Gewebefasern, Haare und anderen Kleinkram geschickt.«

Dann schwieg sie eine Weile und starrte vor sich hin, ohne sich Notizen zu machen.

»Aha. Und wann kann es fertig sein? So spät?«

Sie seufzte, drehte sich um und lehnte sich rücklings an den Schreibtisch.

»Und was ist mit unserem Samstagsmassaker? Hast du da was für mich?«

Zehn Sekunden später starrte sie ihren rothaarigen Kollegen verblüfft an.

»Wirklich? Na so was!«

Pause.

»Ach so.«

Lange Pause. Sie drehte sich wieder um, schien etwas notieren zu wollen und bekam von Erik Stift und Papier. Sie ging mit dem Telefon um den Tisch herum und setzte sich an den zweiten Schreibtisch.

»Interessant. Wann kann ich das schriftlich haben?«

Neue Pause.

»Sehr schön. Vielen Dank!«

Der Hörer fiel auf die Gabel. Hanne Wilhelmsen schrieb noch anderthalb Minuten weiter. Dann starrte sie wortlos ihre Notizen an. Schließlich faltete sie den Zettel zweimal zusammen, erhob sich, steckte das Papier in die Tasche und verließ wortlos das Zimmer.

Erik Henriksen war ziemlich gefrustet.

Die Brauntönung war ebenso stimuliert wie die Muskulatur. Erstere war das Resultat von Solariumstrahlen in einer Dosis, die ausgereicht hätte, einer ganzen Kompanie unheilbaren Hautkrebs zu verpassen. Die Muskeln waren durch künstliche Präparate zum Schwellen gebracht worden, genauer gesagt, durch verschiedene Formen von Testosteron.

Er liebte sein Äußeres. Er war Mann. Er hatte immer schon so aussehen wollen, besonders damals, als er strähnig, dünn und schielend unter den täglichen Prügeln der anderen in die Pubertät hineingewachsen war. Seine Mutter hatte das alles nicht ändern können. Mit einem Atem, der nach Pastillen und Alkohol stank, hatte sie verzweifelt versucht, ihn zu trösten, wenn er mit Veilchen, zerkratzten Knien und gesprungener Lippe nach Hause kam. Aber sie stand, ohne einzugreifen, hinter dem Vorhang, wenn die Idioten aus der Nachbarschaft sie und den Jungen provozierten, indem sie ihre Raufereien in immer größerer Nähe des Blocks austrugen, in dem sie wohnten. Das wußte er, denn wenn er anfangs Hilferufe zu den Küchenvorhängen im ersten Stock geschickt hatte, dann hatte er gerade noch gesehen, wie sie sich zurückzog. Immer zog sie sich zurück. Was sie nicht wußte, war, daß eher sie selbst als sein jämmerliches Aussehen Anlaß für die Prügel war. Die Jungs aus der Straße hatten ordentliche Mütter. Muntere, kräftige Frauen, die Brote und Milch anboten; manche arbeiteten, keine jedoch ganztags. Die anderen hatten nervige, niedliche kleine Geschwister und außerdem Väter. Nicht alle Väter wohnten bei ihrer Familie, zu Anfang der siebziger Jahre waren Scheidungen auch in seiner kleinen Heimatstadt keine Seltenheit mehr. Aber die Väter kamen am Samstag vormittag im Auto vorgefahren, mit aufgekrempelten Hemdsärmeln, breitem Lächeln und Angelruten im Kofferraum. Alle, nur seiner nicht.

Die Jungs nannten seine Mutter »Alko-Guri«. Als er klein war, richtig klein, hatte er es toll gefunden, daß seine Mutter so einen schönen Namen hatte. Guri. Nachdem »Alko-Guri« aufgekommen war, hatte er ihn gehaßt. Noch heute konnte er Frauen mit diesem Namen nicht ausstehen. Er konnte Frauen überhaupt nicht besonders gut ausstehen.

Als die Pubertät so einigermaßen überstanden war, hatten die Schikanen abgenommen. Er war siebzehn geworden und in anderthalb Jahren achtzehn Zentimeter gewachsen. Pickel hatte er nicht, und seine Schultern wurden immer breiter. Eine Operation, nach der er ein halbes Jahr lang eine scheußliche Augenklappe hatte tragen müssen, was seine Beliebtheit nicht gerade gesteigert hatte, hatte ihn vom Schielen befreit. Er hatte blonde Haare, und seine Mutter fand ihn hübsch. Er konnte ums Verrecken nicht verstehen, warum zum Beispiel Aksel eine Freundin hatte, während ihn kein Mädchen auch nur ansah. Aksel war ein etwas übergewichtiger, bebrillter Klassenkamerad, der zu allem Überfluß mindestens einen Kopf kleiner war als er.

Sie waren nicht gemein, das nicht, sie wichen ihm nur aus und bedachten ihn ab und zu mit blöden Sprüchen.

Als er achtzehn war, drehte Alko-Guri endgültig durch. Sie wurde in die Psychiatrie eingewiesen. Er besuchte sie einmal, gleich zu Anfang. Sie lag im Bett, war total im Tran und hatte überall Schläuche und Tuben sitzen. Er wußte nicht, was er tun oder sagen sollte. Während er stumm dasaß und sich ihr Gefasel anhörte, rutschte die Decke ein Stück beiseite. Ihr Nachthemd war offen, und eine Brust, ein magerer, leerer Hautfetzen mit dunkler, fast schwarzer Brustwarze, grinste ihn an wie ein starrendes, anklagendes Auge. Da war er gegangen. Seither hatte er seine Mutter nicht wiedergesehen. An diesem Tag hatte er entschieden, was er werden wollte. Niemand würde ihn je wieder quälen dürfen.

Jetzt saß er vor einem Computer und dachte gründlich nach. Die Wahl war wirklich nicht leicht zu treffen. Er mußte sich an die halten, bei denen nichts passieren konnte. Die niemanden hatten, die niemand vermissen würde. Ab und zu stand er auf, ging zu dem kleinen Aktenschrank hinüber, zog Ordner heraus und sah sich die Paßfotos, die jeweils auf der ersten Seite mit einer Büroklammer befestigt waren, genauer an. Paßfotos logen immer, das wußte er aus bitterer Erfahrung. Aber eine Art Richtschnur boten sie immerhin.

Am Ende war er zufrieden. Er spürte die Spannung wachsen; es war ein richtiger Kick, ähnlich dem, den er empfand, wenn er seine Muskeln maß und wußte, daß sein Oberarm mindestens einen Zentimeter dicker sein würde als beim letztenmal.

Es war ein genialer Plan. Und das Allergenialste war, daß er alle Welt austrickste. Daß er sie an der Nase herumführte und quälte. Er wußte, wie ihnen zumute war, den Idioten von der Kriminalpolizei. Sie zerbrachen sich verzweifelt den Kopf. Er wußte sogar, wie sie es nannten. Samstagsmassaker. Er lächelte. Sie waren nicht einmal clever genug, den Ariadnefaden zu finden, den er für sie ausgelegt hatte. Allesamt Idioten!

Er freute sich.

»Sag mal, wo steckst du eigentlich immer?« fragte Hanne Wilhelmsen und ließ sich in den Besuchersessel in Håkon Sands Büro fallen.

Er mühte sich mit einer zu großen Prise ab, die ein wenig zu sehr triefte, und seine Oberlippe verzog sich auf seltsame Weise, um sich vor dem bitteren Geschmack zu schützen.

»Ich krieg' dich ja kaum noch zu sehen!«

»Das Gericht«, murmelte er und versuchte, den Tabak mit der Zunge zu dirigieren. Er mußte aufgeben, schob sich den Zeigefinger in den Mund und zog den ganzen Priem heraus. Sein Finger wurde am Papierkorbrand ausgeklopft, danach wischte er ihn sich an der Hose ab.

»Schwein«, murmelte Hanne Wilhelmsen.

»Ich habe im Moment einfach höllisch viel am Hals«, sagte er, ihren Kommentar ignorierend. »Erstens muß ich fast jeden Tag ins Gericht. Und zweitens habe ich viel zu oft Bereitschaftsdienst, weil die Leute im Moment reihenweise krankgeschrieben sind. Und die Meldungen kommen nur so rein.« Er zeigte auf einen der üblichen grünen Stapel. »Ich habe sie mir noch nicht mal angesehen! Nicht einmal das!«

Hanne Wilhelmsen öffnete einen Ordner. Danach zog sie den Sessel an den Tisch, und sie saßen da wie zwei befreundete Erstkläßler mit einem gemeinsamen Lesebuch.

»Hier kriegst du immerhin etwas Spannendes zu sehen. Das Samstagsmassaker. Ich habe vorhin mit der Gerichtsmedizin gesprochen. Sie sind noch nicht fertig, aber die vorläufigen Ergebnisse sind ziemlich interessant. Schau mal!«

Sie zog einen Ordner heran, in den auf jeder Seite zwei Fotos eingeklebt waren. Insgesamt drei Seiten, sechs Bilder also. Jemand hatte kleine weiße Pfeile eingeklebt, auf jedem Bild an zwei oder drei Stellen; die Aufnahmen waren aus verschiedenen Winkeln gemacht worden. Es war nicht leicht, den Ordner offenzuhalten, er war steif und widerspenstig und klappte immer wieder zu. Hanne hob ihn hoch und brach die Seiten auseinander. Das half ein wenig.

»Das ist vom ersten. Der Schuppen in Tøyen. Ich habe um drei Proben von drei verschiedenen Stellen gebeten.«

Wozu denn bloß, dachte Håkon Sand, schwieg aber.

»Und das war verdammt clever von mir«, sagte Hanne Wilhelmsen, die Gedankenleserin. »Denn hier...« Sie zeigte auf das erste Bild, das nur zwei Pfeile aufwies. »Hier gab es Menschenblut. Von einer Frau. Ich habe eine vollständige Analyse in Auftrag gegeben, aber das braucht seine Zeit. Hier aber«, sie zeigte auf den zweiten Pfeil, blätterte um und tippte auf einen weiteren Pfeil, auf einem Bild mit drei Pfeilen, »hier haben wir etwas anderes, verstehst du? Tierblut!«

»Tierblut?«

»Ja, wahrscheinlich von einem Schwein, aber das wissen wir noch nicht. Wir werden es bald erfahren. Das Menschenblut stammte ungefähr aus der Mitte des Blutbades. Das Tierblut kam von der Peripherie.«

Sie klappte den Ordner zu und blieb neben ihm sitzen, als hätte sie nicht vor, sich je wieder zu entfernen. Sie schwiegen.

Hanne registrierte, daß er gut roch, nach einem leichten

Rasierwasser, das sie nicht kannte. Sie wußten beide nicht, was die Blutproben bedeuten konnten.

»Wenn alles Blut von einem Tier stammte, würde das ja die Scherzkekstheorie energisch unterstützen«, sagte Hanne nach einer Weile leise, eher zu sich selbst als zu Håkon. »Aber es ist ja nicht nur von einem Tier...«

Sie schaute auf die Uhr und sprang auf.

»Ich muß los. Ein Freitagsbier mit alten Kollegen aus meinem Jahrgang. Schönes Wochenende!«

»Ja, das wird sicher schön«, murmelte er resigniert. »Ich habe von Samstag auf Sonntag Bereitschaftsdienst. Das wird die Hölle. Bei dem Wetter. Ich weiß schon gar nicht mehr, wie Kälte sich anfühlt.«

»Schönen Dienst also«, lächelte sie und war verschwunden.

Ein seltenes Freitagsbier mit den alten Jungs von der Polizeischule, Sommerfest und Weihnachtsfeier. So viel Kontakt hatte sie zu ihren Kollegen, gesellschaftlich und außerhalb der Dienststunden. Das Verhältnis war nett und ziemlich distanziert. Sie stellte ihr Motorrad ab, etwas besorgt, weil es hier mitten in der Stadt offen herumstehen würde, ließ es aber auf den Versuch ankommen. Sicherheitshalber nahm sie beide Ketten. Sie schob jede durch ein Rad und befestigte sie an zwei Metallpfosten, die praktischerweise gleich daneben standen.

Danach nahm sie ihren Helm ab, fuhr sich durch die plattgedrückten Haare und ging die Treppen zu dem suspekten Loch hoch, das die apartest gelegene Kneipe der Stadt war: unter einer Schnellstraßenbrücke.

Es war schon fast halb fünf, und die anderen mußten bereits den Halben Nr. 2 oder 3 erreicht haben, wenn sie vom Lärmniveau ausging. Sie wurde mit Applaus und ohrenbetäubendem Jubel empfangen.

Andere Frauen waren nicht da. Die sieben Polizisten waren überhaupt allein im Lokal. Eine kleine Kellnerin mit asiatischem Aussehen rannte zwischen ihnen und den hinteren Gemächern hin und her.

»Ein Bier für meine Freundin«, brüllte Billy T., das Monstrum, das am selben Morgen Finn Håverstad einen höllischen Schrecken eingejagt hatte.

»Nein, nein«, wehrte Hanne ab und bat um ein Munkholm. Gleich darauf stand ein Clausthaler auf dem Tisch. Der Kellnerin schien das egal zu sein, Hanne jedoch nicht. Aber sie protestierte nicht.

»Was machst du denn gerade so, Süße«, fragte Billy T. und legte den Arm um sie.

»Du solltest dir diesen Schnurrbart abrasieren«, sagte Hanne und zog an den langen roten Zotteln, die er sich in Rekordzeit zugelegt hatte.

Er zog den Kopf zurück und spielte den Gekränkten.

»Mein Schnurrbart! Mein schöner Schnurrbart! Sieh dir meine Jungs an! Als sie mich das erste Mal so gesehen haben, sind sie höllisch erschrocken, aber jetzt wollen sie alle so einen, einer wie der andere!«

Billy T. hatte vier Söhne. Jeden zweiten Freitag nachmittag fuhr er durch die Stadt, hielt bei vier verschiedenen Wohnungen und las seine Jungs auf. Sonntag abend fuhr er dieselbe Route und übergab vier todmüde, glückliche Jungen in die Obhut ihrer jeweiligen Mütter.

»Du, Billy T., du weißt doch alles«, setzte Hanne an, nachdem er in seiner Empörung über ihren Schnurrbartkommentar ihre Schulter losgelassen hatte.

»Ha, ha, worauf willst du denn jetzt hinaus?« grinste er.

»Ach, nichts. Aber weißt du, wo man Blut herbekommt? Massenhaft Blut?«

Alles verstummte plötzlich, mit Ausnahme eines Mannes, der mitten in einer guten Geschichte steckte und Hanne nicht gehört hatte. Als ihm aufging, daß das bei den anderen der

Fall war und daß sie Hannes Frage interessanter fanden als seinen Witz, packte er sein Bierglas und trank.

»Blut? Menschenblut? Was ist denn in dich gefahren?«

»Nein, Tierblut. Von Schweinen zum Beispiel. Egal wovon, solange es nur ein Tier ist. Das hier in Norwegen vorkommt, natürlich.«

»Aber Hanne. Das ist doch ganz einfach. Aus dem Schlachthof!«

Als ob sie darauf nicht selbst gekommen wäre!

»Ja, das ist mir schon klar«, sagte sie geduldig. »Aber kann denn jeder x-beliebige einfach in den Schlachthof spazieren und sich bedienen? Kann man da überhaupt große Mengen Blut kaufen?«

»Als ich klein war, hat meine Mutter das gemacht«, schaltete sich ein klapperdürrer Kollege ein. »Sie hat widerliches Blut in einer Dose mit nach Hause gebracht und Blutpudding und so 'n Zeug daraus gemacht. Und Blutpfannekuchen.«

Er schnitt bei dieser ekelhaften Kindheitserinnerung eine Grimasse.

»Ja, das weiß ich«, sagte Hanne, weiterhin geduldig. »Manche Schlachter verkaufen noch immer Blut. Aber es würde doch auffallen, wenn jemand zehn Liter haben wollte, meint ihr nicht?«

»Redest du von diesen Samstagsmassakern?« fragte Billy T., jetzt mit größerem Interesse. »Wißt ihr inzwischen, daß das Tierblut war?«

»Etwas davon«, antwortete Hanne, ohne genauer zu erklären, wie sie das meinte.

»Erkundige dich doch bei den Schlachtern hier in der Stadt, ob jemand ein auffälliges Interesse an Blut zum Mengenrabatt an den Tag gelegt hat. Das läßt sich machen. Selbst für euch Trantüten in eurer Abteilung!«

Sie waren jetzt nicht mehr allein in dem dubiosen Lokal. Zwei Frauen von Mitte Zwanzig hatten sich am anderen Ende des Saales niedergelassen. Das entging natürlich den sieben Männern in den besten Jahren nicht. Zwei von ihnen wirkten besonders interessiert, und Hanne überlegte, daß diese beiden im Moment wohl solo waren. Sie warf einen raschen Blick auf die Frauen, und ihr rutschte das Herz in die Hose. Lesben, wenn sie auch äußerlich nicht dem gängigen Klischee entsprachen. Eine hatte lange Haare, und beide sahen ziemlich durchschnittlich aus. Aber Hanne Wilhelmsen verfügte wie jede Lesbe über den inneren Radar, der diese Feststellung in Sekundenbruchteilen ermöglicht. Als die beiden sich plötzlich zueinander beugten und behutsam küßten, gehörte dieses Wissen nicht mehr ihr allein.

Sie war wütend. Solches Benehmen provozierte sie bis zum Wahnsinn, und es provozierte sie womöglich noch mehr, daß sie sich provozieren ließ.

»Lesben«, flüsterte einer der beiden Polizisten, die sich für die Neuankömmlinge ganz besonders interessiert hatten. Die anderen lachten lauthals, alle bis auf Billy T. Ein blonder, stämmiger Bursche, den Hanne eigentlich noch nie hatte leiden können, setzte zu einer passenden Zote an, wurde von Billy T. jedoch unterbrochen.

»Laß den Scheiß«, befahl er. »Was diese Damen da treiben, geht uns verdammt noch mal nicht das geringste an. Und außerdem...« Ein riesiger Zeigefinger tippte an die Brust des blonden Kollegen. »Außerdem sind deine Witze immer reichlich öde. Hör dir lieber den an.«

Dreißig Sekunden später brüllten wieder alle vor Lachen. Eine neue Runde Bier kam auf den Tisch, aber Hanne wollte nun nur noch einen akzeptablen Zeitraum zwischen der unangenehmen Episode mit den Lesben und ihrem eigenen Aufbruch verstreichen lassen. Eine halbe Stunde mußte ja wohl reichen. Sie erhob sich, zog ihre Lederjacke an, wünschte ihnen lächelnd noch einen schönen Einstieg ins Wochenende und wollte gehen.

»Zement mal, Schnuffel«, grinste Billy T. und packte sie am Arm. »Küßchen bitte!«

Halb widerwillig beugte sie sich zu ihm hinüber, als er in seiner Bewegung erstarrte und ihr mit einem Ernst, den sie nur selten bei ihm erlebt hatte, in die Augen sah.

»Ich mag dich, Hanne«, sagte er leise. Und dann drückte er sie an sich.

SAMSTAG, 5. JUNI

Die Natur war völlig außer Rand und Band. Der Traubenkirschenduft hing schwer und mittsommerhaft über allen Wegen, und die Rosen in den Gärten waren schon voll erblüht. Die Tulpen, die normalerweise gerade ihren Höhepunkt erreicht hätten, spreizten vulgär ihre Blütenblätter und würden in ein oder zwei Tagen tot sein. Die Insekten summten wie betäubt durch dieses Fest. Leute mit Pollenallergie litten unsäglich, und auch die enthusiastischsten Sommerfans blickten immer wieder verstohlen zum Himmel und der weißen Sonnenscheibe, die sich nur nachts ein paar kurze Stunden Ruhe gönnte, ehe sie gegen fünf Uhr morgens wieder frohgemut und feuerheiß zur Stelle war. Irgend etwas stimmte doch nicht!

»Der Komet kommt!« stöhnte Hanne Wilhelmsen, die einmal pro Jahr Tove Janssons Muminbücher las.

Sie saß auf dem kleinen Balkon, ließ die Beine übers Geländer baumeln und las die Samstagszeitungen. Es war bereits abends halb elf, aber es war einfach noch zu heiß, um sich drinnen vor den Fernseher zu setzen.

»Schlaffi!« sagte Cecilie und bot ihr ein Glas Campari-Tonic an. »In Spanien würdest du das toll finden. Sei doch froh, daß wir ausnahmsweise mal hier im Norden schönes Wetter haben.«

»Nein danke. Und Kopfschmerzen habe ich auch. Das muß an der Hitze liegen.«

Cecilie hatte trotzdem recht. Eigentlich war es schön so. Hanne Wilhelmsen konnte sich nicht erinnern, je so spät am Abend schwitzend in Shorts und Unterhemd draußen gesessen zu haben. Jedenfalls nicht in Norwegen. Und schon gar nicht Anfang Juni.

Auf der Rasenfläche unter dem Balkon veranstalteten zwei Familien mit kleinen Kindern ein Fest. Fünf Kinder, ein Hund und zwei Garnituren Eltern grillten, sangen, spielten und amüsierten sich seit Stunden schon auf gute, altmodische Weise, obwohl die Kleinsten sicher längst ins Bett gehört hätten. Vor einer Stunde hatte Cecilie leise Überlegungen angestellt, wann Frau Weistrand aus dem Erdgeschoß sich wohl beklagen würde. Sie hatte bereits mehrmals in demonstrativem Protest gegen den Krach der Kinder mit der Verandatür geknallt. Cecilie sollte recht behalten. Um elf hielt ein Streifenwagen auf dem Parkplatz, und zwei Polizisten in Sommeruniform steuerten zielstrebig über den Rasen auf die Familienidylle zu.

»Sieh dir das an, Cecilie«, sagte Hanne und lachte leise. »Die gehen im Takt! Das läßt sich einfach nicht vermeiden. Als ich bei der Streife war, habe ich mir vorgenommen, das nie zu machen, ich fand es so militaristisch. Aber es geht einfach nicht. Es ist, als würdest du eine Blaskapelle hören.«

Die Polizisten glichen einander wie ein Ei dem anderen. Zwei kurzgeschorene, genau gleich große Männer. Sie standen ein wenig unsicher vor der Menschengruppe auf dem Rasen, dann wandten sie sich an den vermutlich ältesten Mann.

»Ich hab's gewußt«, kicherte Hanne und schlug sich auf den Oberschenkel. »Ich hab' gewußt, daß die einen der Männer ansprechen würden.«

Die beiden Frauen standen auf und stützten sich mit den Ellbogen auf das Balkongeländer. Die Feiernden waren nur zwanzig Meter von ihnen entfernt, und die Abendluft trug die Stimmen weit.

»Jetzt packt hier mal schön zusammen«, kommandierte einer der Zwillingspolizisten. »Wir haben gehört, daß ihr stört. Die Nachbarn, meine ich.«

»Was denn für Nachbarn?«

Der Mann, dem die Ehre zuteil wurde, angesprochen zu werden, breitete resigniert die Arme aus.

»Alle sind doch jetzt draußen«, sagte er und zeigte auf den Block, wo fast auf jedem Balkon Leute saßen.

»Wir stören doch wohl niemanden!«

»Tut mir leid«, beharrte der Polizist und rückte seine Mütze gerade. »Ihr müßt schon in die Wohnung umziehen.«

»Bei dieser Hitze?«

Nun folgte Frau Weistrands Auftritt. Breitbeinig und mit energischem Hüftschwung kam sie aus ihrem kleinen Gartenflecken.

»Ich habe schon vor über zwei Stunden angerufen«, schimpfte sie. »Das ist eine Schande!«

»Viel zu tun, gnä' Frau«, bedauerte der andere Zwilling und rückte ebenfalls seine Mütze gerade. Hanne Wilhelmsen wußte, welch ein Alptraum es war, in dieser Hitze eine Dienstmütze tragen zu müssen. Sie beschloß einzugreifen.

»Cecilie, ich habe wirklich Kopfschmerzen. Kannst du mir einen Tee machen? Du bist ein Engel!«

Tee gegen Kopfschmerzen. Tolle Medizin, dachte die Medizinerin, die genau wußte, warum sie zum Rückzug aufgefordert wurde. Aber sie schwieg, zuckte mit den Schultern und ging in die Küche.

»Huhu!« rief Hanne Wilhelmsen den beiden Polizisten zu, sowie Cecilie nicht mehr zu sehen war. »Hallo, Jungs!«

Alle auf der Rasenfläche blickten zu ihr hoch. Die beiden Polizisten kamen unsicher auf das Haus zu, als ihnen aufging, daß sie gemeint waren. Hanne kannte sie nicht, ging aber unbescheiden davon aus, daß die Jungs wußten, wer sie war. Was offenbar zutraf. Als sie auf fünf Meter herangekommen waren, strahlten sie los.

»Aber hallo«, riefen beide, fast wie aus einem Munde.

»Laßt die Leute feiern«, empfahl Hanne Wilhelmsen und zwinkerte ihnen zu. »Die machen überhaupt keinen Krach. Die Alte im Erdgeschoß ist einfach schwierig. Laßt doch den Kindern ihr Vergnügen!«

Der Rat von Kommissarin Wilhelmsen reichte den beiden Polizisten. Sie salutierten, machten auf dem Absatz kehrt und gingen zurück zu den Feiernden.

»Macht's einfach eine Nummer leiser«, sagte der eine, und dann verschwanden sie zu einem vermutlich wichtigeren Auftrag.

Frau Weistrand lief wütend zu ihrer Parzelle zurück, während der älteste Festteilnehmer unter Hannes Balkon trat.

»Vielen Dank«, sagte er und machte mit der rechten Hand das Siegeszeichen.

Hanne lächelte nur und schüttelte den Kopf. Cecilie war jetzt wieder da. Sie knallte eine Teetasse auf den Tisch, vergrub sich hinter der Zeitung und schwieg.

Als die Uhr halb drei zeigte, die Kinder längst im Bett waren und die Nacht die Temperatur so weit gedämpft hatte, daß nun beide einen Pullover trugen, ging Hanne auf, daß Cecilie seit der Episode mit den Polizisten nur noch einsilbige Bemerkungen von sich gegeben hatte. Wenn sie noch immer stumm hier saßen, dann deshalb, weil keine von ihnen Lust hatte, neben der anderen zu liegen, und weil es außerdem eine wirklich zauberhafte Nacht war. Hanne hatte alles versucht. Nichts hatte geholfen. Jetzt zerbrach sie sich den Kopf darüber, was um alles in der Welt sie anstellen sollte, um nicht auch den folgenden Tag zu ruinieren.

Und dann piepste das Telefon. Hannes Telefon.

Cecilie zerriß ihre Zeitung.

»Wenn das dein Job ist und du losmußt, dann bringe ich dich um«, fauchte sie, warf die Zeitungsreste auf den Boden, verschwand in der Wohnung und knallte mit der Schlafzimmertür.

Hanne ging ans Telefon. Obwohl sie sich mental darauf vorbereitet gefühlt hatte – ein Anruf mitten in der Nacht von Samstag auf Sonntag verhieß nun mal nichts Gutes –, spürte sie, wie eine Gänsehaut ihren Nacken überzog. Sie hatten ein neues Samstagsmassaker. Håkon war selbst am Apparat. Er befand sich bereits am Tatort, einer U-Bahnstation in einer der älteren östlichen Satellitenstädte. Es sehe einfach scheußlich aus. Da die letzten Analysen erwiesen hätten, daß unter den ganzen Dreck auch Menschenblut gemischt war, wolle sie sicher einen Blick darauf werfen?

Hanne dachte zehn Sekunden lang nach.

»Ich komme«, sagte sie kurz.

Vor dem Schlafzimmer blieb sie stehen und klopfte leise an die Tür.

»Das ist auch dein Zimmer«, kam es säuerlich von drinnen. Sie wagte sich hinein. Cecilie hatte sich ausgezogen und saß, die häßliche Lesebrille, von der sie wußte, daß Hanne sie haßte, auf der Nase, mit einem Buch aufrecht im Bett.

»Du mußt weg, höre ich«, sagte sie eiskalt.

»Ja, und du auch.«

»Ich?«

Sie ließ ihr Buch sinken und blickte Hanne zum erstenmal seit Stunden ins Gesicht.

»Ja. Es wird Zeit, daß du mal siehst, was ich mache, wenn ich nachts weg muß. Dieses Blutbad kann wohl kaum schlimmer sein als deine Operationssäle.«

Cecilie glaubte ihr nicht. Sie fing wieder an zu lesen, wartete aber offenbar gespannt auf Hannes nächste Bemerkung.

»Das war ernst gemeint, meine Liebe. Zieh dich an. Wir haben einen Lokaltermin. Beeil dich.«

Fünf Minuten später jagte eine rosa Harley brüllend durch die Gegend von Oppsal.

Der Tatort sah völlig anders aus als seine Vorgänger. Drei Streifenwagen warfen mit Blaulicht um sich, was aber die Nachbarn, die neugierig und mit gereckten Hälsen alles verfolgten, nicht sonderlich zu stören schien. Die U-Bahnstation war eine von der unbesetzten Sorte, mit einem Zaun und einer Art Schleuse zur Straße, die die aussteigenden Fahrgäste durchqueren mußten. Das Blutbad hatte auf der anderen Seite stattgefunden, wo die Fahrgäste ein kleines Haus passierten, um den Bahnsteig betreten zu können. Insgesamt waren dreizehn Polizisten hier, darunter Håkon Sand in voller Uniform. Hanne fiel ein, daß er Bereitschaftsdienst hatte. Er strahlte, als er sah, daß sie mit einem Gruß die Absperrung überstieg, die sich kreuz und quer durch die Station zog. Cecilies Anwesenheit hatte der Beamtin, die sie durchgelassen hatte, keine Frage entlockt.

»Das ging ja schnell«, kommentierte er und schien nicht zu bemerken, daß Hanne nicht allein war. Hanne stellte Cecilie und Håkon einander nicht vor.

»Ein junges Paar, das von einem Fest kam, hat alles entdeckt«, erklärte Håkon. »Sie sind sehr verliebt und wollten hier wohl ein Schäferstündchen einschieben.«

Er führte sie zu einer Ecke, die von einer zwei Meter hohen Mauer und dem öden, grauen Gebäude gebildet wurde. Der Boden bestand aus sehr altem Asphalt und üppigem Löwenzahn, der den grauschwarzen Belag durchbrochen hatte. Jetzt war der Boden schwarz von Blut. Von sehr viel Blut.

»Diesmal versuchen wir eine sehr viel umfassendere Spurensicherung«, erklärte Håkon und zeigte auf die anderen.

Vernünftig. Hätte glatt von ihr stammen können. Sie blickte sich um und entdeckte Hilde Hummerbakken von der Hundestreife. Sie hatte seit dem Examen dreißig Kilo abgenommen, watschelte aber noch immer in einer viel zu engen Uniform durch die Gegend. Aber sie hatte den absoluten Spitzenhund. Sein Schwanz wedelte wie ein Propeller, während er durch das Gelände jagte, hier und dort stehenblieb und den leisen, kurzen Befehlen seiner Führerin gehorchte.

Fasziniert standen sie da und beobachteten das Tier. Nach einigen Minuten kam die kugelrunde Polizistin zu ihnen herüber. Hanne hockte sich hin und streichelte den Hund.

»Der Täter muß durch das Haus gekommen sein«, keuchte Hummerbakken. »Das steht fest. Am Zaun gibt es keine Spuren. Cairo markiert im ganzen Haus, aber dreißig Meter weiter den Hang hoch steckt er fest. Der Täter hat sicher ein Auto gehabt. Sollten diese U-Bahnstationen nachts nicht überhaupt abgeschlossen werden?«

»Vermutlich ja«, sagte Hanne Wilhelmsen und stand auf.

»Aber wo sie nur noch so wenig Leute haben, sehen sie das wohl nicht mehr so eng. Hier gibt es ja nichts zu stehlen. Nur ein leeres Haus.«

Hummerbakken verließ sie und machte noch eine Runde mit dem Hund. Hanne Wilhelmsen ließ sich eine Taschenlampe geben. Mitten auf dem blutigen Boden hatte jemand einen Pappstreifen ausgelegt, es sah aus wie eine ziel- und sinnlose Laufplanke. Vorsichtig ging sie über den Streifen und stellte fest, daß auch hier eine achtziffrige Zahl an die blutverschmierte Wand geschrieben war. Dann drehte sie sich zu den anderen um, ging in die Hocke und sah sich nach allen Seiten um.

»Hab' ich's mir doch gedacht«, stellte sie fest, stand auf und ging zurück.

Niemand begriff, was Hanne sich doch gedacht haben könnte. Cecilie verstummte angesichts der vielen Eindrücke und konnte es nicht fassen, daß sie wirklich hier mitten zwischen Hannes aufgeregten Kollegen stand.

»Innerhalb einer Fläche von über zwei Quadratmetern ist

man hier einfach nicht zu sehen«, erklärte Hanne. »Das nächste Haus, das wir von hier aus sehen, ist das dahinten. Bei dieser Dunkelheit glaube ich aber nicht, daß uns hier jemand von dort sehen kann.«

Aller Augen folgten ihrem Zeigefinger, der auf ein dunkles Haus auf einer kleinen Anhöhe wies, es war sicher dreihundert Meter entfernt. Vielleicht sogar noch weiter.

»Hallo«, sagte Håkon Sand plötzlich, als habe er Cecilie gerade erst entdeckt. Er streckte die Hand aus. »Ich bin Håkon Sand.«

»Cecilie Wibe.« Cecilie strahlte ihn an.

Hanne schaltete sich in dieses kurze Gespräch ein.

»Eine Freundin von mir. War gerade zu Besuch. Konnte sie doch nicht allein da sitzen lassen«, log sie mit angestrengtem Lächeln und bereute es gleich darauf zutiefst.

»Und jetzt mußt du mich wohl auch noch nach Hause fahren«, sagte Cecilie eiskalt, nickte Håkon kurz zu und ging auf die Tür des grauen Hauses zu.

»Nein, warte, Cecilie«, sagte Hanne ziemlich verzweifelt. Und laut, um auch ganz sicher von ihrer Liebsten gehört zu werden, wandte sie sich an Håkon: »Übrigens möchte ich dich für nächsten Freitag zum Essen einladen. Bei uns zu Hause, meine ich. Dann kannst du endlich...« Sie schluckte das Wort »sie« herunter. »... mit uns essen«, schloß sie, ohne darüber nachzudenken, wie seltsam diese Wiederholung sich anhören mußte.

Der Polizeiadjutant sah aus, als sei er soeben zu einer dreiwöchigen Kreuzfahrt durch die Karibik eingeladen worden. So verdutzt und so offensichtlich erfreut.

»Aber klar«, sagte er, ohne auch nur daran zu denken, daß er sich bei seiner alten Mutter angesagt hatte. »Gern! Aber vorher sehen wir uns ja noch.«

Hanne überließ das Blutbad seinem Schicksal und folgte Cecilie zum Motorrad. Sie schwieg. Sie fühlte sich wie betäubt und wußte einfach nicht, wie sie die Verabredung, die sie gerade getroffen hatte, rückgängig machen sollte.

»Das war also Håkon Sand. Der sieht nett aus«, plauderte Cecilie. »Ich glaube allerdings, du solltest ihm vor dem Essen von mir erzählen.«

Dann legte sie den Kopf in den Nacken und lachte auf, ehe ihr einfiel, an welch düsterem Ort sie sich hier befand, woraufhin sie abrupt verstummte. Aber sie lächelte den ganzen Heimweg über vor sich hin.

SONNTAG, 6. JUNI

Endlich hatten die Zeitungen angebissen. Darüber freute er sich aufrichtig. Gegen zehn hatten ihn die Kirchenglocken nach vier kurzen Stunden immerhin tiefen Schlafs geweckt; er hatte einen Trainingsanzug übergestreift und war zur Tankstelle gegangen, um herauszufinden, ob sich inzwischen neben der Polizei auch noch andere für sein Vorgehen interessierten.

Es war fast mehr, als er erhofft hatte. Die ganze erste Seite einer Boulevardzeitung stand unter der Schlagzeile:»Geheimnisvolles Blutbad in Oslo«, mit dem Untertitel:»Polizei sucht die Opfer«. Ein Eckchen war für ein Foto reserviert, das einen Streifenwagen, eine Absperrung und fünf Polizisten zeigte. Es war im Grunde enttäuschend klein und nichtssagend, aber bei genauerem Nachdenken war eine blutbefleckte Hausecke vielleicht nicht das zwingende Fotomotiv. Zumindest, solange es nicht in Farbe war.

Nächstesmal vielleicht, dachte er, dann duschte er zum zweitenmal innerhalb von fünf Stunden. Nächstesmal.

Sie kamen sich vor, als seien sie in einen mittelmäßigen amerikanischen Fernsehfilm geraten. Sie befanden sich in einem typischen Junggesellenzimmer, in einem geschmacklos riesigen, weißlackierten Bett mit schräggestelltem Kopfende und eingebautem Radiowecker. Aber die Matratze war gut. Håkon richtete sich auf, zog sich geniert die Unterhose an und stapfte in die Küche. Gleich darauf war er mit zwei Gläsern Cola mit Eiswürfeln und einem schiefen Lächeln wieder da.

»Der ist wirklich in Ordnung.«

Sein Bekannter hatte sich inzwischen daran gewöhnt. Es war das vierte Mal, daß Håkon, knallrot, die Bitte ausgesprochen hatte, sich für ein paar Stunden seine Wohnung leihen zu dürfen. Beim ersten Mal hatte der Freund beim besten Willen nicht begriffen, warum Håkon nicht bei sich zu Hause eine Nummer schieben konnte, dann hatte er aber gegrinst und die Schlüssel herausgerückt. »Wir haben alle unsere seltsamen Gelüste«, hatte er gesagt und fünf Stunden Abwesenheit garantiert.

Seither hatte er überhaupt nichts mehr gesagt, er gab Håkon die Schlüssel und teilte ihm mit, wie lange er seine Wohnung entbehren könne. Diesmal hatte er allerdings gefragt, ob nicht noch andere ihre Wohnung zur Verfügung stellen könnten, im Moment komme es ihm doch ungelegen. Als er Håkons Gesicht gesehen hatte, hatte er sich die Sache allerdings sofort anders überlegt. Was er nicht wußte, war, daß er nicht der einzige war, an den Håkon Sand in unregelmäßigen Abständen mit dieser seltsamen Bitte herantrat.

Jetzt würde der Wohnungsinhaber bald wieder dasein. Håkon schaute diskret auf die Uhr. Nicht diskret genug.

»Ja, ich weiß schon«, sagte sie. »Wir müssen machen, daß wir fortkommen.«

Im Aufstehen rief sie plötzlich: »Ich habe die Art, wie wir uns treffen, zum Kotzen satt!«

Als ob er darauf bestünde. Er zog es vor, nicht zu antworten.

»Im Grunde habe ich fast alles zum Kotzen satt«, fügte sie hinzu, während sie sich mit übertriebener Hektik anzog. »Ich glaube, ich mache Schluß.«

Håkon Sand merkte, wie die Wut in ihm hochstieg.

»Ach ja? Mit dem hier? Oder vielleicht mit dem Rauchen?«

Sie rauchte zuviel, und wenn ihn das auch nicht ärgerte, so sorgte er sich doch um sie. Aber er nahm an, daß es nicht der Tabak war, womit sie aufhören wollte. Es ging um ihn. Sie erwähnte das so ungefähr bei jedem dritten ihrer Treffen, so ganz nebenbei. Anfangs hatte ihn das verängstigt und in tiefe Verzweiflung gestürzt. In diesem Moment war er einfach nur stocksauer.

»Hör mal, Karen«, sagte er. »So kannst du nicht weitermachen. Jetzt mußt du dich entscheiden. Willst du mich, oder willst du mich nicht?«

Die Frau erstarrte, dann kam sie ums Bett herum und zog ihren Reißverschluß hoch.

»Aber Håkon.« Sie lächelte. »Dich habe ich doch nicht gemeint. Uns nicht. Ich rede vom Job. Ich spiele mit dem Gedanken, da auszusteigen.«

Das war nun wirklich überraschend. Er ließ sich aufs Bett sinken. Beim Job aussteigen? Sie war die jüngste Teilhaberin in einer ausgesprochen renommierten Anwaltskanzlei, verdiente nach seinen Maßstäben astronomische Summen und hatte nur sehr selten angedeutet, daß sie sich dort vielleicht nicht pudelwohl fühlte.

»Ach«, sagte er nur.

»Was sagst du dazu?«

»Na ja...«

»Vergiß es.«

»So war das nicht gemeint. Ich will gern mit dir darüber reden.«

»Nein, vergiß es. Wirklich. Wir reden jetzt nicht darüber. Ein andermal vielleicht.«

Sie ließ sich neben ihn fallen.

»Ich will am Freitag ins Wochenendhaus fahren. Kommst du mit?«

Sensationell. Sie wollte ihn ins Wochenendhaus mitnehmen. Zweieinhalb Tage zusammen. Die ganze Zeit. Ohne sich zu verstecken. Ohne sie verlassen zu müssen, nachdem sie sich geliebt hatten. Sensationell!

»Schrecklich gern«, stammelte er, und im selben Moment fiel ihm ein, daß es das Wochenendhaus gar nicht mehr gab. Er hatte von dem Brand, der das Haus vor einem halben Jahr zerstört hatte, eine längliche, häßliche Narbe an der Wade zurückbehalten. Bei schlechtem Wetter tat sie immer noch weh.

»Ist das nicht ein bißchen zu luftig?« fragte er trocken.

»Nicht mein Haus. Das von den Nachbarn. Wir können die Brandstätte ein bißchen aufräumen und es uns zwischendurch gemütlich machen.«

Und dann fiel ihm noch etwas ein. Er hatte doch diese Einladung von Hanne Wilhelmsen angenommen.

»Verdammt.«

»Was ist los?«

»Ich habe schon eine Verabredung. Zum Essen. Hanne Wilhelmsen hat mich zu sich eingeladen.«

»Hanne? Ich dachte, ihr trefft euch nie außerhalb der Arbeitszeit?«

Karen Borg kannte Hanne Wilhelmsen. Sie hatte sie vor einigen Monaten kennengelernt, und die Polizistin hatte einen tiefen Eindruck bei ihr hinterlassen. Außerdem konnte Håkon kaum je die Arbeit erwähnen, ohne daß auch die Kommissarin zur Sprache kam. Aber sie hatte die beiden bisher immer nur für Kollegen gehalten.

»Haben wir ja auch. Bisher. Sie hat mich erst letzte Nacht eingeladen.«

»Kannst du nicht absagen?« fragte sie und strich ihm durchs Haar.

Für den Bruchteil einer Sekunde lag ihm ein »aber klar« auf der Zunge. Dann schüttelte er den Kopf. Daß er seine Mutter Hanne zuliebe versetzen mußte, war eine Sache. Die Familie war irgendwie etwas anderes. Aber er konnte Hanne nicht absagen, bloß weil eine noch attraktivere Einladung eingegangen war.

»Nein, kann ich nicht, Karen. Ich habe gesagt, daß ich sehr gern komme.«

Sie schwiegen beide eine Runde. Dann lächelte sie und berührte sein Ohr mit dem Mund. Sofort liefen ihm Schauer den Nacken hinunter.

»Du bist ein Lieber«, flüsterte sie. »Ein richtig guter Lieber.«

Die junge Mutter mit den wehenden roten Haaren war total aufgelöst. Ihr Sohn war einfach nicht zu finden. Ziellos lief sie auf den Wegen der alten, ein wenig heruntergekommenen Wohnsiedlung hin und her, beugte sich über jede Hecke und rief verzweifelt: »Kristoffer! Kristoffer!«

Sie war in der Hitze eingenickt. Unmittelbar nach dem Essen hatte sie ihn zuletzt gesehen. Der Dreijährige hatte sich die Erlaubnis erquengelt, einfach nur zerquetschte Kartoffeln mit Soße zu essen. Es war zu heiß, als daß man sich mit einem Kind im Trotzalter hätte herumzanken mögen. Und es war Sonntag, und sie brauchte Ruhe und Frieden.

Nach dem Essen hatte sie sich mit einem Buch auf die Luftmatratze hinter dem hübschen alten Haus gelegt, das sie von ihrem Onkel gemietet hatte. Es war zugig, ziemlich baufällig und alles andere als kinderfreundlich, aber die Miete war kaum der Rede wert und die unmittelbare Umgebung ruhig und verkehrsarm. Den Jungen hatte sie in den Sandkasten gesteckt, den der freundliche Onkel hinter dem Haus eingerichtet hatte. Der Kleine hatte vor sich hin geplappert und gelacht. Und dann war sie wohl eingenickt.

Jetzt überkam sie die Verzweiflung, und die Tränen brachen hervor. Sie versuchte, sich zusammenzureißen, und sagte sich immer wieder, daß er in der guten halben Stunde, die sie geschlafen hatte, wohl kaum weit gekommen sein konnte.

»Überleg doch mal«, sagte sie zu sich selbst und biß die Zähne zusammen. »Überleg doch mal. Wo geht er denn gern hin? Welche Wege sind spannend und verboten?«

Verängstigt angesichts der ersten Antwort, die ihr in den Sinn kam, blieb sie stehen und drehte sich zur Schnellstraße um, die dreihundert Meter tiefer an dem Abhang, an dem die alten Häuschen und Gärten gelegen waren, von lärmenden Rasern befahren wurde. Nein. Dahin konnte er nicht gegangen sein. Das war einfach unmöglich!

Als sie hundertfünfzig Meter hinter ihrem Haus um eine Ecke bog, sah sie eine alte Frau in Arbeitskittel und Gartenhandschuhen an einer Hecke stehen.

»Hat Kristoffer sich davongemacht?« fragte die Alte freundlich und ziemlich unnötig, da die junge Frau ununterbrochen den Namen ihres Sohnes gerufen hatte.

»Ja. Nein. Er hat sich nicht davongemacht. Ich kann ihn bloß nicht finden.«

Sie lächelte zaghaft, angespannt, und die ältere Frau streifte resolut ihre Handschuhe ab.

»Komm. Ich helfe dir. Weit kann er noch nicht gekommen sein«, tröstete sie.

Sie waren ein putziges Paar, wie sie sich so gemeinsam auf die Suche machten. Die Rothaarige rannte auf langen, sommersprossigen Beinen nervös hin und her. Die alte Frau ging systematischer vor, fragte bei jedem einzelnen Haus, ob irgendwer den kleinen Kristoffer, drei Jahre, gesehen habe.

Schließlich waren sie ganz oben am Hang angekommen. Kein kleiner Junge war zu sehen, und niemand wußte etwas. Vor den beiden Frauen lag nur noch der Waldrand; die eine war ratlos und besorgt, die andere vollständig außer sich.

»Wo kann er bloß sein«, weinte sie. »Er traut sich doch nicht allein in den Wald! Vielleicht ist er nach unten gegangen. Zur Schnellstraße!«

Beim bloßen Gedanken daran schluchzte sie schon krampfhaft auf.

»Aber, aber. Keine Panik. Wir wollen uns nicht unnötig ängstigen. Wenn da unten etwas passiert wäre, dann hätten wir schon längst den Krankenwagen gehört«, tröstete die Ältere nicht ohne Sinn für Logik.

»Mama!«

Zufrieden strahlend kam ein kleiner Junge auf braunen Beinchen aus einem Garten, in der einen Hand trug er einen Eimer, in der anderen einen Plastikspaten. Das letzte Haus vor dem Wald war seit zehn Jahren unbewohnt, und das war dem Grundstück auch anzusehen. Wenn die Auffahrt nicht von einer dicken Schicht feinkörnigen Kieses bedeckt gewesen wäre, dann wäre sie mit dem überwucherten Garten in eins übergegangen.

»Kristoffer«, schluchzte seine Mama und stürzte ihm entgegen.

Überrascht von dieser heftigen Begrüßung, ließ er sich hochheben und so fest drücken, daß es ihm fast den Atem verschlug.

»Ich hab' 'nen Seeräuber gefunden, Mama«, sagte er stolz und munter. »'nen echten Seeräuber!«

»Schön, mein Kleiner«, sagte seine Mutter. »Schön. Aber du mußt mir versprechen, daß du nie mehr so weit wegläufst. Mama hat schreckliche Angst gehabt, weißt du. Und jetzt gehen wir nach Hause und trinken Saft. Du hast doch bestimmt argen Durst.«

Voller Dankbarkeit sah sie die andere Frau an.

»Vielen Dank, wirklich tausend Dank. Ich habe mir solche Sorgen gemacht!«

»Keine Ursache«, lächelte die Nachbarin und nahm den

Jungen an einer Hand, um die kleine Familie nach Hause zu bringen.

»Ich muß dir doch den Seeräuber zeigen, Mama«, protestierte der und riß sich von beiden Frauen los. »Du muß' mein' Seeräuber sehen!«

»Heute nicht, mein Junge, laß uns lieber zu Hause mit deinem Seeräuberschiff spielen.«

Die Unterlippe des Kleinen fing an zu zittern.

»Nein, Mama. Ich will den echten Seeräuber sehen!«

Breitbeinig und trotzig stand er mitten auf dem Weg und wollte nicht nachgeben. Frau Hansen, die Nachbarin, griff ein.

»Jetzt gucken wir uns mal deinen Seeräuber an, und dann kommst du mit deiner Mama zu mir nach Hause. Dann machen wir es uns gemütlich, nicht wahr?«

Letzteres war an die junge Frau gerichtet. Die lächelte wieder dankbar, nahm ihr Kind an die Hand, und dann gingen sie alle drei in den überwucherten Garten. In Wirklichkeit waren auch die beiden Erwachsenen ein wenig neugierig auf das, was der Kleine da gefunden hatte.

Selbst an diesem strahlenden Sonntag nachmittag wirkte das Haus ein wenig unheimlich. Der Putz war fast vollständig abgeblättert. Irgendwer, vermutlich Jugendliche, hatten sich eines Abends damit amüsiert, sämtliche Fenster einzuschlagen. Das war schon lange her, und auch junge, rastlose Seelen interessierten sich nicht mehr für das Haus, das jetzt als nackte Beute für den Zahn der Zeit dalag. Im Garten standen die Brennesseln an vielen Stellen fast einen Meter hoch. Aber hinter dem Haus, wo wohl seit Jahren niemand gewesen war, kämpfte eine Art Rasenfläche noch immer um ihr Leben und hatte bisher so einigermaßen standgehalten. Wobei die Bezeichnung »Rasenfläche« doch kräftig übertrieben war. Es sah schon eher wie eine Wiese aus.

Als sie um die Ecke gebogen waren, rannte der Junge zu einem Geräteschuppen hinten im Garten. Die Mutter hatte

Angst, er könnte in der halboffenen Tür verschwinden, und rief ihm eine Warnung zu. Das war nicht nötig. Der Junge wollte nicht hinein. Er hockte sich vor eine Wand, lächelte die beiden Erwachsenen ungemein stolz an, zeigte mit dem Spaten auf ein kleines Loch und erklärte lauthals: »Da! Da ist mein Seeräuber!«

Es war ein Menschenkopf. Die junge Frau packte den Jungen instinktiv und wich mehrere Meter zurück.

Er schrie: »Will gucken! Will gucken!«

Frau Hansen brauchte nur einige Sekunden, dann ergriff sie mit leiser Stimme das Kommando.

»Bring ihn weg von hier. Sag meinem Mann, er soll die Polizei anrufen. Ich warte hier. Mach schnell!«

Letzteres fügte sie hinzu, weil die rothaarige Mutter hilflos und wie gelähmt das Loch im Boden anstarrte. Sie riß sich von diesem grausigen Anblick los und rannte mit dem heulenden und zappelnden Jungen los; Spaten und Eimer blieben liegen.

Kristoffer hatte eine Stelle von vielleicht vierzig Quadratzentimetern aufgebuddelt. Der Kopf lag nicht tief in der Erde, höchstens dreißig Zentimeter. Frau Hansen begriff nicht, wie der Junge das geschafft haben konnte. Vielleicht hatte irgendein Tier schon Vorarbeit geleistet.

Es konnte sich um eine Frau handeln. So sah es jedenfalls aus. Ein Stoffstück, das offenbar um den Kopf gebunden war, verdeckte den unteren Teil des Gesichtes. Die Leiche hatte den Mund geöffnet, und die Zähne des Oberkiefers hatten sich über die Binde geschoben. Unter dem Stoffstück war deutlich eine Vertiefung zu sehen, der Mund bildete ein großes O. Die Nasenlöcher waren ungewöhnlich groß und mit Erde gefüllt. Nur ein Auge war zu sehen. Es war halb geschlossen. Über das andere hing eine dunkle, verklebte Haarsträhne, so gleichmäßig, daß sie fast wie ein verrutschtes Haarband oder eine Augenklappe aussah. Fast wie bei einem Seeräuber...

Schon nach wenigen Minuten hörte Frau Hansen die Streifenwagen näher kommen. Sie richtete sich auf, strich sich mit steifer Hand über die Krampfadern an den Waden und ging dann zum Tor, um der Polizei den Weg zu zeigen.

MONTAG, 7. JUNI

Hanne Wilhelmsen war verzweifelt. Einen so abscheulichen Mordfall brauchte sie nun wirklich nicht noch zusätzlich. Sie protestierte so energisch, daß ihr Abteilungsleiter ihr die Sache fast erspart hätte. Aber nur fast.

»Hier gibt's nichts zu diskutieren, Hanne«, sagte er schließlich in einem Tonfall, der tatsächlich keine Diskussion mehr zuließ. »Wir haben alle zuviel am Hals. Du übernimmst diesen Fall.«

Sie hätte am liebsten losgeweint. Um nichts zu tun, was sie später bereuen würde, nahm sie stumm die Papiere, die er ihr hinhielt, und verließ ohne ein weiteres Wort sein Büro. In ihrem Arbeitszimmer holte sie mehrmals tief Luft, schloß die Augen und kam plötzlich auf den Gedanken, daß dieser Fall ihr einen Vorwand liefern konnte, aus der Freitagsverabredung mit Håkon Sand auszusteigen. Zu etwas war er also doch gut.

Die Leiche war, wie die alte Frau Hansen schon getippt hatte, eine Frau gewesen. Die oberflächliche Untersuchung am Tatort legte nahe, daß sie Anfang Zwanzig gewesen war, eins sechzig groß, von ausländischer Herkunft, nackt bis auf das Stück Stoff, das fest über den Mund gebunden war, und mit durchschnittener Kehle. Das heiße Wetter und die Tatsache, daß sie weder von Plastik noch von Kleidern bedeckt war, hatten die Festlegung des Todeszeitpunktes ziemlich erschwert. Vermutlich war die Leiche stärker verwest, als das unter anderen Bedingungen der Fall gewesen wäre. Die höchst vorläufige Hypothese war, daß sie seit zwei Wochen dort gelegen hatte. Der Gerichtsmediziner hatte Bodenproben und eine genaue Bemessung der Tiefe verlangt, in der die Tote gelegen hatte. Eine etwas präzisere Festlegung des Todeszeitpunktes würde relativ bald vorliegen. Der Leichnam würde auch im Hinblick auf sexuelle Übergriffe untersucht werden. Falls die Frau nach dem Beischlaf umgebracht worden war, dann würden sich auch jetzt noch Spermareste in ihrer Vagina nachweisen lassen.

Hanne Wilhelmsen griff zu dem Polaroidbild vom Hals der Frau. Die Verletzung hatte das charakteristische Aussehen einer mit einem Stich eingeleiteten Schnittwunde. Normale Messerverletzungen waren in der Regel reine Stichwunden, kleine ellipsenförmige Öffnungen, bei denen die Eingeweide einen widerwärtigen Drang zum Hervorquellen zeigten. Schnittwunden hatten die gleichen Eigenschaften, waren aber länger und breiter. Dünner an den Enden, breiter in der Mitte. Bootsförmig. Bei dieser Wunde jedoch war, direkt unterhalb des einen Ohres, zuerst mit dem Messer zugestochen worden. Die Wunde klaffte an dieser Stelle und hatte unregelmäßige Konturen, so als ob der Täter mehrmals habe zustechen müssen, bis das Messer endlich Halt fand. Von diesem Einstich aus zog sich ein Bogen um den ganzen Hals, ein gleichmäßiger, schmaler werdender Spalt mit glatten Kanten.

Sie hatten keine Ahnung, wer die Frau sein konnte. Sie waren alle Vermißtenanzeigen des letzten Jahres durchgegangen, obwohl die Tote keinesfalls schon so lange im Garten hatte liegen können. Keine Beschreibung paßte.

Hanne Wilhelmsen wurde schwindlig. Seit einem Zwischenfall vor einigen Monaten, als sie vor ihrem eigenen Büro niedergeschlagen worden war und sich eine kräftige Gehirnerschütterung zugezogen hatte, traten diese Schwindelanfälle immer häufiger auf. Vor allem bei solcher Hitze.

Und die Arbeitsmenge machte die Sache auch nicht besser. Sie klammerte sich an die Tischkante, bis das Ärgste vorbei war, dann erhob sie sich und verließ ihr Büro. Die Uhr zeigte halb neun. Eine neue Arbeitswoche hatte den schlimmstmöglichen Anfang genommen.

Beim Treppenhaus, das in der westlichen Ecke des Gebäudes vom Erdgeschoß bis zum siebten Stock hinauf führte, stand Håkon Sand und redete mit einem Kollegen. Er trug seinen guten Anzug und schien sich überhaupt nicht wohl zu fühlen. Neben seinen Füßen stand ein Dienstkoffer.

Als er Hanne sah, hellte seine Miene sich ein wenig auf. Er beendete seinen Plausch mit dem Kollegen, und der wanderte über die Galerie davon.

»Ich freu' mich auf Freitag.« Er lächelte breit.

»Ich auch«, sagte sie und gab sich Mühe, glaubwürdig zu klingen.

Sie lehnten sich über die Brüstung und betrachteten den riesigen offenen Raum unter ihnen. Auf der einen Seite des Foyers hielten sich ungewöhnlich wenige Menschen auf.

»Im Moment braucht wohl niemand einen Paß«, sagte Håkon Sand in dem Versuch, eine Erklärung dafür zu finden, warum die Frauen in der Paßabteilung, die sonst immer so viel zu tun hatten, sich jetzt müßig miteinander unterhielten. »Falls nicht irgendwer einen Ausflug nach Alaska unternehmen will. Oder nach Spitzbergen. Aber dazu braucht man ja keinen Paß«, fügte er verlegen hinzu.

Wenn auch seine Landsleute keine Pässe wollten, so war doch die andere Hälfte der Abteilung um so dichter bevölkert. An der Wand, hinter der die Büros der Fremdenpolizei lagen, drängten sich die Ausländer. Sie sahen düster aus, aber immerhin schien ihnen die Hitze weniger zu schaffen zu machen.

»Was in aller Welt treiben die da unten eigentlich?« fragte Hanne. »Zählen die alle Ausländer durch oder was?«

»So ungefähr. Die veranstalten wieder eine von diesen Schwachsinnsaktionen. Kämmen sämtliche öffentlichen Aufenthaltsorte durch, krallen sich alle mit schwarzen Haaren und überprüfen, ob sie eine Aufenthaltsgenehmigung haben. Schöne Energieverschwendung. Vor allem im Moment!«

Er seufzte. In zwanzig Minuten mußte er im Gericht sein.

»Der Kriminaldirektor behauptet, wir hätten mehr als fünftausend illegale Ausländer hier in der Stadt. Fünftausend! Ich glaub' kein Wort davon! Wo sollten die sich denn verstecken?«

Hanne Wilhelmsen fand die Zahl gar nicht so unwahrscheinlich. Was sie störte, war, daß dringend gebrauchte Kräfte eingesetzt wurden, um diese Leute zu finden. Vor kurzem erst hatte sie den Leiter der Ausländerbehörde im Radio sagen hören, sie »verlören« außerdem pro Jahr fünfzehnhundert Asylbewerber. Menschen, die registriert seien, sich aber nie wieder blicken ließen. Dann wären es ja nur noch dreieinhalbtausend, dachte sie müde.

»Die Hälfte von denen sitzt offenbar da unten«, antwortete sie auf die lange zurückliegende Frage und zeigte auf die Menschenmenge.

Håkon Sand schaute auf die Uhr. Er mußte sich beeilen.

»Wir sehen uns nachher«, rief er und rannte los.

Das Ganze war die pure Bagatelle. Zwei Flüchtlinge hatten im Asylantenheim Urtegata bei einer Streiterei ums Essen die Fäuste benutzt. Ein Iraner, ein Kurde. Håkon Sand fand es ganz natürlich, daß sie ab und zu ausrasteten. Beide warteten schon über ein Jahr auf ihren Asylbescheid. Beide waren junge Männer im besten arbeitsfähigen Alter. Sie konnten pro Woche fünf Stunden Norwegischunterricht nehmen. Die übrige Zeit war ein Meer von Frustration, Unsicherheit und großer Angst.

Aber wie auch immer, sie waren an einem Freitag abend

übereinander hergefallen. Was beim Schwächeren zu einem gebrochenen Nasenbein geführt hatte. Beim Kurden. Und hier war § 229 des Strafgesetzbuches anzuwenden. Obwohl der Iraner seinerseits ein dickes Klitschauge davongetragen hatte, waren eifrige Beamte darauf bedacht gewesen, daß auch bei dieser Bagatelle der Gerechtigkeit Genüge geschah. Der Junge wurde von einem Pflichtverteidiger vertreten, der vermutlich kaum ein Wort mit ihm gewechselt und erst recht nicht die Akten studiert hatte. Aber es lief alles routinemäßig ab. Auch bei Håkon Sand.

Gerichtssaal 8 war winzig klein und schrecklich heruntergekommen. Es gab natürlich keine Klimaanlage, und der Straßenlärm machte es unmöglich, ein Fenster zu öffnen. Nachdem vor einigen Jahren der Bau eines neuen Gerichtes beschlossen worden war, wurden für das alte keine fünf Öre mehr aufgewendet. Obwohl es mit dem Neubau seine Zeit dauerte.

Die schwarze Robe, die vor ihm schon Hunderte von Staatsanwälten getragen hatten, roch überhaupt nicht gut. Das war heute nicht anders als sonst. Håkon seufzte resigniert und blickte zu den Anwälten jenseits der Schranke hinüber. Ihre Blicke begegneten sich, und sie beschlossen in aller Stille, die Sache rasch hinter sich zu bringen.

Der zweiundzwanzigjährige Iraner machte als erster seine Aussage. Ein Dolmetscher mit absolut ausdruckslosem Gesicht übersetzte. Und offenbar redigierte er gleich: Zuerst sprach der Angeklagte drei Minuten lang, dann übersetzte der Dolmetscher in dreißig Sekunden. Normalerweise irritierte das Håkon Sand, an diesem Tag aber schaffte er es nicht, sich aufzuregen. Und dann kam der Kurde an die Reihe. Seine Nase war immer noch schief, sie hatte sicher nicht die beste Behandlung erfahren, die das norwegische Gesundheitswesen zu bieten hatte.

Schließlich wurde noch ein Angestellter des Flüchtlingsheims befragt. Ein Norweger. Doch, die Prügelei habe er gesehen. Der Angeklagte sei auf den Geschädigten losgegangen. Sie hätten mehrmals aufeinander eingeschlagen, dann sei der Kurde nach einer Serie von beeindruckenden Uppercuts wie ein Sack zu Boden gegangen.

»Haben Sie eingegriffen?« fragte der Verteidiger, als er mit der Zeugenbefragung an der Reihe war. »Haben Sie versucht, sich einzuschalten?«

Der Norweger starrte verlegen seinen Zeugenstand an. Das hatte er eigentlich nicht. Solche Prügeleien zwischen Ausländern waren ihm ein wenig unheimlich. Dabei waren so oft Messer im Spiel. Er blickte die beiden Schöffen hilfesuchend an, erntete aber nur leere Blicke.

»Haben Sie ein Messer gesehen?«

»Nein.«

»Gab es denn irgendeinen Grund, mit einem Messer zu rechnen?«

»Ja, also, wie gesagt, das kommt so oft vor...«

»Aber haben Sie in dieser Situation etwas gesehen?« fiel der Verteidiger ihm gereizt ins Wort. »Gab es einen Grund dafür, daß Sie bei dieser Schlägerei nicht eingegriffen haben?«

»Nein, also...«

»Danke, keine weiteren Fragen.«

Die Verhandlung ging noch zwanzig Minuten weiter. Håkon Sand packte in der Gewißheit, daß auch diesmal ein Urteil gefällt werden würde, seine Papiere zusammen. Als er die geschrumpften Ordner in seinen Flugzeugkoffer schieben wollte, fiel ein rosa Umschlag auf den Boden. Es handelte sich um eine Hausmitteilung von einem Fahnder. Er hob den Umschlag auf und warf einen Blick darauf, ehe er ihn in den Koffer zurücklegte.

Oben stand sein Name. Die Nachricht war mit der Hand geschrieben. Die Überschrift lautete: »Betr. FK 90045621, Shaei Thyed, Körperverletzung«.

Und da begriff er. Die Nummern, die nach den Samstagsmassakern ins Blut geschrieben waren. Natürlich, das waren Nummern der Fremdenkontrolle. Alle Ausländer hatten so eine Nummer. Eine FK-Nummer.

Auf seinem Schreibtisch stand eine prachtvolle Ausgabe der Göttin Gerechtigkeit. Sie wirkte dort ein wenig fehl am Platze, eine schöne und sicher schrecklich teure Bronzeskulptur in einem acht Quadratmeter kleinen und sehr öffentlichen Büro. Er legte Papierkügelchen in die beiden Waagschalen, die die Frau an der ausgestreckten Hand hielt. Sie hoben und senkten sich durch die winzigen Gewichte.

Endlich kam Hanne Wilhelmsen. Sie stellte zufrieden fest, daß die neuen Gardinen aufgehängt waren.

»Ich dachte, du wärst im Gericht«, sagte sie. »Heute morgen hat es so ausgesehen.«

»Es hat anderthalb Stunden gedauert«, sagte er und bot ihr einen Platz an. »Ich habe die Lösung gefunden!«

Håkon Sands Wangen waren rot, und das kam nicht von der Hitze.

»Die Nummern, die nach den Samstagsmassakern ins Blut geschrieben sind, weißt du, worum es sich dabei handelt?«

Hanne Wilhelmsen starrte Polizeiadjutant Håkon Sand zwanzig Sekunden lang an. Er schien vor Zufriedenheit fast zu platzen. Er war schrecklich enttäuscht, als sie antwortete: »Um FK-Nummern.«

Sie sprang auf, ballte die Faust und schlug mehrmals gegen die Wand.

»Natürlich! Was war nur mit uns los? Wir waten doch geradezu in diesen Nummern!«

Håkon Sand konnte nicht fassen, daß es ihr eingefallen war, ehe er etwas gesagt hatte. Er sah so enttäuscht aus, daß sie ihm etwas Tröstliches sagen mußte.

»Wir haben den Wald vor lauter Bäumen nicht gesehen. Ehrlich gesagt, ich habe überhaupt nicht weiter auf die Nummern geachtet. Bis heute. Genial, Håkon! Allein wäre ich nicht darauf gekommen. Heute jedenfalls nicht.«

Håkon stellte keine weiteren Fragen und beschwichtigte seine verletzte Eitelkeit. Dann überlegten sie sich die Konsequenzen ihrer Entdeckung. Beide schwiegen.

Vier Blutbäder. Vier unterschiedliche Nummern. Fremdenkontrolle-Nummern. Eine gefundene Leiche. Vermutlich eine Ausländerin. Eine mit Fremdenkontrolle-Nummer.

»Vielleicht gibt es noch drei weitere«, sagte Håkon Sand schließlich. »Noch drei Leichen. Schlimmstenfalls.«

Schlimmstenfalls. Hanne Wilhelmsen war ganz seiner Ansicht. Aber ein weiterer Aspekt des Falles machte ihr fast ebensolche Angst wie die Tatsache, daß irgendwo draußen noch drei Leichen verscharrt sein konnten.

»Wer hat Zugang zu den Informationen über Asylbewerber, Håkon?« fragte sie leise, obgleich sie die Antwort sehr wohl kannte.

»Die Angestellten von der Ausländerbehörde«, antwortete er sofort. »Und die vom Justizministerium natürlich. Ziemlich viele also. Und einige von den Leuten, die in den Flüchtlingsheimen arbeiten, nehme ich an«, fügte er beim Gedanken an den verlegenen Norweger hinzu, der ganz ruhig und ohne einzugreifen zugesehen hatte, wie zwei Flüchtlinge aufeinander losgegangen waren.

»Ja«, sagte sie.

Aber sie dachte an etwas anderes.

Alle anderen Fälle wurden vorläufig auf Eis gelegt. Mit einer Effektivität, die die meisten Beteiligten verblüffte, wurden die Ressourcen der Abteilung innerhalb einer Stunde neu verteilt. Das Bereitschaftszimmer unten in der blauen Zone wurde plötzlich zu einem Zentrum brodelnder Aktivitäten.

Es war jedoch zu klein für die Besprechung, auf der der Abteilungsleiter bestand, und deshalb versammelten sie sich im Besprechungsraum. Was sich sehr gut machte, denn das Zimmer hatte keine Fenster und diente auch als Speiseraum. Und es war gerade Mittag.

Der Kriminaldirektor, ein kugelrunder Mann mit grenzenlos naivem Gesichtsausdruck unter seinen schütteren grauen Locken war ebenfalls anwesend. Er kaute an einem riesigen Butterbrot herum. Zwischen den beiden Weißbrotscheiben quoll Mayonnaise hervor und legte sich wie eine widerliche fette Larve auf seine viel zu enge Uniformhose. Er wischte sie beschämt mit dem Zeigefinger ab und versuchte, den dunklen Fleck wegzureiben. Der davon natürlich nur größer wurde.

»Die Sache ist ziemlich ernst«, begann der Abteilungschef.

Er war ein sehr gut aussehender Mann, athletisch und breit, mit einem dunklen, kurzgeschnittenen Haarkranz um den ansonsten ratzekahlen Schädel. Seine Augen saßen auffällig tief, aber bei näherem Hinsehen erwiesen sie sich als intensiv, groß und sehr dunkelbraun. Er trug eine leichte helle Sommerhose und ein engsitzendes Polohemd.

»Arnt?«

Der Mann, der aufgefordert war, etwas zu sagen, schob seinen Stuhl ein Stück vom Tisch zurück, stand jedoch nicht auf.

»Ich habe die FK-Nummern im Blut überprüft. Sie waren nicht überall gleich deutlich, aber wenn wir uns an diese Lesart halten...« Er zog ein Stück Pappe hervor und hielt es hoch. »...und das ist die wahrscheinlichste, dann handelt es sich bei allen vier Nummern um Frauen.«

Es war jetzt ganz still im Zimmer.

»Alle zwischen dreiundzwanzig und neunundzwanzig. Alle sind allein nach Norwegen gekommen. Keine hatte hier schon Verwandte wohnen. Außerdem...«

Sie wußten, was er jetzt sagen würde. Der Abteilungschef spürte, wie ihm der Schweiß über die Schläfen troff. Der Kriminaldirektor schnaubte wie eine schwitzende Bulldogge. Hanne Wilhelmsen wäre am liebsten gegangen.

»Sie sind alle verschwunden.«

Nach einer langen Pause, die niemanden überraschte, ergriff der Abteilungschef wieder das Wort.

»Kann die Tote eine dieser vier sein?«

»Das läßt sich noch nicht sagen. Aber wir gehen natürlich davon aus.«

»Erik, bist du bei der Jagd auf das Blut schon weitergekommen?«

Der Polizist erhob sich, im Gegensatz zu seinem erfahreneren Kollegen Arnt.

»Ich habe alle Schlachtereien angerufen«, sagte er und schluckte vor Nervosität. »Vierundzwanzig Stück. Jeder kann Blut kaufen. Meistens stammt das Blut von Rindern. Es muß allerdings fast überall im voraus bestellt werden. Es gibt so gut wie keinen Markt mehr. Es macht kaum noch jemand selbst Blutpudding, wie es scheint. Nirgendwo hatten sie etwas Außergewöhnliches zu erzählen. Es gab keinen Großeinkauf, meine ich.«

»Gut«, sagte der Abteilungschef. »Bleib trotzdem in der Sache am Ball.«

Erleichtert ließ Erik Henriksen sich wieder auf seinen Stuhl fallen.

»Der Chef von der Ausländerbehörde«, murmelte Hanne Wilhelmsen.

»Was hast du gesagt?«

»Der Chef von der Ausländerbehörde«, wiederholte sie, diesmal etwas lauter. »Ich habe ihn vor kurzem im Radio gehört. Er sagt, daß den Behörden pro Jahr fünfzehnhundert Flüchtlinge ›verlorengehen‹.«

»Verlorengehen?«

»Ja, sie verschwinden einfach. Die meisten würden natürlich ganz einfach ausgewiesen werden, und das ist ihnen klar.

Die Ausländerbehörde meint, daß die einfach in ein anderes Land fliehen, ohne sich abzumelden. Nach Schweden vielleicht, oder runter nach Europa. Manche fahren auch einfach nach Hause. Das hat jedenfalls dieser Mensch von der Ausländerbehörde gesagt.«

»Aber sucht denn irgendwer nach ihnen?« fragte Erik und bereute gleich noch einmal. Daß die Ausländerbehörden ihre Zeit mit der Suche nach verschollenen Ausländern vergeuden könnten, wo sie doch alle Hände voll zu tun hatten, die übrigen aus dem Land zu schmeißen, war ein so absurder Gedanke, daß seine Kollegen unter anderen Umständen wohl laut losgelacht hätten. Und bei anderem Wetter. Und wenn sie nicht gewußt hätten, daß ihnen genau fünf Tage blieben, um diesen Fall zu klären. Falls sie nicht in der Nacht zum nächsten Sonntag irgendwo eine neue Blutlache mit einer neuen Nummer untersuchen wollten. Ihnen blieben fünf Tage. Also gingen sie jetzt wohl am besten ans Werk.

Kristine Håverstad hatte das Gefühl, sich einem Abgrund zu nähern. Neun Tage waren vergangen. Neun Tage und acht Nächte. Sie hatte mit niemandem gesprochen. Natürlich war es zu dem einen oder anderen Wortwechsel mit ihrem Vater gekommen, aber noch immer schlichen sie vorsichtig umeinander herum. Im tiefsten Herzen wußten sie wohl beide, daß der andere reden wollte, aber wie sie anfangen und wie sie dann weitermachen sollten, das wußten sie einfach nicht. Sie konnten ihr enges Verhältnis, das die Kommunikation unmöglich machte, nicht durchbrechen. Einen einzigen Sieg konnte sie für sich verbuchen. Das Valium war im Klo gelandet. An seine Stelle war der Alkohol getreten. Ihr Vater hatte sie ängstlich gemustert, hatte aber nicht protestiert, als sein Rotweinvorrat zur Neige gegangen war und sie um Nachschub gebeten hatte. Am nächsten Tag hatten in der Speisekammer hinter der Küche zwei Kästen gestanden.

Bekannte hatten angerufen und Besorgnis bekundet. Sie hatte seit einer Woche keinen Fuß mehr in den Lesesaal gesetzt. Zum erstenmal seit vier Jahren. Sie schaffte es, sich zusammenzunehmen, sich nichts anmerken zu lassen, über eine heftige Grippe zu klagen und zu versichern, nein, Besuch sei nicht nötig, sie wolle doch niemanden anstecken. Mach's gut, wir sehen uns bald. Kein Wort über das Entsetzliche. Darüber gab es nichts zu sagen. Sie konnte den Gedanken an die Aufmerksamkeit, die sich dann auf sie richten würde, nicht ertragen. Sie erinnerte sich nur zu gut an die Studentin der Tiermedizin, die vor zwei Jahren nach einigen Tagen der Abwesenheit wieder im Lesesaal erschienen war. Sie hatte ihren engsten Freunden erzählt, daß sie nach einem ziemlich heftigen Fest von einem Kommilitonen vergewaltigt worden sei. Bald darauf hatten es alle gewußt. Die Polizei hatte die Ermittlungen eingestellt, und die Frau war Kristine seither vorgekommen wie eine eingetrocknete Blume. Damals hatte sie sie sehr bedauert. Sie hatte zusammen mit ihren Freundinnen geschimpft und um den beschuldigten Großkotz aus Bærum einen Bogen gemacht. Aber sie hatten dem Opfer gegenüber niemals irgendeine Initiative ergriffen. Im Gegenteil, der Frau schien etwas anzuhaften, etwas Unvernünftiges und Unerklärliches. Sie glaubten ihr, die Studentinnen jedenfalls. Aber sie wirkte so hilflos und schien mit jeder Geste zu sagen, die anderen sollten ihr vom Leibe bleiben.

Kristine Håverstad wollte niemals so werden.

Das Schlimmste war der Anblick ihres Vaters, dieses großen, kräftigen Mannes, der immer dagewesen, immer der erste gewesen war, bei dem sie Trost gesucht hatte, wenn die Welt zu hart mit ihr umgegangen war. Aus den letzten Winkeln und Ecken in ihr krochen Schuldgefühle hoch, wenn sie an all die Male dachte, da sie nicht zu ihm gegangen war, um etwas Schönes mit ihm zu feiern. Sie hatte sich nie überlegt, welche Belastung es für ihn gewesen sein mußte, sie allein großzuziehen. Schon immer war ihr klar, daß sie im Grunde daran schuld war, daß er keine neue Frau gefunden hatte. Aber sie hatte das richtig gefunden; sie war ein kleines Kind, auf das Rücksicht genommen werden mußte. Sie hatte keine neue Mutter gewollt. Daß er vielleicht ein Bedürfnis nach einer Frau verspürt hatte, war ihr erst als Erwachsener aufgegangen. Sie schämte sich zutiefst. Nicht das Gefühl, zerstört zu sein, war das Schlimmste. Schlimmer war das Gefühl, daß ihr Vater zerstört war.

Sie war bei der Sozialberaterin gewesen. Die Frau hatte ausgesehen wie eine Sozialberaterin und sich benommen wie eine Sozialberaterin, hatte sich aber offenbar als Psychiaterin gefühlt. Es hatte nichts gebracht. Hätte Kristine Håverstad nicht gewußt, wie wichtig es ist, nicht gleich aufzugeben, dann hätte sie diese Besuche sofort eingestellt. Aber sie wollte der Sozialberaterin noch eine Chance geben.

Zunächst aber wollte sie einen Ausflug ins Wochenendhaus machen. Sie nahm nicht viel mit. Das war nicht nötig. Sie wollte doch nur zwei Tage bleiben. Höchstens. Und Lebensmittel konnte sie beim Dorfkaufmann bekommen.

Ihr Vater hatte beinahe froh gewirkt, als sie ihm das gestern abend erzählt hatte. Er hatte ihr sehr viel Geld gegeben und sie ermuntert, eine Weile dort zu bleiben. Er habe in der Praxis so viel zu tun, hatte er beim Abendessen gesagt und seinen Teller noch einmal gefüllt. In der letzten Woche hatte er abgenommen. Er war zwar so kräftig, daß man ihm das nicht direkt ansah, aber Kristine merkte doch, daß seine Kleider lockerer saßen. Und auch sein Gesicht hatte sich verändert; es war nicht gerade schmaler geworden, aber es war schärfer gezeichnet und hatte tiefere Falten bekommen. Sie selbst hatte drei Kilo eingebüßt, drei Kilo, die sie eigentlich nicht entbehren konnte.

In einer Art Versuch, ihrem Vater eine Freude zu machen,

hatte sie sich zu diesem Ausflug entschlossen, obwohl sie keine besondere Lust dazu hatte. Außerdem war ihr Chef ziemlich sauer gewesen, als sie ihn angerufen und gesagt hatte, daß die Grippe ziemlich zäh sei und sie wohl in den nächsten beiden Tagen noch nicht wieder arbeiten könne. Ihr Vertretungsjob beim Blauen Kreuz war weder gut bezahlt noch besonders spannend, und sie wußte selbst nicht so recht, warum sie ihn nun schon seit über einem Jahr hatte. Vielleicht lag es daran, daß sie Alkoholiker mochte. Sie waren die dankbarsten Menschen auf der Welt.

Im Hauptbahnhof war viel los. Sie mußte fast zwanzig Minuten nach ihrer Fahrkarte anstehen, bezahlte und ging in die Bahnhofshalle. Ihr Zug fuhr erst in zwanzig Minuten.

Sie durchquerte die Halle und ging zu einem Zeitungskiosk. Die Boulevardblätter brachten fast identische Schlagzeilen über eine weibliche Leiche, die in einem abgelegenen Garten gefunden worden war. Die Polizei arbeite auf Hochtouren, war da zu lesen. Das konnte sie sich vorstellen. In ihrem Fall taten sie jedenfalls nichts. An diesem Morgen hatte ihre Anwältin Linda Løvstad sie angerufen und bedauernd mitgeteilt, es gebe nichts Neues. Aber sie hatte versprochen, sich zu melden.

Kristine Håverstad kaufte eine Zeitung, legte das abgezählte Geld auf den Tresen und steuerte den Bahnsteig an. Sie las im Gehen ein wenig und wäre fast auf einer Würstchentüte ausgerutscht. Das sollte sich nicht wiederholen, deshalb faltete sie die Zeitung zusammen und steckte sie in ihre Tasche. Und dann sah sie ihn. Geschockt und vollständig gelähmt stand sie einige Sekunden reglos da. Er war es. Der Vergewaltiger. Quicklebendig wanderte er an einem heißen Juninachmittag im Osloer Hauptbahnhof herum. Er sah sie nicht, denn er war in ein Gespräch mit seinem Begleiter vertieft. Er sagte offenbar etwas Witziges, denn der andere warf den Kopf in den Nacken und lachte laut.

Ein heftiges Zittern setzte an ihren Knien ein, kroch ihre Oberschenkel hinauf und machte es Kristine Håverstad unendlich schwer, eine Bank zu erreichen, auf die sie sich, mit dem Rücken zum Vergewaltiger, fallen ließ. Aber nicht nur die Tatsache, daß er wirklich existierte, schockierte sie.
Noch erschütternder war, daß sie nun wußte, wie sie ihn ausfindig machen konnte.

Ungefähr zum gleichen Zeitpunkt stand Kristines Vater in der Wohnung seiner Tochter und schaute aus dem Fenster. Das Haus gegenüber war nicht renoviert. Der Putz war abgeblättert, und zwei Fenster sahen undicht aus. Die Wohnungen schienen aber trotzdem bewohnt zu sein, einige sahen sogar gemütlich aus, zumindest aus dieser Entfernung. Nirgends regte sich etwas. Die meisten Leute waren wohl bei der Arbeit. In einem Fenster im zweiten Stock, schräg links ihm gegenüber, entdeckte er jedoch eine Gestalt. Es schien sich um einen Mann zu handeln. Die Entfernung zwischen Fensterrahmen und Gesicht deutete an, daß er in einem tiefen Sessel saß. Der Mann mußte einen perfekten Ausblick auf Kristines Wohnung haben.

Finn Håverstad sprang auf und stürzte aus der Wohnung. Sorgfältig verschloß er das Haupt- und die beiden Sicherheitsschlösser, die er selbst mit so wenig Nutzen eingebaut hatte. Als er auf der Straße stand, überlegte er kurz, welche Klingel wohl zu der Wohnung gehörte, in die er gerade gestarrt hatte. Die Klingeln waren nicht beschriftet, aber darauf ließ er es ankommen. Zweiter Stock links. Dritte Klingel unten links. Nach wenigen Sekunden hörte er den Summer. Das charakteristische elektrische Geräusch war deutlich zu hören, und er versuchte, die Haustür zu öffnen. Sie gab bereitwillig nach.

Das Treppenhaus war in etwa so heruntergekommen, wie die Fassade es erwarten ließ. Aber es roch streng nach grüner

Seife. Der kräftige Mann stieg mit zielbewußten Schritten in den zweiten Stock. Die Wohnungstür war blau. Oberhalb der Klinke befand sich ein ovales Milchglasfenster. Über der Klingel war mit einer roten Heftzwecke eine Pappkarte befestigt. E. Das stand darauf. E. Das war alles. Er schellte.

Drinnen hörte er wildes Getöse. Dann war alles still. Håverstad machte noch einen Versuch. Neues Getöse. Plötzlich wurde die Tür aufgerissen. Vor ihm stand ein Mann. Sein Alter war schwer zu bestimmen. Er hatte das seltsame, fast geschlechtslose Aussehen, das Sonderlinge sich zulegen. Ziemlich durchschnittliches Gesicht, weder hübsch noch häßlich. Blaß, mit glatter, pickelloser Haut. Er trug eine gestrickte Trachtenjacke, aber das schien ihm absolut nicht peinlich zu sein.

»E«, sagte er und streckte eine kühle Hand aus. »Ich heiße E. Was willst du?«

Håverstad war so überrascht von diesem Anblick, daß er sein Anliegen kaum hervorbrachte. Und viel hatte er ja auch nicht zu sagen.

»Äh...«, setzte er an, aber dann fiel ihm ein, daß es den Anschein haben könnte, als wolle er den Namen des Mannes in der Strickjacke wiederholen. »Ich würde gern kurz mit dir reden.«

»Worüber denn?«

E war nicht unfreundlich, er war einfach neutral abweisend. »Ich wüßte gern, ob du im Blick hast, was hier so in der Nachbarschaft passiert«, deutete Håverstad vage an.

Das war offenbar ein kluger Zug. Die Mundwinkel des anderen verzogen sich zu einem zufriedenen Lächeln.

»Komm rein«, sagte er mit etwas, das einem leichten Lächeln immerhin nahekam.

Er trat beiseite, und Håverstad ging in die Wohnung. Sie war strahlend sauber und sah vollkommen unbewohnt aus. Sie enthielt nur wenige Hinweise darauf, daß es sich um ein

Zuhause handelte. Ein riesiger Fernseher stand in einer Ecke vor einem einsamen Stuhl. Es gab kein Sofa, keinen Tisch. Vor dem Fenster, dem übrigens die Vorhänge fehlten, stand der Sessel, in dem Håverstad den Mann von der Wohnung seiner Tochter aus hatte sitzen sehen. Es war ein zerschlissener grüner Ohrensessel. Mehrere Pappkartons von der Sorte, die er aus seiner eigenen Aktenablage kannte, braune Archivkästen aus solider Pappe, umstanden den Sessel in Reih und Glied, wie zackige, viereckige Soldaten, die ihre grüne Burg beschützten. Im Sessel lag ein Klemmblock mit einem daran befestigten Kugelschreiber.

»Hier wohne ich«, sagte E, nicht ganz zufrieden. »Meine letzte Wohnung war besser. Aber dann ist meine Mutter gestorben, und ich mußte ausziehen.«

Dabei fiel ihm offenbar ein, wie bedauernswert er war, und sein vages Gesicht nahm einen traurigen Ausdruck an.

»Was hast du denn in den Kartons?« fragte Håverstad. »Sammelst du irgendwas?«

E starrte ihn mißtrauisch an.

»Ja, das schon«, sagte er, anscheinend ohne verraten zu wollen, was sich in den knapp zwei Dutzend Pappkartons verbarg.

Håverstad mußte die Sache anders angehen.

»Du kriegst sicher ganz schön viel mit«, sagte er interessiert und trat ans Fenster.

Obwohl das Glas sichtlich alt war, wirkte es ebenso sauber wie die übrige Wohnung. Es duftete leicht nach Zitrone.

»Hier sitzt du ja gut«, sagte er dann, ohne den Mann anzusehen, der sich seinen Klemmblock geschnappt hatte und ihn an sich drückte, als sei er Gold wert. Und das war er ja vielleicht auch. »Beobachtest du irgendwas Besonderes?«

Der Jackenträger war offenbar verwirrt. Håverstad ging davon aus, daß sich nicht viele die Mühe machten, mit diesem Trottel zu reden. Vermutlich wollte er gern sprechen. Håverstad mußte ihm nur Zeit lassen.

»Tja«, sagte E. »Ziemlich viel, echt.«

Aus einem Pappkarton ragte ein Zeitungsausschnitt. Das halbe Gesicht einer Politikerin lächelte ihn an.

»Interessierst du dich für Politik?« fragte Håverstad lächelnd und beugte sich über den Karton.

E kam ihm zuvor.

»Nicht anfassen«, fauchte er und schnappte ihm den Karton vor der Nase weg. »Faß meine Sachen nicht an!«

»Nein, nein, das habe ich doch gar nicht vor!«

Finn Håverstad hob in einer Geste der Kapitulation beide Handflächen und fragte sich, ob er nicht lieber gleich gehen sollte.

»Das kannst du sehen«, sagte E plötzlich, als habe er die Gedanken des anderen gelesen und endlich begriffen, daß er gesellschaftssüchtig war.

Er hob Karton Nr. 2, von vorn gesehen, hoch und reichte ihn seinem Gast.

»Filmkritiken«, erklärte er.

Und das stimmte auch. Filmkritiken aus Zeitungen, sorgfältig ausgeschnitten und auf A4-Bögen aufgeklebt. Unten standen, in ordentlicher dünner schwarzer Filzstiftschrift, jeweils der Name der Zeitung und das Erscheinungsdatum der Rezension.

»Gehst du viel ins Kino?«

Håverstad interessierte sich nicht weiter für E's Gewohnheiten, aber das war doch immerhin ein Anfang.

»Ins Kino? Ich? Nie. Aber die kommen doch alle nach einer Weile im Fernsehen. Und dann ist es gut, schon etwas über sie zu wissen.«

Natürlich. Gute Erklärung. Das Ganze war doch absurd. Er sollte lieber gehen.

»Das hier kannst du auch sehen.«

Jetzt war E schon sehr viel freundlicher. Er wagte es, den Klemmblock hinzulegen, wenn auch mit dem Gesicht nach unten. Dem Zahnarzt wurde ein weiterer Karton überreicht, schwerer als der andere. Er blickte sich nach einer Sitzgelegenheit um, aber zum Sitzen lud nur der Boden ein. Im grünen Sessel lag der Klemmblock, und der Holzstuhl vor dem Fernseher war für einen Mann seiner Statur einfach nicht gemacht.

Er hockte sich hin und öffnete den Karton. E kniete wie ein gespanntes kleines Kind neben ihm.

Der Karton enthielt Autokennzeichen. In ordentlichen Reihen auf Bögen, die in drei Spalten unterteilt waren. Die Nummern standen exakt untereinander. Es sah fast wie mit der Maschine geschrieben aus.

»Autonummern«, erklärte E unnötigerweise. »Ich sammle schon seit vierzehn Jahren. Die ersten sechzehn Seiten sind von hier. Der Rest ist aus... von da, wo ich früher gewohnt habe.«

Wieder hatte er diesen traurigen, selbstmitleidigen Blick, doch diesmal ging das schneller vorbei.

»Schau her«, sagte er. »Keine zwei Nummern sind gleich. Das wäre doch Pfusch. Nur neue Nummern. Nur Autos, die ich vom Fenster aus sehen kann. Hier...« Er zeigte wieder auf den Bogen. »Hier ist das Datum. An manchen Tagen kriege ich fast fünfzig Nummern. An anderen sehe ich nur welche, die ich schon habe. An den Wochenenden und so. Dann komme ich natürlich nicht weiter.«

Håverstad brach der Schweiß aus. Sein Herz dröhnte wie ein Fischkutter mit Motorproblemen, und er setzte sich ganz einfach auf seinen Hintern, weil das Hocken ihm langsam zu anstrengend wurde.

»Hast du zufällig«, schnaufte er, »hast du zufällig Nummern vom letzten Wochenende? Vom Samstag, dem 29. Mai?«

E zog einen Bogen hervor und reichte ihn seinem Gast.

Oben in der linken Ecke stand das Datum: Samstag, 29. Mai. Darunter kamen sieben Nummern. Nur sieben Stück!

»Das sind nur die geparkten Autos«, erklärte E eifrig. »Die aufzuschreiben, die nur vorbeifahren, wäre doch Pfusch.«

Die Hände des Zahnarztes zitterten. Er empfand überhaupt keine Freude angesichts dieser Entdeckung. Nur eine matte, fast taube Form von Zufriedenheit. Ungefähr so wie nach einer geglückten Wurzelbehandlung, bei der der Patient nicht allzusehr gelitten hatte.

»Meinst du, ich könnte mir diese Nummern abschreiben?«

E zögerte kurz, dann zuckte er mit den Schultern und stand auf.

»Okay.«

Eine halbe Stunde später saß Finn Håverstad in seiner Wohnung neben dem Telefon, eine Liste mit sieben Nummern in der Hand. Kristine war zum Glück übers Wochenende weggefahren. Er hatte also Zeit genug. Er mußte jetzt nur noch herausfinden, welche dieser Nummern zu einem roten Auto gehörte. Und wer der Besitzer war. Er rief die Auskunft an, erhielt die Nummern vom Wagenregister in Brønnøysund und von fünf Polizeirevieren in Ostnorwegen und machte sich ans Werk.

Der schreckliche Schock hatte sich gelegt und einer großen, beinahe befreienden Ruhe Platz gemacht. Sie hatte sich einige Minuten lang gesammelt und dann in der beruhigenden Gewißheit den Bahnhof verlassen, daß der Vergewaltiger und sein Begleiter auf einem Bahnsteig verschwunden waren. Nun stellte sie sich an den Taxistand und starrte die Stadt an. Zum erstenmal seit über einer Woche registrierte sie die Hitze. Sie war zu warm angezogen. Also streifte sie sich den Pullover über den Kopf und stopfte ihn in ihre rote Schultertasche. Einen Moment lang bedauerte sie, keinen Rucksack zu haben, die Tasche drückte doch sehr auf der Schulter.

Ausnahmsweise hatte sich am Taxistand keine Warteschlange gebildet. Alle, die mit überschaubarem Gepäck aus dem Bahnhof kamen, taten dasselbe wie sie. Sie staunten ein wenig über die Hitze nach der per Klimaanlage kühl gehaltenen Bahnhofshalle, reckten sich im guten Wetter und beschlossen, zu Fuß zu gehen. Ein dunkelhäutiger Fahrer lehnte an der Motorhaube und las eine fremdsprachige Zeitung. Sie ging zu ihm hinüber, nannte die Adresse ihres Vaters und erkundigte sich nach dem Fahrpreis. So um die hundert Kronen, meinte der Mann. Sie gab ihm einen Hunderter und ihre Tasche, fragte noch einmal, ob er sich die Adresse gemerkt habe, und bat ihn, die Tasche unter die Treppe zu legen.

»Es ist ein großes weißes Haus mit grünen Fensterrahmen«, rief sie in das offene Taxifenster, als er anfuhr.

Ein nackter, behaarter Unterarm winkte munter bejahend aus dem Fenster, und der Mercedes verschwand.

Sie spazierte in Richtung Homansbyen.

Sie haßte diesen Mann mit Leidenschaft. Seit er sie an dem Samstag abend vor einer Ewigkeit von einer Woche zerstört hatte, hatte sie nichts als Ohnmacht und Trauer empfunden. Stundenlang war sie durch die Straßen gewandert, mit einer Wäschetrommel voller Gefühle, die sie nicht auseinandersortieren konnte. Vor zwei Tagen hatte sie an den Gleisen des Bahnhofs Majorstua gestanden, gleich hinter einer Kurve, unsichtbar für alle, auch für den Zugführer. Starr war sie stehen geblieben und hatte den Zug kommen hören. Nur einen Meter von den Gleisen entfernt. Als der erste Wagen plötzlich um die Kurve gebogen war, hatte sie nicht einmal sein schrilles Signal gehört. Sie war einfach wie gefesselt stehen geblieben und hatte nicht einmal mit dem Gedanken gespielt, sich vor den Zug zu werfen. Der Zug war an ihr vorbeigesaust, und der Luftzug war so stark gewesen, daß sie einen Schritt hatte zurücktreten müssen, um nicht aus dem Gleichgewicht zu geraten. Und doch hatten nur wenige Dezimeter ihr Gesicht von dem vorüberdonnernden Zug getrennt.

Aber nicht sie war es, die das Leben nicht verdient hatte. Er war derjenige.

Jetzt hatte sie ihre Wohnung erreicht. An der Tür zögerte sie einen Moment. Dann schloß sie auf.

Alles war unverändert. Es verblüffte sie, daß die Wohnung so einladend wirkte, so gemütlich. So anheimelnd. Langsam ging sie umher und berührte ihre Gegenstände, fuhr mit den Fingern darüber und spürte, daß sich überall eine hauchdünne Staubschicht gebildet hatte. Im hellen Tageslicht sah sie die Staubkörner tanzen, als freuten sie sich, daß sie wieder da war. Sie öffnete vorsichtig und unsicher den Kühlschrank. Es roch ein wenig streng, und sie nahm Lebensmittel heraus, die schon Schimmel angesetzt hatten. Einen Käse, zwei Tomaten und eine Gurke, die »schwapp« sagte, als sie sie anfaßte. Sie stellte die Mülltüte neben die Haustür, um sie nachher nicht zu vergessen.

Die Schlafzimmertür stand offen. Zögernd ging sie in den Flur, wo die Tür ihr den Blick versperrte. Sie überlegte einen Moment und trat dann entschlossen ins Zimmer.

Sie fragte sich, wer wohl das Bett gemacht hatte. Sorgfältig zusammengefaltet lagen Decken und Kissen am Fußende auf der Matratze. Das Bettzeug, das sie selbst abgerissen hatte, war verschwunden. Natürlich, das war jetzt sicher im Labor.

Ohne daß sie es eigentlich wollte, wanderte ihr Blick zu den beiden Holzkugeln, die die Pfosten am Fußende schmückten. Schon von der Tür aus konnte sie die dunklen Kratzer von dem Stahldraht sehen, der daran befestigt gewesen war. Jetzt war er verschwunden. Überhaupt erinnerte in der kleinen gemütlichen Wohnung nichts mehr an das, was am Samstag, dem 29. Mai, dort passiert war. Sie bildete da die einzige Ausnahme.

Behutsam setzte sie sich aufs Bett. Dann sprang sie auf,

warf die Decken auf den Boden und starrte die Mitte der Matratze an. Aber auch dort sah sie nur das, was schon vorher zu sehen gewesen war; einige Flecken, deren Herkunft sie kannte. Sie setzte sich wieder hin.

Sie haßte den Mann von ganzem Herzen. Mit einem guten, befreienden und alles verzehrenden Haß, der ihr Rückgrat stützte wie ein Stahlbalken. Aber das ging ihr erst seit heute so. Den Mann einfach so umherwandern zu sehen, als ob nichts geschehen, als ob ihr Leben eine Bagatelle sei, die er an einem zufälligen Samstag abend ruiniert hatte, das war ein Segen gewesen. Jetzt hatte sie jemanden, den sie hassen konnte.

Er war nicht länger ein abstraktes Ungeheuer, dem sie nur schwer ein Gesicht zuschreiben konnte. Bisher war er kein Mensch gewesen, nur eine Größe, ein Phänomen. Etwas, das in ihr Leben eingebrochen war und es verwüstet hatte wie ein Orkan oder ein Krebsgeschwür; etwas, vor dem man sich niemals schützen konnte; etwas, das die Menschen nur ab und zu heimsuchte, traurig, aber ganz und gar unvermeidlich und außerhalb jeglicher Kontrolle.

Das war jetzt nicht mehr so. Er war ein Mann. Ein Mensch, der sich entschieden hatte. Der sich für ihr Leben entschieden hatte. Nichts hatte ihn dazu gezwungen. Er hätte sich entscheiden können, es nicht zu tun, er hätte sich eine andere aussuchen können. Aber er hatte sie genommen. Mit offenen Augen, wissentlich und willentlich.

Das Telefon stand an derselben Stelle wie immer, auf einem Nachttisch aus Kiefernholz, neben einem Wecker und einem Krimi. In einem Regalfach knapp über dem Fußboden lag das Telefonbuch. Sie hatte die Nummer rasch gefunden und tippte die acht Ziffern ein. Und dann hatte sie eine freundliche Frau an der Strippe.

»Guten Tag, ich heiße... Sunniva Kristoffersen ist mein Name«, fing sie an. »Ich war heute im Hauptbahnhof. Und da hatte ich ein kleines Problem, und einer von euren Angestellten hat mir so rührend geholfen. Das war um halb elf. Ein großer Bursche mit sehr breiten Schultern, blond, ein wenig schüttere Haare. Ich möchte mich so gern bei ihm bedanken, aber ich habe nicht daran gedacht, ihn nach seinem Namen zu fragen. Ob Sie mir wohl helfen könnten?«

Das war überhaupt kein Problem. Die Frau nannte einen Namen und fragte, ob sie etwas ausrichten solle.

»Nein danke«, sagte Kristine Håverstad schnell. »Ich glaube, ich schicke ihm einen Blumenstrauß.«

Finn Håverstad war vor einigen Jahren auf einem Fest einem Reporter von den Fernsehnachrichten begegnet. Ein bekannter Mann; er war für seine Jagd auf einen Reeder, der staatliche Mittel veruntreut hatte, mit einem Preis belohnt worden. Der Mann war sympathisch gewesen, und der Zahnarzt hatte das Gespräch mit ihm interessant gefunden. Bis dahin hatte er so eine vage Vorstellung gehabt, daß ermittelnder Journalismus aus geheimen Treffen mit suspekten Quellen zu merkwürdigen Tageszeiten bestand. Der freundliche Reporter hatte gegrinst, als er ihn neugierig gefragt hatte, ob das wirklich der Fall sei.

»Das Telefon! Meine Arbeit besteht zu neunzig Prozent aus Telefongesprächen!«

Jetzt konnte er das nachvollziehen. Es war unglaublich, was sich mit Bells genialer Erfindung alles ausrichten ließ. Auf seinem Block hatte er die Namen von sechs Wagenbesitzern notiert, die in der Nacht vom 29. zum 30. Mai in dem kleinen Straßenende in Homansbyen geparkt hatten.

Vier davon waren Frauen. Das brauchte nichts zu bedeuten. Ein Mann, ein Sohn oder auch ein Autodieb konnte mit dem Fahrzeug unterwegs gewesen sein. Aber fürs erste legte er sie beiseite. Es fehlte nur noch ein Wagen. Er wählte die Nummer der Hauptwache von Romerike und sagte seinen Spruch auf.

»Stellen Sie sich vor, so ein unverschämter Mensch!« sagte er empört zu einem abweisenden Polizisten am anderen Ende der Leitung. »Vor ein paar Tagen habe ich am Bahnhof geparkt, und als ich zurückkam, hatte der Wagen eine Beule und einen langen Kratzer im Lack. Zum Glück hat sich eine junge Dame das Autokennzeichen notiert. Dieses Schwein hat natürlich keinen Zettel für mich hinterlassen. Können Sie mir weiterhelfen?«

Der Polizist hatte offenbar Verständnis, sagte: »Momentchen«, und konnte zwei Minuten später den Wagentyp, den Besitzer und dessen Adresse nennen. Finn Håverstad bedankte sich überschwenglich.

Jetzt hatte er alle. Die Geschichte mit der Beule hatte sich als die praktischste erwiesen. Er hatte sieben verschiedene Wachen angerufen, weil er kein Aufsehen erregen wollte. Von sieben Autos angefahren worden zu sein wäre doch zu stark gewesen.

Das einzige Problem war, daß die Polizei die Farbe der Autos nicht registriert hatte. Und er mußte wohl auch die Adressen noch einmal überprüfen, denn die Leute konnten ja umgezogen sein, nachdem sie ihre Autos angemeldet hatten. Sicherheitshalber rief er deshalb beim Einwohnermeldeamt an. Und das dauerte elend lange.

Aber es lag wirklich alles vor. Beim Einwohnermeldeamt erfuhr er sogar die Geburtsdaten, an die er überhaupt noch nicht gedacht hatte.

Vier Autos gehörten Frauen. Er ließ sie weiterhin beiseite. Ein Mann war Jahrgang 1926. Zu alt. Natürlich konnte er einen Sohn im passenden Alter haben, aber auch er wurde fürs erste beiseite gelegt. Blieben noch zwei. Beide wohnten in der Nähe von Oslo. Einer in Bærum, der andere in Lambertseter.

Auch jetzt empfand er im Grunde keine Freude. Ganz im Gegenteil. Er spürte denselben schrecklichen Schmerz wie bisher. Seine Haut war wie betäubt, und alle Empfindungen seines Körpers schienen sich auf den Magenbereich zu konzentrieren. Er war entsetzlich erschöpft. Er hatte kaum geschlafen. Aber jetzt hatte er eine Aufgabe. Er mußte jemanden finden, den er hassen konnte.

Finn Håverstad suchte seine Notizen zusammen, stopfte sie in die Hosentasche und machte sich auf, um sich diese beiden Männer etwas genauer anzusehen.

Cecilie hatte sich ohne Klagen mit einem weiteren Arbeitsabend abgefunden. Sie war strahlender Laune. Hanne Wilhelmsen ging das anders. Es war fast sieben, und sie saß mit Håkon Sand und Hauptkommissar Kaldbakken im Bereitschaftsraum. Die anderen waren schon nach Hause gegangen. Sie mußten zwar gegen eine unbarmherzige Frist anarbeiten, aber es gab keinen Grund, die Leute jetzt schon in die vollständige Erschöpfung zu treiben.

Hanne Wilhelmsen hatte wie immer den ganzen Fall aufgezeichnet. Mitten im Zimmer stand breitbeinig ein Overheadprojektor. Die Polizeibeamtin hatte eine Zeitlinie gezeichnet, die am 8. Mai anfing und am heutigen Tag endete. Vier Samstagsmassaker in fünf Wochen. Aber keins am 29. Mai.

»Vielleicht haben wir das ja einfach noch nicht entdeckt«, sagte Håkon Sand. »Es könnte trotzdem stattgefunden haben.«

Kaldbakken schien diese Meinung zu teilen. Vielleicht aber nur, weil auch er nach Hause wollte. Er war erschöpft und hatte sich noch dazu eine Sommererkältung zugelegt, die den Umgang mit seinen Atemwegen nicht gerade erleichterte.

»Es gibt noch eine andere Möglichkeit«, sagte Hanne und rieb sich das Gesicht. Sie ging zum schmalen Fenster hinüber und starrte in den Sommerabend hinaus, der sich über die Hauptstadt senkte. Sie schwieg sehr lange.

»Jetzt bin ich ziemlich sicher«, erklärte sie plötzlich und

drehte sich um. »Am Samstag, dem 29. Mai, ist etwas passiert. Aber es war kein Samstagsmassaker.«

Im Reden wuchs ihr Eifer. Sie schien eher sich selbst überzeugen zu wollen als die anderen.

»Kristine Håverstad«, rief sie. »Kristine Håverstad wurde am 29. Mai vergewaltigt.«

Niemand versuchte, das zu bestreiten. Aber sie begriffen nicht, was das mit der Sache zu tun haben sollte.

»Wir müssen los«, sagte sie laut, rief es fast. »Wir treffen uns in Kristines Wohnung.«

Der erste, der aus Lambertseter, konnte es offenbar nicht sein. Das Auto war nicht rot. Andererseits: Der Alte aus dem ersten Stock konnte sich geirrt haben. Er hatte zwar ein rotes Auto gesehen, aber aus E's Notizen ging unzweifelhaft hervor, daß während dieser Nacht mehrere unbekannte Autos in der Gegend abgestellt worden waren.

Nein, entscheidend war das Aussehen des Mannes. Um halb sechs war er gekommen. Finn Håverstad hatte das Auto sofort gesehen. Es bog in einem ruhigen Wohngebiet mit schmalen nichtasphaltierten Straßen um die Ecke. Der Mann hatte es offenbar eilig, denn er machte sich nicht die Mühe, seinen Wagen in die Garage zu fahren. Als er aus dem Volvo stieg, konnte Finn Håverstad ihn deutlich sehen, er stand nur fünfzehn Meter entfernt und hatte das ziemlich neue Haus bestens im Blick.

Der Mann hatte die richtige Größe, so um die Eins fünfundachtzig. Aber er war fast kahl, nur ein dunkler Kranz um eine riesige Platte zeigte, daß er niemals ein blonder Knabe gewesen war.

Und er war dick.

War nur noch einer übrig. Der Mann in Bærum. Finn Håverstad fürchtete, es könne seine Zeit brauchen, so daß er im schlimmsten Fall diesen Burschen heute nicht mehr zu sehen bekam. Es war schon nach sieben, und aller Wahrscheinlichkeit nach war der Mann längst von der Arbeit nach Hause gekommen. Håverstad hatte seinen eigenen Wagen ordentlich zu den anderen gestellt, die an der mittelstark befahrenen Straße parkten. Es handelte sich um ein Reihenhaus, und jedes Haus hatte seine eigene Garagenauffahrt. Er hatte zunächst nicht gewußt, wo er sich hinstellen sollte. Zu Fuß hätte er wahrscheinlich nach einer Weile Aufmerksamkeit erregt, denn die Gegend war übersichtlich, und alle Leute waren irgendwohin unterwegs. In der Nähe gab es keine Stelle, an der sich aufzuhalten natürlich wirken würde, keine Bank, auf der er mit seiner Zeitung hätte sitzen, keinen Spielplatz, auf dem er den Kindern hätte zuschauen können. Aber das wäre in diesen Zeiten ohnehin nicht sonderlich schlau, dachte er.

Das Problem löste sich, als ein junger Mann auftauchte und in einen Golf stieg, der einen ausgezeichneten Blick auf die Auffahrt des Hauses bot, für das Finn Håverstad sich interessierte. Als der Golf losfuhr, setzte er sein Auto in die freie Nische. Dann drehte er ein wenig das Radio auf und ließ sich tiefer in den Sitz sinken.

Er arbeitete schon an einem Alternativplan. Er konnte klingeln und irgendeine Frage stellen. Oder irgend etwas zum Verkauf anbieten. Dann blickte er an sich herunter und stellte fest, daß er keinerlei Ähnlichkeit mit einem Vertreter aufwies. Und er hatte auch nichts zu verkaufen. Um zwanzig vor acht kam das Auto. Ein knallroter Opel Astra. Er hatte getönte Fensterscheiben, und deshalb konnte Håverstad den Fahrer nicht sehen. Die Garagentür öffnete sich automatisch, als der Opel in die Einfahrt bog. Es ging dem Fahrer offenbar zu langsam, denn er ließ ungeduldig den Motor aufheulen, während er darauf wartete, daß die Türöffnung groß genug wurde, um ihn passieren zu lassen.

Kaum war er in der Garage verschwunden, da tauchte der

Mann auch schon wieder auf. Er drehte sich sofort zu dem offenen Loch um. Håverstad sah, daß er einen kleinen Gegenstand in der Hand hielt, vermutlich den Türöffner. Die Garagentür senkte sich, und der Mann lief über einen schmalen Plattenweg auf die Haustür zu.

Das war er. Der Vergewaltiger. Es gab nicht die Spur eines Zweifels. Erstens entsprach er haargenau Kristines Beschreibung. Und zweitens, was sehr viel wichtiger war: Finn Håverstad spürte es. Er wußte es in dem Moment, als der Mann aus der Garage kam und sich umdrehte.

Er hatte sein Gesicht nur für den Bruchteil einer Sekunde gesehen, aber das reichte.

Der Vater von Kristine Håverstad, die am 29. Mai in ihrer Wohnung brutal vergewaltigt worden war, wußte nun, wer seine Tochter überfallen hatte. Er hatte Namen, Adresse und Personenkennnummer. Er wußte, welches Auto der Mann fuhr und welche Vorhänge er hatte. Er wußte sogar, daß er gerade erst seinen Rasen gemäht hatte.

»Bist du doch nicht gefahren?« fragte er überrascht. Er kam genau in dem Moment nach Hause, als die Sonne Feierabend machte.

Als sie sich umdrehte, um ihm zu antworten, war es schlimmer für ihn denn je. Trotz ihrer Größe sah sie aus wie ein Vögelchen. Sie ließ die Schultern hängen, und ihre Augen waren tief eingesunken. Der Zug um ihren Mund erinnerte ihn immer stärker an seine verstorbene Frau.

Es war nicht zu ertragen.

»Setz dich doch«, bat er, ohne auf eine Erklärung für ihre veränderten Pläne zu warten. »Setz dich zu mir.«

Er klopfte neben sich auf das Sofa. Sie setzte sich ihm gegenüber in den Sessel. Ziemlich verzweifelt versuchte er, ihren Blick aufzufangen, aber es gelang ihm nicht.

»Haben wir Bier?«

Haben *wir* Bier. Sie sprach immerhin von »wir«. Das war doch schon etwas. Gleich darauf hatte er das Weinglas mit einem schäumenden Humpen vertauscht. Seine Tochter leerte ihn mit einem Zug um die Hälfte.

Sie war stundenlang durch die Straßen gegangen. Das erwähnte sie nicht. Sie war in ihrer Wohnung gewesen. Davon erzählte sie auch nichts. Und sie hatte herausgefunden, wer der Täter war. Auch das wollte sie ihm nicht sagen.

»Draußen«, sagte sie statt dessen leise. »Ich war draußen.« Dann breitete sie die Arme aus. Sie stand mit ausgestreckten Armen auf und verharrte wie erstarrt in verzweifelter Haltung. »Was soll ich machen, Papa? Was soll ich bloß machen?«

Plötzlich hätte sie ihm so gern erzählt, was sie an diesem Nachmittag gesehen hatte. Sie hätte ihm gern alles aufgeladen, ihrem Vater die Führung, die Verantwortung, ihr Leben überlassen.

Sie nahm einen Anlauf, aber dann sah sie plötzlich, wie er sich vorbeugte und den Kopf zwischen die Knie steckte.

Kristine Håverstad hatte ihren Vater bisher zweimal weinen sehen. Das eine Mal war eine ferne, verwischte Erinnerung von der Beerdigung ihrer Mutter. Das andere Mal lag erst drei Jahre zurück; damals war ihr Großvater unerwartet und mit nur siebzig Jahren nach einer harmlosen Prostataoperation gestorben.

Als sie sah, daß er weinte, wußte sie, daß sie ihm nichts erzählen konnte. Statt dessen setzte sie sich zu ihm und zog seinen großen Kopf auf ihren Schoß.

Aber es dauerte nicht lange. Er erhob sich abrupt, wischte sich kurz über die Augen und legte vorsichtig seine Hände um ihr schmales Gesicht.

»Ich bringe ihn um«, sagte er langsam.

Er hatte schon oft gedroht, sie und andere umzubringen, wenn er richtig gereizt gewesen war. Sie dachte darüber nach, wie sinnlos doch eine solche Behauptung war. Wenn man es nicht ernst meinte. Für einen erstarrten düsteren Moment sah sie es ganz deutlich. Diesmal war es bitterer Ernst.

Sie war entsetzt.

Hanne Wilhelmsen wartete schon seit über zehn Minuten auf sie. An ihr Motorrad gelehnt, blickte sie ungeduldig alle zwei Minuten auf die Uhr. Als die anderen endlich das renovierte graue Mietshaus erreichten, hatte der Himmel eine dunkelblaue Farbe angenommen, fast Indigo, die verriet, daß der nächste Tag mindestens ebenso strahlend ausfallen würde.

»Schaut mal«, sagte sie, als Kaldbakken und Håkon Sand endlich ihren zivilen Dienstwagen in eine kleine Parklücke bugsiert hatten und auf sie zukamen. Sie wartete ungeduldig an der Haustür. »Seht euch den Namen da an.« Sie zeigte auf die Klingel, die kein ordentlich angebrachtes Namensschild aufwies, sondern nur einen aufs Glas geklebten Zettel. » Asylbewerberin. Mutterseelenallein.«

Sie klingelte. Keine Reaktion. Sie schellte ein zweites Mal. Noch immer keine Reaktion. Kaldbakken räusperte sich ungeduldig und konnte nicht begreifen, warum er so spät am Abend zu dieser Fahrt genötigt worden war. Wenn Hanne Wilhelmsen in diesem Fall eine wichtige Mitteilung hatte, hätte sie diese sehr wohl auch im Büro vorbringen können.

Noch einmal hörten sie es in der Ferne klingeln, ohne daß etwas geschah. Hanne Wilhelmsen trat auf eine kleine Rasenfläche zwischen Hauswand und Straße, stellte sich auf die Zehen und erreichte das dunkle Fenster gerade eben. Drinnen war keine Bewegung zu registrieren. Sie gab auf und bedeutete den anderen, sie sollten sich wieder ins Auto setzen.

Dort steckte Kaldbakken sich eine Zigarette an und wartete ungeduldig auf eine Erklärung. Hanne Wilhelmsen schlüpfte auf den Rücksitz, beugte sich zu den beiden Männern vor, stützte auf jede Rücklehne einen Ellbogen und legte den Kopf auf ihre verschränkten Hände.

»Was soll das eigentlich bedeuten, Wilhelmsen?« fragte Kaldbakken mit unbeschreiblich müder Stimme.

»Das erkläre ich alles später«, sagte sie. »Morgen vielleicht. Ja, morgen ganz bestimmt.«

Er wußte, wer am Samstag an die Reihe kommen würde. Heute hatte er seinen Entschluß gefaßt. Sie behauptete, aus Afghanistan zu sein, aber natürlich log sie. Pakistanerin, glaubte er. Aber hübscher als der Durchschnitt.

Er legte sich ins Bett. Nicht auf die Seite des großen Doppelbettes, sondern in die Mitte, so daß er am Rückgrat die Matratzennaht spürte. Die Decken lagen auf dem Boden, und er war nackt. In den Händen hielt er Hanteln, die er gleichmäßig und langsam so weit wie möglich voneinander entfernte, um sie dann mit ausgestreckten Armen über seinem schweißnassen Brustkasten mit einem Klicken wieder zusammenstoßen zu lassen.

Einundneunzig, atmen. Zweiundneunzig, atmen.

Er fühlte sich glücklich wie seit langem nicht. Leicht, frei, kraftvoll.

Er wußte genau, wen er jetzt wollte. Er wußte genau, wie er es machen würde. Und er wußte sehr genau, was er tun würde.

Er erreichte die Hundert und setzte sich auf. Ein riesiger Spiegel an der Wand gegenüber zeigte ihm genau das, was er sehen wollte. Dann ging er ins Badezimmer.

Nach Hause zu fahren schien aus irgendeinem Grund nicht verlockend. Hanne Wilhelmsen saß auf einer Bank vor dem Polizeigebäude und dachte über das Leben nach. Sie war erschöpft, aber nicht schläfrig. Vor einer Weile war ihr völlig klar gewesen, daß zwischen den Samstagsmassakern und der Vergewaltigung der hübschen jungen Medizinstudentin ein Zusammenhang bestand. Jetzt war nichts mehr klar.

Das quälende Gefühl, nicht von der Stelle zu kommen, überwältigte sie. Sie arbeiteten und planten, dirigierten ihre Truppen hin und her und kamen sich in vieler Hinsicht effektiv vor. Aber dabei kam so wenig heraus. Die Ermittlungen verliefen so technisch. Sie suchten nach Haaren, Fasern und anderen konkreten Spuren. Jeder kleinste Speicheltropfen wurde untersucht, und die Fachleute hielten ihnen unbegreifliche Vorträge über DNS-Strukturen und Blutgruppen. Natürlich mußte das so sein. Aber es war alles andere als genug. Der Samstagsmann war nicht normal. In seinem Vorgehen lag Vernunft, eine Art absurder Logik. Er hielt sich an einen festen Wochentag. Wenn ihre Hypothese stimmte, dann waren irgendwo da draußen drei weitere Ausländerinnen vergraben. Und obendrein war der Mann ziemlich clever. Er hatte sie ja selbst auf seine Fährte gelenkt, indem er ihnen mitteilte, wer seine Opfer waren.

Hanne Wilhelmsen empfand – anders als die meisten ihrer Kollegen – eine Art Respekt vor Psychologen. Sie redeten viel Unsinn, das fand sie ja auch, aber einiges war doch vernünftig. Es war immerhin eine Wissenschaft. Mehrere Male hatte sie durchgesetzt, daß psychologische Profile von unbekannten Tätern erstellt worden waren. Diesmal war das nicht nötig. Als sie sich auf der Bank zurücksinken ließ und feststellte, daß es inzwischen fast vollständig dunkel war, ging ihr auf, daß die harte Wirklichkeit Europas das kriminelle Norwegen längst eingeholt hatte. Das wollte nur niemand zugeben. Es war zu beängstigend. Vor zwanzig Jahren waren Serienmörder eine Spezialität der USA gewesen. Während der letzten zehn Jahre hatten sie auch von entsprechenden Fällen in England gehört.

In den norwegischen Gerichtsannalen waren nicht viele Massenmorde verzeichnet. Und die wenigen, die es gab, hatten jeweils ihre eigene wahnwitzige und traurige Vorgeschichte. Die Kollegen in Halden hatten gerade erst einen

Fall geklärt. Vermutlich hatte ein und derselbe Mann über einen längeren Zeitraum hinweg zufällige Morde begangen, offenbar aus keinem anderen Motiv als aus Geldmangel. Vor einigen Jahren hatte ein junger Mann drei seiner WG-Mitbewohner in Slemdal umgebracht. Weil sie die dreißigtausend Kronen eingefordert hatten, die er mit der Miete im Rückstand war. Der Mann sei durchaus nicht verrückt, hatten die gerichtspsychiatrischen Gutachten erklärt.

Aber was trieb den Samstagsmann um? Da konnte sie nur spekulieren. Aus der Fachliteratur wußte sie, daß Verbrecher den mehr oder weniger unbewußten Wunsch verspüren konnten, erwischt zu werden.

Hanne Wilhelmsen wußte aber, daß das hier nicht der Fall war.

»Es macht ihm Spaß, uns an der Nase herumzuführen«, sagte sie zu sich selbst.

»Sag mal, führst du hier Selbstgespräche?«

Sie fuhr zusammen.

Billy T. stand vor ihr.

Erschrocken musterte sie ihn einen Moment lang. Dann lachte sie.

»Ich werde wohl langsam alt.«

»Von mir aus kannst du in Ruhe alt werden«, sagte Billy T. und setzte sich auf sein Motorrad, eine riesige Honda Goldwing.

»Ich kapier' ja nicht, daß du mit dem Bus da durch die Gegend gurkst«, grinste sie, ehe er sich den Helm aufsetzte.

Er musterte sie spöttisch, würdigte sie aber keiner Antwort.

Plötzlich sprang sie auf und rannte zu ihm hinüber. Er ließ gerade den Motor an, hörte nicht, was sie sagte, und nahm den Helm wieder ab.

»Willst du nach Hause?« fragte sie, ohne nachzudenken.

»Ja, um diese Zeit bleibt mir kaum was anderes übrig«, sagte er und schaute auf die Uhr.

»Fahren wir zusammen eine Runde?«

»Kann deine Harley es denn ertragen, mit einem Japaner gesehen zu werden?«

Über eine Stunde lang fuhren sie durch die Sommernacht. Hanne mit ohrenbetäubendem Lärm voran, Billy T. mit seidenweichem, tiefem Gebrumm hinterher. Sie fuhren über den Gamle Mossevei bis Tyrigrave und wieder zurück. Sie kreuzten alle Straßen der Stadt und hoben die Hand zum pflichtgemäßen Gruß für alle Cowboys im Lederdreß vor dem Buchladen Tanum, wo die Motorräder nebeneinander standen wie die Pferde vor einem alten Saloon. Schließlich landeten sie beim Tryvann auf einem riesigen Parkplatz, auf dem kein einziges Auto stand. Sie hielten an und stellten ihre Räder ab.

»Du kannst diesem Wetter ja einiges vorwerfen«, sagte Billy T. »Aber fürs Motorradfahren ist es wie geschaffen.«

Oslo lag offen unter ihnen. Schmutzig und staubig, unter einem Deckel aus Dreck. Der Himmel war nicht ganz schwarz und würde das auch erst Ende August wieder sein. Hier und da war ein blasser Stern zu erkennen. Die übrigen schienen auf die Erde gefallen zu sein. Die ganze Stadt war ein Teppich aus kleinen Lichtquellen, von Gjelleråsen im Osten bis Bærum im Westen. Und am Horizont lag pechschwarz das Meer. Neben dem Parkplatz, am Rande des Abhangs, der zum weiter unten gelegenen Wald führte, stand ein rot-weißer Holzbock. Billy T. setzte sich darauf, streckte die Beine aus und rief sie zu sich.

»Komm her«, sagte er und zog sie an sich.

Sie stand zwischen seinen Beinen und lehnte den Rücken an seinen Brustkasten. Widerwillig ließ sie sich halten. Er war so groß, daß ihr Kopf sich neben seinem befand, obwohl er saß und sie fast aufrecht stand. Er legte seine riesigen Arme um sie und schmiegte seinen Kopf an ihren. Mit einer gewissen Überraschung registrierte sie, wie sie sich entspannte.

»Findest du es manchmal doof, bei der Bullerei zu sein, Hanne?« fragte er leise.

Sie nickte leicht. Das ging allen bisweilen so. Und ihr immer häufiger, wenn sie ehrlich war.

»Sieh dir die Stadt an«, sagte er dann. »Wie viele Verbrechen geschehen da wohl? Jetzt, in diesem Moment?«

Beide schwiegen.

»Und hier stehen wir und können nicht anders«, fügte er nach einer Weile hinzu.

»Komisch, daß die Leute nicht protestieren«, sagte Hanne.

»Tun sie doch«, erwiderte Billy T. »Tun sie wie bescheuert. Wir werden doch jeden verdammten Tag angemacht, in den Zeitungen, in den Mittagspausen, auf Festen. Wir stehen nicht gerade hoch im Kurs, das kann ich dir sagen. Und ich kann die Leute gut verstehen. Unheimlich wird's erst, wenn ihnen das Klagen nicht mehr genügt.«

Es war wirklich angenehm, so zu stehen. Er roch nach Mann und nach Lederjacke, und sein Schnurrbart kitzelte ihre Wange. Sie nahm seine Arme und legte sie fester um sich herum.

»Warum hörst du nicht mit der ganzen Geheimniskrämerei auf, Hanne?« fragte er leise, fast flüsternd.

Er spürte, wie sie erstarrte und sich gleich darauf zu befreien suchte, aber darauf war er vorbereitet, und er hielt sie fest.

»Laß den Quatsch und hör mir zu. Alle wissen, daß du eine großartige Polizistin bist. Verdammt, so einen saugGuten Ruf wie du hat wohl kaum jemand. Und alle mögen dich. Überall hört man nur Gutes über dich.«

Sie versuchte noch immer, sich zu befreien. Aber dann ging ihr auf, daß ihr in dieser Haltung immerhin der Blickkontakt mit ihm erspart blieb. Also ergab sie sich in ihr Schicksal, aber es war ihr alles andere als angenehm.

»Ich habe mich oft gefragt, ob du über die Gerüchte Bescheid weißt. Denn es kursieren welche, verstehst du. Vielleicht nicht mehr so wüst wie früher, aber die Leute sind neugierig, das kannst du dir ja denken. Eine tolle Frau wie du, und dann keine einzige Männergeschichte.«

Sie konnte sein Lächeln förmlich hören, obwohl sie einen Punkt weit drüben auf dem Ekebergås anstarrte.

»Das muß anstrengend sein, Hanne. Verdammt anstrengend.«

Sein Mund war jetzt so nahe an ihrem Ohr, daß sie spürte, wie seine Lippen sich bewegten.

»Ich wollte dir nur sagen, daß die Leute nicht so bescheuert sind, wie du glaubst. Sie flüstern und tuscheln eine Runde, und dann ist es wieder gut. Wenn etwas bestätigt worden ist, dann ist es nicht mehr so interessant. Du bist eine tolle Frau. Nichts kann daran etwas ändern. Ich finde, du solltest mit deiner Geheimniskrämerei aufhören.«

Dann ließ er sie los. Aber sie wagte nicht, sich zu bewegen. Wie angenagelt blieb sie stehen und hatte entsetzliche Angst davor, daß er ihr Gesicht sehen könnte. So standen sie einige ewig lange Sekunden da, während unter ihnen in der Stadt ein Licht nach dem anderen ausging.

DIENSTAG, 8. JUNI

Niemand trank noch Kaffee. Alle waren zu Cola übergegangen. Der bloße Gedanke, etwas Heißes durch die ausgedörrte Kehle fließen zu lassen, war widerlich. Ein Bierverkauf im Foyer wäre eine Goldgrube gewesen. Der kleine Kühlschrank im Pausenraum gab resigniertes Stöhnen von sich und seufzte angesichts der vielen in ihn gepferchten Plastikflaschen, die nicht einmal in Ruhe kalt werden durften, bevor sie wieder herausgerissen wurden.

An diesem Morgen führte Hanne Wilhelmsen für die Angestellten der Abteilung A 2.11 Eistee ein. Um sieben Uhr morgens, ohne eine einzige Stunde geschlafen zu haben, wanderte sie herum und scheuerte sämtliche koffeinüberwucherten Kaffeemaschinen. Dann kochte sie insgesamt vierzehn Liter starken Tee. Sie mischte den Tee in einem riesigen Brennereikessel aus Stahl mit massenhaft Zucker und zwei Flaschen Zitronenessenz. Den Kessel hatte sie aus der Asservatenkammer ausgeliehen. Schließlich füllte sie das Gefäß bis zum Rand mit zerstoßenem Eis, das sie sich in der Kantine erbettelt hatte. Es wurde der Supererfolg. Für den Rest des Tages liefen alle mit randvollen Kantinengläsern durch die Gegend und schlürften Eistee, überrascht, daß bisher niemand auf diese Idee gekommen war.

»Ich hatte Gott sei Dank alle aufgehoben«, stöhnte Erik Henriksen erleichtert und überreichte Hanne Wilhelmsen zwölf Tips im Fall Kristine Håverstad.

Es war der Juristenstapel. Der, über den sie gelacht hatten. Den wegzuwerfen sie ihm glücklicherweise verboten hatte. Sie brauchte eine Viertelstunde, um alles durchzusehen. Ein Tip fiel besonders auf und war noch dazu zweimal eingegangen. »Die Zeichnung im Dagbladet vom 1. Juni hat eine gewisse Ähnlichkeit mit Cato Iversen. Sein Gesicht ist etwas schmaler, aber in der letzten Zeit hat er sich reichlich seltsam benommen. Weil ich mit ihm zusammenarbeite, möchte ich lieber anonym bleiben. Wir arbeiten beide bei der Ausländerbehörde, wo er zu den normalen Zeiten (Bürozeit) erreichbar ist.«

»Bull's eye«, murmelte Hanne Wilhelmsen und riß den anderen Zettel, den Erik ihr hoffnungsvoll hinhielt, an sich.

»Es bestürzt mich, zu sehen, welche Ähnlichkeit diese Zeichnung mit meinem Nachbarn Cato Iversen hat. Er wohnt in Kolsås, im Ulveveien 3, und arbeitet bei der Ausländerbehörde, soviel ich weiß. Zeitweise kommt er nur sehr selten nach Hause. Er ist Junggeselle.«

Der Brief war unterschrieben, doch der Absender bat, seinen Namen nicht zu erwähnen.

Dreißig Sekunden später stand Hanne Wilhelmsen in Håkon Sands Büro.

»Ich brauche einen blauen Zettel.«

»In welchem Zusammenhang?«

»In unserem Fall natürlich.«

Sie reichte ihm die beiden Tips. Aber seine Reaktion fiel ganz anders aus als erwartet. Ruhig las er beide Zettel zweimal durch, dann gab er sie ihr zurück.

»Jetzt erkläre ich dir meine Theorie«, hob sie an, ein wenig verwirrt von der niederschmetternden Ruhe des Adjutanten. »Hast du je von Signaturverbrechen gehört?«

Natürlich hatte er das. Er las schließlich Bücher.

»Der Täter hinterläßt irgendein Kennzeichen, ja? Das Kennzeichen wird bekannt, durch die Zeitungen oder einfach durch das Gerede. Dann will irgendein anderer jemanden loswerden, und deshalb verkleidet er ›seinen‹...« Sie winkte mit den Fingern. »...›seinen‹ Mord als einen der ursprünglichen Serie.«

»Aber das klappt doch nie«, murmelte Håkon Sand.

»Nein, genau. In der Regel geht es in den Teich, weil die Polizei nicht alle Merkmale öffentlich gemacht hat. Aber hier, Håkon, hier stehen wir vor der umgekehrten Situation.«

»Vor der umgekehrten Situation. Aha. Wovon denn?«

»Von dem Mord, der, als einer aus der Serie verkleidet, dazwischengeschmuggelt wird.«

Håkon Sand räusperte sich diskret hinter vorgehaltener Faust und hoffte, sie werde das ohne weitere Aufforderungen genauer erklären.

»Wir haben es mit einem Signaturmörder zu tun, der einen Patzer macht! Er will ein weiteres Verbrechen in seiner Serie ausführen, aber dann geht etwas schief. Nein, ich will jetzt konkret werden.« Sie zog ihren Stuhl an seinen Schreibtisch und schnappte sich einen leeren Zettel und einen Kugelschreiber. Dann zeichnete sie rasch eine Miniaturausgabe der Zeitlinie, die sie auf der Overheadfolie im Bereitschaftsraum vorgeführt hatte.

»Am 29. Mai wollte er wieder eine Asylbewerberin vergewaltigen und umbringen. Und zwar diese hier.«

Sie knallte einen Ordner auf den Tisch. Håkon faßte ihn nicht an, drehte sich aber so, daß er den Namen lesen konnte. Es ging um die Frau im Erdgeschoß. Die, die sie gestern abend nicht angetroffen hatten.

»Schau mal«, sagte Hanne fast übereifrig und blätterte in den Papieren. »Sie ist total perfekt. Ist allein nach Norwegen gekommen. Zu ihrem Vater, dachte sie, aber der ist wenige Tage vor ihrer Ankunft gestorben. Sie hat eine Wohnung und etwas Geld geerbt und wartet nur darauf, daß die Ausländerbehörde in die Gänge kommt. Ein perfektes Opfer. Wohnt nicht einmal in einem Flüchtlingsheim.«

»Aber warum hat er sie nicht umgebracht, wenn sie doch so perfekt ist?«

»Das wissen wir natürlich nicht. Aber meine Hypothese ist, daß sie nicht da war. Weg, verreist, was weiß ich. Sie hat mir zwar gesagt, sie habe geschlafen und nichts gehört, aber bei der Angst, die diese Leute vor der Polizei haben, kann das sehr gut gelogen sein. Da steht er nun. Bis Kristine Håverstad auftaucht. Spitzenfrau. Anziehend. Und dann nimmt er einfach einen Tausch vor.«

Håkon Sand mußte zugeben, daß diese Theorie etwas für sich hatte.

»Aber warum hat er sie danach nicht umgebracht?«

»Das ist doch klar«, sagte Hanne Wilhelmsen und stand auf. Trotz ihres Eifers wirkte sie steif vor Erschöpfung. Sie stemmte die Arme in die Hüften und ließ den Oberkörper mehrmals kreisen.

»Wie viele Vergewaltigungsfälle stellen wir ein, Håkon?«

Er breitete die Arme aus.

»Keine Ahnung. Verdammt viele jedenfalls. Viel zu viele.«

Sie setzte sich wieder und beugte sich zu ihm vor. Die Narbe über dem Auge trat jetzt deutlicher hervor, das fiel ihm auf. Ob sie abgenommen hatte?

»Wir stellen pro Jahr über hundert Vergewaltigungsfälle ein, Håkon. Über hundert! Und in wie vielen haben wir besondere Ermittlungen angestellt, was meinst du?«

»Bei nicht besonders vielen«, murmelte er ein wenig schuldbewußt. Wie in einem Reflex schielte er zu den Ordnern von drei Fällen hinüber, die nur auf den Einstellungsstempel warteten.

Vergewaltigungen. Die Ordner waren allesamt sehr dünn. So ungefähr nichts an Ermittlungen hatte stattgefunden.

»Und wie viele Morde stellen wir pro Jahr ein?« Das war Hannes nächste rhetorische Frage.

»Mordfälle werden fast nie eingestellt!«

»Genau! Er konnte Kristine Håverstad einfach nicht umbringen. Das wäre einige Stunden später entdeckt worden, und wir wären wie die Wespen in der Stadt herumgeschwirrt. Dieser Typ ist wirklich clever.«

Sie schlug auf den Tisch.

»Verdammt clever.«

»So verdammt clever kann er wiederum auch nicht sein. Kristine hat schließlich sein Gesicht gesehen.«

»Aber nicht sehr gut. Du hast ja gesehen, was sie uns für eine Zeichnung geliefert hat. Nicht besonders solide.«

Sie wurden von einer Beamtin unterbrochen, die ein Haftbegehren ablieferte.

»Es kommen noch fünf vom Diebstahl«, sagte sie mitleidig und verschwand.

»Trotzdem krieg' ich eins nicht auf die Reihe«, sagte Håkon nachdenklich. »Wenn er sein perfektes System hat, warum hält er sich dann nicht daran? Er kann doch nicht nur so geil gewesen sein, daß er einfach eine Nummer haben mußte?«

Natürlich konnte er das gewesen sein. Dieser Gedanke kam

Hanne Wilhelmsen und Håkon Sand gleichzeitig. Im Frühling des vergangenen Jahres war Oslo von einer Serie von Vergewaltigungen heimgesucht worden, die meisten waren sogar in Homansbyen passiert. Der Täter war schließlich eher durch einen Zufall festgenommen worden. Und die Erklärung für jene Vergewaltigungen fiel ihnen nun ein.

»Bol«, sagte Håkon Sand und sah seine Kollegin entsetzt an. »Anabole Steroide.«

»Wir suchen nach einem Muskelmann«, sagte Hanne Wilhelmsen. »Immer neue Spuren. Und jetzt will ich, wie gesagt, einen blauen Zettel. Dieser Typ scheint doch perfekt zu passen.«

Sie tippte auf die beiden Zettel, die sie mitgebracht hatte, und legte ihm das blaue Formular hin. Er rührte es nicht an.

»Du bist müde«, sagte er.

»Müde? Ja, natürlich bin ich müde.«

»Du bist so müde, daß du nicht mehr klar denken kannst.«

»Klar denken? Wie meinst du das, zum Henker?«

Natürlich war sie müde. Das waren sie alle. Aber es wurde nicht besser davon, daß Håkon Sand diese überaus willkommene Festnahme hinauszögerte.

»Das reicht einfach bei weitem nicht aus«, sagte er und verschränkte die Arme vor der Brust. »Und das weißt du genau.«

Hanne Wilhelmsen wußte nicht so recht, was sie glauben sollte. Ihr hatte schon seit vielen Jahren kein Jurist mehr einen Haftbefehl verweigert. Und bei Håkon Sand war ihr das in der gesamten vierjährigen Zusammenarbeit noch nicht ein einziges Mal passiert. Ihre Überraschung war so groß, daß sie den rasch auflodernden Zorn fast überdeckte. »Meinst du im Ernst...« Sie stand auf und stützte sich in fast drohender Haltung auf seinen Schreibtisch. »Willst du mir erzählen, daß du mir keinen blauen Zettel ausstellen willst?«

Er nickte nur.

»Aber warum zum Teu...« Sie blickte an die Decke, als

könnte sie dort oben Hilfe finden. »Was um Himmels willen soll denn das?«

»Ich meine, daß eine Festnahme durch nichts gerechtfertigt ist. Bestell den Kerl auf die übliche Weise zum Verhör. Versuch, mehr gegen ihn in die Hand zu bekommen. Dann können wir über den Fall diskutieren. Und entscheiden, ob wir ihn erst mal in den Knast stecken.«

»Knast? Ich rede doch nicht von Knast. Ich rede von einem schnöden, blöden blauen Zettel in einem schwachsinnigen Fall, der vielleicht vier Frauen das Leben gekostet hat.«

Håkon Sand hatte Hanne Wilhelmsen noch nie so wütend gesehen. Aber er ließ sich nicht erweichen. Er wußte, daß er recht hatte. Zwei Hinweise auf einen möglichen Täter waren einfach kein stichhaltiger Grund. Selbst wenn der Mann bei der Ausländerbehörde arbeitete. Und damit freien Zugang zu allen Informationen über Flüchtlinge hatte, die sein Herz nur begehren mochte. Håkon schauderte es bei dieser Vorstellung.

Aber es reichte nicht. Das wußte er. Und er wußte, daß Hanne Wilhelmsen das im Grunde auch wußte. Vielleicht schwieg sie ja deshalb. Sie riß den unausgefüllten blauen Zettel und die beiden Tips an sich und knallte die Tür hinter sich zu.

»Arsch«, murmelte sie, als sie ein Stück weit über den Flur gegangen war.

Ein heruntergekommener Mann hockte auf einem unbequemen Stuhl und wartete auf irgendein Verhör. Er fühlte sich offenbar getroffen und starrte verlegen zu Boden.

»Du doch nicht«, fügte sie hinzu und marschierte weiter.

In ihrem Büro saß Erik Henriksen und wartete gespannt. Er erhielt keine Erklärung, nur die überaus höfliche Bitte, sofort Kristine Håverstad ausfindig zu machen, zum Henker. Sie brauchten sie. Und zwar sofort. Vor einer Stunde. Er rannte los.

Sie selbst schlug im Telefonbuch die Nummer der Ausländerbehörde nach. Sie holte fünfmal tief Luft, um sich zu beruhigen, und wählte die Nummer.

»Cato Iversen bitte«, sagte sie.

»Der ist zwischen zehn und zwei zu erreichen. Rufen Sie dann wieder an«, sagte die trockene, ausdruckslose Stimme.

»Hier ist die Polizei. Ich muß ihn sprechen. Sofort.«

»Wie war noch gleich der Name?«

Die Frau gab nicht so leicht nach.

»Hanne Wilhelmsen, Polizei Oslo.«

»Einen Moment.«

Das war die pure Untertreibung. Nach vier Minuten ohrenbetäubenden Schweigens ohne auch nur einen Mucks im Stil von »Hier Ausländerbehörde, bitte warten Sie« unterbrach sie die Verbindung und drückte die Wahlwiederholungstaste.

»Ausländerbehörde, ja bitte?«

Es war dieselbe Frau.

»Hier ist Hanne Wilhelmsen, Mord-, Totschlags- und Vergewaltigungskommission, Polizei Oslo. Ich muß augenblicklich mit Cato Iversen sprechen.«

Die Dame war offenbar bei dem eigens zu dieser Gelegenheit ersonnenen Namen sehr erschrocken. Zehn Sekunden später meldete sich Cato Iversen. Er nannte nur seinen Nachnamen.

»Guten Tag«, sagte Hanne so neutral, wie es ihr im Moment nur möglich war. »Hier spricht Hanne Wilhelmsen, Kriminalpolizei Oslo.«

»Ach«, sagte der Mann, ohne einen Hauch von Besorgnis, wie es Hanne schien. Er ist wahrscheinlich daran gewöhnt, mit der Polizei zu telefonieren, tröstete sie sich schnell.

»Ich möchte Sie in Verbindung mit einem Fall, den wir bearbeiten, zum Verhör bitten. Es ist ziemlich eilig. Können Sie kommen?«

»Jetzt? Sofort?«

»Ja, so schnell wie möglich.«

Der Mann schien nachzudenken. Jedenfalls folgte eine Pause.

»Das ist bedauerlicherweise unmöglich. Es tut mir sehr leid. Aber ich...« Sie hörte ihn in Papieren blättern. Vermutlich sah er in seinem Terminkalender nach. »Ich kann am nächsten Montag kommen.«

»Das geht leider nicht. Ich muß jetzt mit Ihnen sprechen. Wahrscheinlich dauert es nicht lange.«

Was eine glatte Lüge war.

»Worum geht es denn?«

»Darüber reden wir, wenn Sie hier sind. Ich erwarte Sie in einer Stunde.«

»Nein, also wirklich! Das geht nicht. Ich muß bei einem von unseren Fortbildungskursen einen Vortrag halten.«

»Ich schlage vor, daß Sie sich sofort herbemühen«, sagte Hanne leise. »Sagen Sie, Sie seien krank, egal was. Ich kann Sie natürlich auch holen kommen. Aber vielleicht erscheinen Sie doch lieber freiwillig hier.«

Jetzt war der Mann ganz offenbar nervös. Aber wer wäre das nicht nach diesem Gespräch, dachte Hanne und beschloß, den Stimmungsschwankungen dieses Mannes nicht zuviel Gewicht beizumessen.

»Ich kann in einer halben Stunde bei Ihnen sein«, sagte er schließlich. »Vielleicht dauert es etwas länger. Aber ich komme.«

Kristine Håverstad wußte nicht, was sie machen sollte. Ihr Vater war wie immer um acht zur Praxis aufgebrochen. Aber sie war sich nicht mehr sicher, ob er wirklich dorthin ging. Um ihren Verdacht zu bestätigen, rief sie an und verlangte ihren Vater.

»Aber liebe Kristine«, antwortete die Sprechstundenhilfe. »Der hat doch Urlaub. Weißt du das denn nicht?«

Kristine gab sich alle Mühe, die Frau davon zu überzeugen, daß alles auf einem Mißverständnis beruhe, und legte auf. Sie wußte ganz genau, daß ihr Vater sein Vorhaben in die Tat umsetzen würde. Sie hatten am letzten Abend über eine Stunde miteinander gesprochen, länger und mehr als an sämtlichen zehn Tagen davor.

Das Schlimmste war, daß dieser Gedanke befreiend wirkte. Er war grotesk, erschreckend, wahnwitzig. So etwas tat man einfach nicht. Nicht hierzulande jedenfalls. Aber der Gedanke, daß der Mann sterben würde, erleichterte sie. Sie fühlte sich auf seltsame Weise angeregt, empfand eine Art von Genugtuung. Er hatte zwei Leben zerstört. Er verdiente nichts Besseres. Die Polizei rührte ja offenbar keinen Finger, um ihn zu fassen. Und wenn es ihnen doch gelingen sollte, dann würde er wahrscheinlich ein Jahr in einer gemütlichen Zelle mit Fernseher und Freizeitangebot bekommen. Das hatte er nicht verdient!

Er hatte den Tod verdient. Sie aber hatte das, was er ihr angetan hatte, nicht verdient. Er war ein Dieb und ein Mörder. Und ihr Vater verdiente es nicht, so leiden zu müssen wie jetzt. Sie fand zu einer Art ruhiger, stiller Zufriedenheit, weil ein Entschluß gefaßt worden war. Doch dann erstarrte sie. Das war doch der pure Wahnwitz. Man brachte keine Leute um. Und wenn doch, dann war das in diesem Fall ja wohl ihre Aufgabe.

Billy T. war schon seit einer kleinen Ewigkeit nicht mehr Ermittler. Er gehörte seit über fünf Jahren zum Unruhekommando der Rauschgiftabteilung. So lange schon, daß er wahrscheinlich noch als Punk in Jeans herumlaufen würde, wenn er längst zu alt dafür war. Aber noch immer kursierten Gerüchte über seine Fähigkeiten beim Verhör. Er hielt sich nicht immer an die Regeln, konnte aber eine Liste von Geständnissen aufweisen, die noch die besten Kollegen beeindruckte.

Hanne Wilhelmsen hatte darauf bestanden. Er hatte sich überreden lassen. Sie fragte sich, ob sie sich wohl selbst einen Vorwand lieferte, um ihn wiederzusehen. Die vergangene Nacht kam ihr vollkommen unwirklich vor, jetzt, da sie sich wieder in der vertrauten Umgebung mit all ihren gewohnten Verteidigungsbollwerken befand. Und doch empfand sie ein intensives Bedürfnis danach, ihn zu sehen, mit ihm zu reden. Über Alltagskram, über Polizeiangelegenheiten. Sie wollte sich einfach davon überzeugen, daß er noch immer der gute alte war.

Und das war er. Scherzend und lärmend steuerte er ihr Büro an, sie konnte ihn schon aus der Ferne hören. Als sie erwartungsvoll den Kopf aus der Tür streckte und er sie sah, ließ er sich lauthals und mit flirtendem Unterton über das aus, was vor wenigen Stunden passiert war. Er sah auch nicht sonderlich müde aus. Alles war wie immer. Fast jedenfalls.

Der Anblick von Cato Iversen versetzte Hanne Wilhelmsen einen Stich. Er hatte zwar keine bemerkenswerte Ähnlichkeit mit der Zeichnung, aber er entsprach perfekt Kristine Håverstads Beschreibung. Breite Schultern, blonde Haare, tiefe Geheimratsecken. Er war nicht besonders groß, aber sein muskulöser Körper machte einen ziemlich massigen Eindruck. Sonnengebräunt war er auch, aber das waren jetzt fast alle. Mit Ausnahme der Angestellten der Osloer Polizei.

Billy T. allein füllte fast schon den ganzen Raum aus. Und da auch Cato Iversen und Hanne Wilhelmsen zugegen waren, wurde es wirklich eng. Billy T. stellte sich mit dem Rücken zum Fenster und lehnte den Hintern gegen die Fensterbank. Vor dem grellen Tageslicht wurde er zu einer riesigen schwarzen Figur mit scharfen Umrissen und ohne Gesicht. Hanne Wilhelmsen setzte sich hinter ihren Schreibtisch.

Cato Iversen war sichtlich nervös. Das war noch immer kein Wunder und brauchte nichts zu bedeuten. Er schluckte hektisch, rutschte auf seinem Stuhl hin und her und legte die seltsame Unsitte an den Tag, sich dauernd mit der rechten Hand am linken Handrücken zu kratzen.

»Wie Sie vielleicht wissen«, fing sie an, »benutzen wir beim Verhör von Zeugen kein Tonbandgerät.«

Das wußte er nicht.

»Aber jetzt machen wir das«, sagte sie, lächelte kühl und drückte gleichzeitig zwei Knöpfe an einem kleinen Tonbandgerät, das auf dem Tisch stand. Danach rückte sie das Mikrophon zurecht, so daß es vage ins Zimmer hinein zeigte.

»Wir fangen mit den Personalien an«, sagte sie.

Die erfuhr sie. Zum Ausgleich teilte sie ihm mit, daß er keine Aussage machen müsse; falls er aber doch etwas sage, müsse das die Wahrheit sein.

»Habe ich Anspruch auf einen Anwalt?«

Kaum hatte er das gesagt, bereute er es auch schon und versuchte es mit einem bleichen Lächeln, einem abwehrenden Kopfschütteln und einem Räuspern. Dann kratzte er fieberhaft einen Mückenstich an seiner linken Hand.

»Anwalt, Billy T.«, sagte Hanne zu dem Ungeheuer auf der Fensterbank. »Anwalt? Braucht unser junger Freund einen Anwalt?«

Billy T. schwieg und lächelte. Das konnte Iversen nicht sehen. Für ihn war der Mann noch immer ein schwarzer Umriß vor blauem Himmel.

»Nein, nein, brauche ich nicht. War bloß eine Frage.«

»Sie sind Zeuge, Iversen«, versicherte Hanne Wilhelmsen, scheinbar sehr darum bemüht, den Mann zu beruhigen. »Da brauchen Sie doch wohl keinen Anwalt?«

»Aber worum geht es hier eigentlich?!«

»Das kommt schon noch, das kommt schon noch.«

Ein Streifenwagen lalüte sich den Åkerbergvein hinunter, gefolgt von einem Auto.

»Viel zu tun bei diesem Wetter«, erklärte Hanne. »Wo arbeiten Sie noch gleich?«

»Bei der Ausländerbehörde.«
»Und was machen Sie da?«
»Ich bin Sachbearbeiter. Normaler Sachbearbeiter.«
»Aha. Und was macht ein normaler Sachbearbeiter?«
»Fälle bearbeiten.«
Der Mann wollte offenbar nicht frech sein, denn nach einer kleinen Pause fügte er rasch hinzu: »Ich bekomme die Anträge auf Aufenthaltsgenehmigung, mit denen die Polizei fertig ist. Wir sind die erste Entscheidungsinstanz.«
»Asylfälle?
»Die auch. Familienzusammenführung. Aufenthalt zum Studium. Ich habe nur Fälle aus Asien.«
»Mögen Sie Ihre Arbeit?«
»Ob ich sie mag?«
»Ja, finden Sie sie angenehm?«
»Was heißt schon angenehm.« Er überlegte. »Es ist wohl ein Job wie alle anderen. Ich habe letztes Jahr mein Examen als Jurist gemacht. Und man kann sich die Stellen nicht immer aussuchen. Der Job ist schon okay.«
»Es macht Ihnen also nichts aus, all die armen Teufel aus dem Land zu werfen?«
Jetzt wirkte er ehrlich überrascht. Von der Polizei hatte er diese Frage wohl am allerwenigsten erwartet.
»Na ja, ausmachen«, murmelte er. »Schließlich entscheidet das Parlament. Wir führen nur deren Befehle aus. Und es werden ja nicht alle hinausgeworfen.«
»Aber doch die meisten, nicht wahr?«
»Ja, das ist wohl so.«
»Und wie denken Sie so über Ausländer?«
»Ehrlich gesagt«, setzte er an und machte Anstalten, sich zu erheben, »ich möchte jetzt wirklich erst mal erfahren, worum es hier geht.«
Hanne und Billy T. tauschten einen Blick, und Billy T. nickte leicht. Das konnte sogar Iversen sehen.

»Wir mühen uns derzeit mit einem ziemlich ernsten Fall ab«, erzählte Hanne Wilhelmsen. »Mit den Samstagsmassakern. Sie haben vielleicht darüber gelesen?«

Das hatte er. Er nickte und fing wieder an, sich zu kratzen.

»In jeder Blutlache haben wir eine Nummer gefunden. Eine FK-Nummer. Am Sonntag haben wir eine Leiche entdeckt. Von einer Frau, die vermutlich aus Asien stammte. Und wissen Sie was?« Sie klang fast begeistert, als sie zwei Bögen aus dem vor ihr liegenden Stapel zog. »Zwei dieser FK-Nummern stammen aus Ihrem Ressort!«

Der Mann wurde wieder unruhig, und diesmal hatte das vielleicht auch eine Bedeutung.

»Bei uns haben nicht sehr viele mit Asien zu tun«, sagte er eilig. »Also ist das wohl kein Wunder.«

»Na gut.«

»Ich meine, wenn Sie wüßten, wie viele Fälle wir pro Jahr bearbeiten. Jeder von uns hat Hunderte. Vielleicht sogar Tausende«, fügte er rasch hinzu, vermutlich in dem Versuch, sein Argument zu untermauern.

»Ja, wenn Sie so große Erfahrung haben, können Sie mir vielleicht helfen. Wie gehen Sie diese Sachen eigentlich an? Ich meine, so rein bürotechnisch. Haben Sie alles im Computer?«

»Ja, alles. Aber wir haben auch Ordner. Mit Papieren, meine ich. Verhöre und Briefe und so.«

»Und darin sammeln Sie alle Informationen über alle Asylbewerber?«

»Ja. Jedenfalls alles, was wir wissen müssen.«

»Zum Beispiel, mit wem die Leute zusammen gekommen sind, ihre Familienverhältnisse, ob sie hier Bekannte haben, warum sie ausgerechnet nach Norwegen wollten, so was alles. Steht das auch in Ihren Ordnern?«

Der Mann schien zu zögern und nachzudenken.

»Ja. Das steht alles in den Verhörprotokollen.«

Das wußte Hanne Wilhelmsen sehr gut. Sie hatte soeben eine Stunde damit zugebracht, die Verhöre der vier Frauen durchzulesen.

»Kommen viele ganz allein?«

»Einige. Andere bringen ihre Familie mit. Manche haben auch schon Verwandte hier.«

»Einige von ihnen verschwinden, habe ich gehört?«

»Verschwinden?«

»Ja, sie verschwinden aus dem System, ohne daß irgend jemand weiß, wo sie geblieben sind.«

»Ach so meinen Sie das... ja, das kommt vor.«

»Was machen Sie denn in solchen Fällen?«

»Nichts.«

Jetzt erhob Billy T. seinen riesigen Körper von der Fensterbank. Sein Hintern war kalt, weil er zwanzig Minuten lang auf der klapprigen Klimaanlage gesessen hatte. Langsam ging er um Hanne Wilhelmsen herum, stützte sich mit den Armen auf ein Bücherregal aus Stahl und musterte den Zeugen.

»Jetzt kommen wir mal zur Sache, Iversen«, sagte er. »Was machen Sie denn so am Wochenende?«

Der Mann gab keine Antwort und kratzte sich noch ärger als zuvor.

»Schluß damit«, befahl Hanne Wilhelmsen irritiert.

Cato Iversen war der Verzweiflung ziemlich nahe, was ihm jedoch nicht anzusehen war. Die beiden musterten ihn genau, konnten aber weiterhin nur ein wenig Nervosität erkennen. Iversen hatte keine Ahnung, was er sagen sollte. Deshalb platzte er mit der Wahrheit heraus.

»Lkw fahren«, sagte er leise.

Billy T. und Hanne sahen einander an und lächelten breit.

»Lkw fahren«, wiederholte Hanne langsam.

»Haben Sie das auch am Samstag, dem 29. Mai, gemacht? Und was ist mit Sonntag, dem 30.?«

O verdammt. Jetzt hatten sie ihn. Bisher hatte es nur Schaugefechte gegeben. Hanne Wilhelmsens Ausbruch von vorhin zum Trotz kratzte er sich verzweifelt an der linken Hand. Die schmerzte schon, und deshalb hörte er wieder auf.

»Ich will mit einem Anwalt reden«, rief er plötzlich. »Ich sage kein Wort mehr, solange ich nicht mit einem Anwalt gesprochen habe!«

»Aber, lieber Iversen«, sagte Billy T. zuckersüß und hockte sich vor ihn hin. »Es besteht doch keinerlei Anklage gegen Sie.«

»Aber ich stehe unter irgendeinem Verdacht«, antwortete Iversen, und jetzt sahen sie Tränen in seinen Augen. »Also habe ich auch Anspruch auf einen Anwalt.«

Hanne beugte sich über ihren Schreibtisch und schaltete das Tonbandgerät aus.

»Iversen. Eins muß ich noch mal klarstellen. Wir verhören Sie hier als Zeugen. Sie stehen weder unter Verdacht noch unter Anklage. Ergo haben Sie auch keinen Anspruch auf einen Anwalt. Ergo können Sie dieses Zimmer und dieses Haus jederzeit verlassen. Wenn Sie aber mit einem Anwalt sprechen und danach noch eine Runde mit uns plaudern möchten, dann steht Ihnen das frei.«

Sie packte das Telefon und stellte es vor ihn auf den Tisch. Daneben knallte sie das Branchenverzeichnis.

»Bitte sehr«, sagte sie im Befehlston, blickte sich kurz um, weil sie sichergehen wollte, daß es in ihrem kleinen Arbeitszimmer nichts gab, was er nicht sehen durfte, griff sich einen Ordner und ging, Billy T. im Schlepptau, zur Tür. Dort blieb sie noch einmal stehen.

»In zehn Minuten sind wir wieder da«, erklärte sie.

Es dauerte etwas länger als zehn Minuten. Sie saßen im Bereitschaftsraum und tranken Hannes Gebräu vom Morgen. Das Eis war geschmolzen, der Zucker hatte sich auf den Boden des fast leeren Kessels gesenkt, und die Gerbsäure ließ das Getränk weitaus weniger erfrischend wirken als noch vor einigen Stunden.

»Jetzt kriegste'n allein an Land«, sagte Billy T. »Da brauchte ich ja nich' viel zu sagen.«

»Allein dein Aussehen kann noch den Allerunschuldigsten dazu bringen, alles, aber auch alles zu gestehen«, grinste Hanne und leerte ihr Glas. »Und ich weiß nicht, ob er schon reif zum An-Land-Ziehen ist.«

»Er hat auf jeden Fall aus irgendeinem Grund Höllenschiß«, sagte Billy T. »Ich mein' das übrigens wirklich so. Ich verpiss' mich. Bin todmüde. Aber das bist du sicher auch«, fügte er hinzu und versuchte, ihren Blick aufzufangen.

Sie gab keine Antwort und hob nur ihr leeres Glas zu einem inhaltsleeren Prost, als er das Zimmer verließ. Zum Ausgleich kam Erik Henriksen hereingestürzt.

»Ich hab' sie gefunden!« keuchte er. »Sie war sogar auf dem Weg hierher. Bin doch tatsächlich in der Tür mit ihr zusammengestoßen. Was willst du eigentlich von ihr?«

Sie hatten nur anderthalb Stunden gebraucht, um eine Gegenüberstellung zu arrangieren. Es hatte sich herausgestellt, daß es bei der Polizei überraschend viele breitschultrige blonde Mannsbilder mit schütterem Schopf gab. Fünf von ihnen würden sich nun zusammen mit Cato Iversen aufstellen. Jenseits des nur in einer Richtung durchsichtigen Glases stand nägelkauend Kristine Håverstad.

Sie war doch nicht deswegen gekommen. Um ein Haar wäre sie mit dem sommersprossigen Polizisten zusammengestoßen, als sie sehr zögerlich das Polizeigebäude betrat. Noch hätte sie Zeit gehabt, ihr Vorhaben aufzugeben – da hatte er sie freudestrahlend erkannt und mit sich gezogen. Zum Glück hatte sie nichts sagen müssen.

Hanne Wilhelmsen wirkte wesentlich müder als vor einer guten Woche. Ihre Augen sahen matter aus, ihr Mund verspannter und verbissener. Vor einer Woche hatte Kristine Håverstad sie noch auffallend schön gefunden. Jetzt war sie eine eher durchschnittliche, ungeschminkte Frau mit hübschen Zügen. Sie wirkte auch nicht sonderlich enthusiastisch, obwohl sie das Entgegenkommen selbst war.

Die sechs Männer kamen ins Zimmer wie eine Schar von wohlgenährten Gänsen. Als der erste die gegenüberliegende Seite des Raumes erreicht hatte, drehten sie sich um und starrten blind die Fensterscheibe an. Kristine wußte, daß sie sie nicht sehen konnten.

Er war nicht dabei. Alle hatten ein wenig Ähnlichkeit mit ihm. Aber keiner war der, der über sie hergefallen war. Sie spürte, wie ihr die Tränen in die Augen stiegen. Wenn er doch bloß dort gestanden hätte! Dann hätte sie sich um ihren Vater keine Sorgen mehr zu machen brauchen. Sie hätte versuchen können, ihr Leben wieder zusammenzuflicken. Sie hätte der Polizei nicht zu sagen brauchen, daß ihr Vater einen Mord plante. Das Leben wäre so unbeschreiblich anders gewesen, wenn *er* unter diesen Männern gewesen wäre. Aber das war er nicht.

»Vielleicht Nummer zwei!« platzte es aus ihr heraus.

Was machte sie denn bloß? Nummer zwei war es ja nun wirklich nicht gewesen. Aber wenn sie sie auf einen von diesen Männern ansetzte, gewann sie immerhin ein wenig Zeit. Ein wenig Zeit zum Nachdenken, Zeit, um ihren Vater zu bearbeiten. Einige Tage vielleicht nur, aber auch das war besser als nichts.

»Oder Nummer drei?«

Sie blickte Hanne Wilhelmsen fragend an, aber die saß wie eine Sphinx da und starrte vor sich hin.

»Doch«, entschied sie, »Nummer zwei oder drei. Aber ich bin alles andere als sicher.«

Kommissarin Wilhelmsen bedankte sich für die Hilfe, brachte sie eilig zur Tür und war so enttäuscht, daß sie vergaß, Kristine Håverstad zu fragen, warum sie eigentlich gekommen sei. Aber das war auch egal. Kristine Håverstad streifte sich die Tasche über die schmale Schulter und verließ das Polizeigebäude in der Gewißheit, daß sie ihren Vater niemals verraten würde.

Nummer zwei bei der Gegenüberstellung war Fredrik Andersen vom Vorladungsbüro gewesen, Nummer drei Eirik Langbråtan, ein sympathischer Kollege von der Kripo. Cato Iversen, der als Nummer sechs in der Reihe gestanden hatte, wurde mit einem Händedruck und nicht sehr tief empfundenem Bedauern entlassen.

Als er glücklich außer Sichtweite all derer war, die vielleicht aus dem riesigen Haus hinter ihm herstarrten, ging er ins Lompa und bestellte zwei Halbe auf einmal. Er setzte sich ganz hinten im Lokal an einen Tisch und zündete sich mit zitternden Händen eine Zigarette an.

In der Nacht zum 30. Mai hatte er sich mit einer Lkw-Ladung geschmuggelten Schnapses auf der Fähre von Dänemark nach Norwegen befunden. Das sollte nie, nie wieder vorkommen.

Fast ein ganzer Arbeitstag war auf dieser Blindspur verlorengegangen. Es war zum Verzweifeln. Aber das sollte an diesem Tag durchaus noch nicht die wichtigste Angelegenheit für die A 2.11 gewesen sein.

Hauptkommissar Hans Olav Kaldbakken kam zur täglichen Besprechung in Hanne Wilhelmsens Büro. Er sah überhaupt nicht gut aus. Er nahm mit steifen, schwerfälligen Bewegungen im Sessel Platz und steckte sich eine Zigarette an. Es war die zwanzigste an diesem Tag, und es war noch nicht einmal halb vier.

»Kommen wir irgendwie weiter, Wilhelmsen?« fragte er heiser. »Haben wir mehr als diesen... diesen Cato Iversen? Denn der war es doch wohl nicht?«

»Nein, sieht nicht so aus«, antwortete Hanne Wilhelmsen und massierte sich die Schläfen.

Das war absolut untertrieben. Cato Iversen mochte jede Menge Dreck am Stecken haben, aber den würden sie ein andermal abkratzen müssen. Hanne wußte nur zu gut, daß Kristine Håverstad den Mann erkannt hätte, der sie überfallen hatte. Ihr war nicht ganz klar, warum die junge Frau zwei Männer genannt hatte, die ihr zweifellos nichts getan hatten. Vielleicht verspürte sie unterschwellig den Wunsch, der Polizei weiterzuhelfen. Aber es war doch auffällig. Sie würde ein andermal darüber nachdenken müssen.

»Der Samstag rückt näher«, sagte Kaldbakken düster. »Ein gräßlicher Samstag rückt näher.«

Er sprach mit einem komischen Akzent. Und er verschluckte die Wörter, ehe er sie ganz ausgesprochen hatte. Aber Hanne Wilhelmsen hatte schon seit vielen Jahren denselben Chef und wußte immer, was er meinte.

»So ist es, Kaldbakken. Der Samstag rückt näher.«

»Weißt du«, sagte er und beugte sich in einem ungewöhnlichen Anfall von Vertraulichkeit zu ihr vor. »Ich finde nichts so schrecklich wie Vergewaltigungen. Ich werde mit Vergewaltigungen einfach nicht fertig. Und dabei bin ich schon seit dreißig Jahren bei der Polizei.«

Er versank in Grübelei, riß sich aber bald wieder zusammen.

»Seit vierunddreißig Jahren, um ganz genau zu sein. Ich habe 1960 angefangen. Was mich natürlich nicht zum alten Mann macht.« Er lächelte mürrisch und hustete kräftig. »1960. Das waren noch Zeiten. Da machte es Spaß, bei der Polizei zu sein. Und gut verdient haben wir auch. Mehr als Industriearbeiter. Sehr viel mehr. Die Leute hatten Respekt vor uns. 1960. Damals war Gerhardsen noch Ministerpräsident, und die Leute unterstützten ihn.«

Das ganze Zimmer war bereits von Qualm erfüllt. Der

Mann rauchte Selbstgedrehte und spuckte bei seinem leisen Gemurmel Tabakskrümel aus.

»Damals hatten wir zwei oder drei Vergewaltigungen pro Jahr. Großes Geschrei. In der Regel haben wir den Arsch auch erwischt. Damals waren wir hier ja fast nur Männer. Und alle haßten Vergewaltigungen. Einer wie der andere. Wir haben keine Ruhe gegeben, bis wir ihn hatten.«

Hanne Wilhelmsen hatte so etwas noch nie erlebt. Nun arbeitete sie seit sieben Jahren mit Hauptkommissar Kaldbakken zusammen und hatte nie über privatere Themen als einen verdorbenen Magen mit ihm gesprochen. Aus irgendeinem Grund nahm sie das als schlechtes Zeichen.

Kaldbakken seufzte tief, und sie hörte seine überanstrengten Bronchien gurgeln.

»Aber im ganzen war es in Ordnung, bei der Polizei zu sein«, sagte er und starrte verträumt ins Leere. »Wenn du abends in dem Bewußtsein ins Bett gehst, daß du zu den braven Buben gehörst. Und Mädels«, fügte er mit vorsichtigem Lächeln hinzu. »Das gibt dem Leben Sinn. Bisher war das jedenfalls so. Aber nach diesem Frühling weiß ich es nicht mehr so genau.«

Hanne Wilhelmsen konnte ihn gut verstehen. Es war wirklich ein entsetzliches Jahr. Immerhin, bei ihr lief es trotz allem einigermaßen. Sie war vierunddreißig Jahre alt, also zu jener Zeit geboren worden, als Kaldbakken steif und zackig in seiner frischgebügelten Uniform durch Oslos weitaus ruhigere Straßen patrouilliert war. Sie konnte sich Zeit lassen. Kaldbakken nicht. Sie ertappte sich bei der Frage, wie alt er wohl sein mochte. Er wirkte wie ein gutes Stück über sechzig, aber das war er wohl nicht. Er mußte um einiges jünger sein.

»Ich habe einfach nicht mehr viel zu geben, Hanne«, murmelte er.

Es erschreckte sie, daß er sie Hanne nannte. Bis jetzt war sie für ihn nie etwas anderes gewesen als Wilhelmsen.

»Das ist doch Quatsch, Kaldbakken«, versuchte sie ihn zu trösten, aber sie gab auf, als er abwinkte.

»Ich weiß, wann es Zeit zum Aufhören ist. Ich...«

Ein beängstigend heftiger Hustenanfall schüttelte ihn ausgiebig. Es dauerte beunruhigend lange. Am Ende erhob Hanne Wilhelmsen sich ein wenig unsicher und legte ihm die Hand auf die Schulter.

»Kann ich dir helfen? Möchtest du ein Glas Wasser oder so?«

Als er sich im Sessel zurücksinken ließ und nach Luft schnappte, bekam sie es wirklich mit der Angst zu tun. Sein Gesicht war graubleich und schweißnaß. Er stemmte die Hand in die Seite, schnappte nach Luft und kippte schließlich wie ein Sack vornüber. Mit einem widerwärtigen Geräusch prallte er auf dem Boden auf.

Hanne Wilhelmsen stieg über den verkrümmten Körper, drehte ihn um und schrie um Hilfe.

Als nach zwei Sekunden noch keine Antwort gekommen war, trat sie die Tür auf und schrie noch einmal: »Holt einen Krankenwagen, zum Henker! Holt einen Arzt!«

Danach versuchte sie bei ihrem erschöpften alten Chef die Mund-zu-Mund-Methode. Zweimal atmen, danach Herzmassage. Wieder zweimal atmen, danach Herzmassage. In der Brust des Mannes knackte es, und ihr ging auf, daß sie ihm einige Rippen gebrochen hatte.

Erik Henriksen stand in der Tür, verwirrt und röter denn je.

»Herzmassage«, befahl sie und konzentrierte sich aufs Atmen.

Der Junge preßte und preßte. Hanne Wilhelmsen blies und blies. Aber als neun Minuten später die Krankenträger in der Tür standen, war Hauptkommissar Hans Olav Kaldbakken mit nur sechsundfünfzig Jahren gestorben.

In einem ungemütlichen, kargen Zimmer in einer Pension in Lillehammer saß die kleine Iranerin aus Kristine Håverstads Mietshaus und war verzweifelt. Sie war einsam, entsetzlich weit von zu Hause entfernt und konnte niemanden um Rat fragen. Für Lillehammer hatte sie sich aus purem Zufall entschieden. Es lag weit weg, und das Zugticket kostete nicht allzuviel. Und sie hatte schon vom Freilichtmuseum Maihaugen gehört.

Sie hätte natürlich mit der Polizei sprechen müssen. Andererseits war auf die Polizei eben kein Verlaß. Das wußte sie aus sehr bitterer Erfahrung. Rein intuitiv hatte sie Vertrauen zu der jungen Beamtin gehabt, mit der sie am vorigen Montag kurz gesprochen hatte. Aber was wußte sie, eine kleine Iranerin, schon, auf wen hier Verlaß war!

Sie zog den Koran hervor und blätterte darin herum, las hier und da ein wenig, fand aber weder Trost noch Rat. Nach zwei Stunden schlief sie ein, und sie erwachte erst, als ihr Magen sie daran erinnerte, daß sie seit zwei Tagen kaum etwas gegessen hatte.

Der Chef war, wie erwartet, stocksauer. Sie entschuldigte sich und versprach ihm eine Krankschreibung. Wo immer sie die auch hernehmen sollte. Vom Notdienst vielleicht. Bei der Stelle, die sich um Vergewaltigungsopfer kümmerte, waren alle sehr nett und zuvorkommend gewesen, als sie am vergangenen Sonntag zu dieser schrecklich demütigenden Untersuchung dort erschienen war. Und doch scheute sie davor zurück, dort um die Krankschreibung zu bitten. Na ja, mit diesem Problem würde sie sich später befassen. Abweisend murmelte der Chef einige mißmutige Sprüche über die heutige Jugend. Sie wollte sich aber nicht provozieren lassen. Bisher war sie nie krank gewesen.

»Kristine!«

Freudestrahlend packte einer der Festen sie am Arm. Unbegreiflicherweise war er schon einundachtzig. Unbegreiflich war das, da er im Krieg fünf Jahre zur See gefahren war und die nächsten fünfzig als Alkoholiker verbracht hatte. Aber er hielt durch wie in einem halsstarrigen Protest gegen das Ausbleiben jeglicher Anerkennung, das er und seine längst verstorbenen Kameraden in ihrem Land erfahren hatten.

»Kristine, meine Süße!«

Nach einer Viertelstunde konnte sie sich losreißen. Sie war nicht aus Zufall gerade jetzt gekommen. Um diese Zeit war Wachablösung, und sie konnte sich ungesehen an den Medizinschrank im Lagerraum schleichen. Einen Moment lang spielte sie mit dem Gedanken, die Tür abzuschließen. Dann überlegte sie sich, daß eine verschlossene Tür schwerer zu erklären sein würde als eine offene. Obwohl sie hier nichts zu suchen hatte, würde ihr bestimmt irgendeine plausible Erklärung einfallen. Sie fischte die Schlüssel aus dem Medizinschrank. Die klapperten ein wenig zu laut, und sie schloß erschrocken die Faust um das Schlüsselbund. Was für ein Quatsch! Bei dem Krach draußen im Flur bestand wohl kaum die Chance, von irgend jemandem gehört zu werden. Und das, was sie vorhatte, brauchte auch nicht viel Zeit.

Die vielen Nozinanpackungen standen direkt vor ihr. Plötzlich wußte sie nicht, ob sie Injektionsflüssigkeit oder Tabletten nehmen sollte. Ohne sich das weiter zu überlegen, griff sie zu ersterem. Spritzen brauchte sie nicht. Die hatten sie zu Hause. Blitzschnell schloß sie den Schrank wieder ab und schlich sich zur Tür. Sie hielt dreißig Sekunden lang den Atem an und stopfte die Medizin in die Tasche, dann ging sie ruhig hinaus. Auf dem Gang standen nur zwei Klienten, und die waren so voll, daß sie wohl kaum wußten, welcher Tag gerade war.

Unterwegs mußte sie den Chef noch einmal mit der Versicherung beruhigen, daß die Krankschreibung bald vorliegen werde und daß sie, ja, bestimmt, bald wieder zur Arbeit kommen werde. Nur noch ein paar Tage. Er entließ sie mit einer spitzen Bemerkung, die sie glatt überhörte.

Es war gutgegangen. Der nächste Schritt würde schwieriger sein.

Sie hatte nicht das Gefühl, übermäßig lange weggeblieben zu sein. Einige nickten und lächelten sie über ihre Bücher hinweg an, andere starrten sie nur leer an und vergruben sich wieder in ihren Stoff. Dann sah sie Terje. Er saß mit fünf anderen Bekannten im Aufenthaltsraum. Sie bereiteten ihr einen recht herzlichen Empfang. Allen voran Terje. Er war vier Jahre jünger als sie und im ersten Semester. Seit Semesterbeginn hatte er wie eine Klette an ihr gehangen. Auf hundert unterschiedliche Weisen hatte er ihr seine große Liebe erklärt und weder den Altersunterschied noch die Tatsache gelten lassen, daß er acht Zentimeter kleiner war als sie. Er war einfach süß, und im Grunde hatte ihr seine Verehrung sehr gut gefallen.

»Ohne Fleiß kein Preis«, hatte er munter abgewehrt, wenn sie ihm ein seltenes Mal leicht gereizt klargemacht hatte, daß sie jetzt die Nase voll habe.

Sie ließ sich auf einen freien Stuhl fallen.

»Himmel, wie siehst du denn aus«, kommentierte einer aus ihrem Jahrgang. »Du warst ja offenbar wirklich krank!«

»Aber jetzt geht's mir viel besser«, lächelte sie.

Der andere sah nicht ganz überzeugt aus.

»Ich möchte sogar feiern, daß ich wieder auf den Beinen bin. Mit einem kleinen Zug durch die Gemeinde. Morgen. Kommt jemand mit?«

Das wollten sie alle. Vor allem Terje. Und genau darum ging es ihr.

Es sollte am Mittwoch geschehen. Das war der beste Tag. Am Freitag war das Risiko zu groß. Der Bursche konnte schließlich ein Wochenende auf dem Land planen. Oder ein Fest in seinem Haus. Außerdem gingen viele freitags erst spät ins

Bett. Er brauchte Ruhe. Es mußte am Mittwoch abend passieren. Er hätte auch bis Donnerstag warten können, aber das brachte er nicht über sich.

Außerdem gab es einen weiteren wichtigen Grund, der für den Mittwoch sprach. Er hatte seiner Tochter erzählt, daß es am Donnerstag geschehen sollte. Nun blieb ihr die Warterei erspart. Am Donnerstag morgen wollte er sie mit der Nachricht wecken, daß jetzt alles vorbei sei.

Der Schrank war vorschriftsmäßig abgeschlossen. Obwohl das mittlerweile nicht mehr nötig war, Kristine war erwachsen und wühlte nicht mehr in seinen Sachen herum. Seit ihrer Schulzeit hatte sie sein Schlafzimmer kaum noch betreten.

Drei Heimwehruniformen hingen ordentlich nebeneinander. Mit je drei Sternen an den Schulterklappen. Er war Kapitän. Selbst die grüne Felduniform war gebügelt. Zwei Paar Stiefel standen auf dem Boden des Schrankes. Es roch leicht nach Schuhcreme und Mottenkugeln.

Ganz hinten, hinter Schuhen und Uniformen, lag ein kleiner Stahlkasten. Er hockte sich hin und zog ihn heraus. Dann stellte er ihn auf den Nachttisch, setzte sich aufs Bett und öffnete ihn. Seine Dienstpistole war ein österreichisches Fabrikat. Glock. Neun-Millimeter-Munition. Und die hatte er reichlich. Seine Dienstmunition konnte er nicht anrühren, aber er hatte von der letzten Schießübung zwei zusätzliche Schachteln mitgebracht. Strenggenommen war das wohl Diebstahl, aber die Leitung drückte da beide Augen zu. Munitionsschachteln gingen bei den Übungen so leicht verloren.

Mit etwas ungelenken Fingern nahm er die Waffe auseinander, schmierte sie und wischte sie anschließend mit einem Lappen sorgfältig ab. Er legte die in den Lappen eingewickelte Pistole neben sich ins Bett. Dann nahm er fünf Patronen aus einer Schachtel, packte den Rest wieder in den Stahlkasten, schloß ihn ab, stellte ihn hinten in den Kleiderschrank und schloß den Schrank ab.

Einen Moment stutzte er angesichts des Problems, wo er die Waffe so lange aufbewahren sollte. Schließlich entschied er, sie ganz einfach unters Bett zu legen. Die Putzfrau würde erst am Freitag kommen. Und dann würde die Waffe längst wieder im Schrank liegen.

Er zog sich aus und ging ins Badezimmer, das gleich neben dem Schlafzimmer lag. Es dauerte seine Zeit, bis Wasser eingelaufen war, und deshalb hüllte er sich in seinen Bademantel und mixte sich einen starken Drink, obwohl der Nachmittag dafür strenggenommen noch zu jung war. Als er zurückkam, quoll der Schaum fast schon über den Wannenrand. Das Wasser floß über, als er langsam in der brennend heißen Flüssigkeit Platz nahm.

Erst am Vortag war ihm wirklich aufgegangen, daß er eine strafbare Handlung plante. Gelinde gesagt. Der Gedanke wirkte für den Bruchteil einer Sekunde wie ein kleiner Stich, dann wies er ihn ab. Das ging ihn nichts an. Jetzt ließ er die Gewißheit, daß er gerade zum Verbrecher wurde, noch tiefer sinken.

Er war nie, nicht für einen einzigen Moment, auf die Idee gekommen, mit seinem Wissen zur Polizei zu gehen. Im Grunde war er empört darüber, daß sie offenbar schlechtere Arbeit geleistet hatten als er. Daß sie nicht ermittelt hatten. Das war doch erschreckend einfach gewesen. Er hatte nur wenige Tage gebraucht. Was machte die Polizei eigentlich? Nichts? Sie hatten ihm erzählt, daß sie Spuren und Spermareste gesichert hätten. Die nun analysiert würden. Aber wozu brauchten sie Analysen, wenn sie sie mit keinem Register vergleichen konnten? Als er die Beamtin danach gefragt hatte, hatte sie nur wortlos und leicht resigniert mit den Schultern gezuckt.

Natürlich würde die Polizei etwas unternehmen, wenn er sie informierte. Daran zweifelte er nicht. Wahrscheinlich würde der Mann festgenommen und allerlei Tests unterzogen werden. Dann würden sie beweisen können, daß er der Täter war, und er würde ins Gefängnis wandern. Für ein oder anderthalb Jahre. Bei guter Führung würde ihm ein Drittel seiner Strafe erlassen werden. Das bedeutete, daß der Mann mit weniger als einem Jahr Knast davonkommen konnte. Mit weniger als einem Jahr! Dafür, daß er seine Tochter zerstört hatte. Zerstört, gedemütigt und geschändet!

Es kam überhaupt nicht in Frage, zur Polizei zu gehen. Die sollten sich um ihren eigenen Kram kümmern. Was mehr als genug war, wenn man den Zeitungen glauben durfte.

Natürlich konnte er versuchen, mit der Sache durchzukommen. Irgendein Alibi zu konstruieren. Aber er glaubte nicht, daß das klappen würde. Und es interessierte ihn auch nicht. Finn Håverstad ging es nicht darum, mit dem geplanten Mord am Vergewaltiger seiner Tochter durchzukommen. Er wollte sein Vorhaben in Ruhe ausführen. Dann wollte er einige Stunden mit Kristine verbringen können, sich der Polizei stellen und alles gestehen. Niemand würde ihn deshalb verurteilen. Natürlich würde ein Richter ihm seine Strafe verpassen, aber niemand würde ihn wirklich verurteilen. Er selbst hätte sich niemals verurteilt. Seine Freunde würden das auch nicht tun. Und zu guter Letzt, alles in allem, war es Finn Håverstad schnurz, was andere vielleicht sagten. Für ihn war dieser Mord notwendig. Er war gerecht.

Der Mann, den zu ermorden Finn Håverstad soeben in seiner Badewanne plante, hatte sich die Sache anders überlegt. Am Vortag hatte er so felsenfest beschlossen, es zu tun. Jetzt wollte er einen Samstag überspringen. Es war wirklich übel, daß sie die Leiche in dem verlassenen Garten gefunden hatten. Er war sich hundertprozentig sicher gewesen, daß dort seit Jahren niemand mehr hingekommen war. Vielleicht hatte er deshalb bei der Tiefe ein bißchen geschlampt. Er hatte es zu eilig gehabt. Teufel auch. Es tat gut, in der Zeitung zu stehen. Vielleicht hatte ihn das gestern geblendet. Jetzt, bei genauerem Nachdenken, ging ihm auf, daß die Sache langsam gefährlich wurde.

Wie durch eine Ironie des Schicksals trank er gerade den gleichen Whisky, der bei Zahnarzt Håverstad auf dem Badewannenrand stand. Er kippte das Glas auf einen Zug und mixte sich einen neuen.

Er konnte doch wirklich einen Samstag überspringen. Es gefiel ihm nicht, aber es schien nötig zu sein. Es durchbrach sein Muster. Das, was ihm den meisten Spaß bereitete. Und der Polizei das ärgste Kopfzerbrechen. Das mit dem Blut gefiel ihm am allerbesten. Es erregte Aufsehen. Ohne das Blut wäre ihm keine Aufmerksamkeit zuteil geworden. Und dann auch noch Schweineblut! Bei Musliminnen!

Seit die Leiche gefunden worden war, erwies sich die Lage jedoch als ernster. Jetzt mußte er damit rechnen, daß sie größere Ressourcen aktivieren würden. Und das hatte er nicht gewollt. Wirklich ein Mist, daß sie die Leiche gefunden hatten.

Die Frau war kugelrund und von Natur aus äußerst mißtrauisch. Nach vierzig Jahren als Pensionswirtin konnte ihr niemand mehr etwas vormachen. Daß die nächsten Olympischen Winterspiele in Lillehammer stattfinden sollten, war eine Sache.

»Die Ausländer wer'n wir ja wohl wieder los«, murmelte sie vor sich hin und beschmierte dicke Brotscheiben so gut wie möglich mit je einem halben Gramm Butter. Je dicker die Scheiben waren, desto schneller wurden die Gäste satt. Und brauchten weniger Aufschnitt. Brot war eben billiger als Wurst und Käse. Eine einfache Rechnung. Bei einer Runde Abendessen konnte sie bis zu sechzig oder siebzig Kronen sparen, wie sie zufrieden ausgerechnet hatte. Und das brachte auf die Dauer ganz schön was ein.

»Die olympischen Ausländer wer'n wir ja wohl wieder los, ja, aber diese Asylanten, das ist schon schlimmer«, fuhr sie wütend fort, obwohl sie keine anderen Zuhörer hatte als einen dicken roten Kater, der auf den Küchentisch gesprungen war.

»He, he, mach, daß de da wegkommst!«

Zwei Katzenhaare klebten auf einem Brot, und sie entfernte sie mit ihren kleinen Wurstfingern.

Und dann faßte sie einen Beschluß.

Sie wischte sich die Finger an der geräumigen und alles andere als sauberen Schürze ab und nahm den Hörer von einem altmodischen schwarzen Telefon mit Wählscheibe. Ihre Finger waren so dick, daß sie sie nicht richtig in die Löcher stecken konnte. Aber die Nummer der Polizei brachte sie zustande. Die hatte sie für Notfälle neben das Telefon geklebt.

»Hallo! Hier ist Frau Brøttum aus der Pension. Ich will eine il-le-ga-le Einwanderin anzeigen!«

Frau Breittum durfte ihre Einwanderin melden, und eine geduldige Dame versicherte immer wieder, daß sie den Fall untersuchen würden. Nach zehn Minuten des Jammerns und Stöhnens über die vielen Muslime, die ins Land drängten und es dabei vor allem auf die Gegend um Lillehammer abgesehen zu haben schienen, konnte die inzwischen nicht mehr ganz so geduldige Dame das Gespräch beenden.

»Schon wieder Frau Brøttum‹«, seufzte die uniformierte Frau, an ihre Kollegin in der Polizeidirektion Lillehammer gewandt. Danach warf sie den Zettel in den Papierkorb.

Nicht allzuweit entfernt machten zwei andere uniformierte Polizeibeamte eine späte Mittagspause. Drei Würstchen und eine große Portion Pommes für jeden. Sie saßen auf einer harten, fest montierten Betonbank und schielten zu einer adretten Frau in altmodischen Kleidern hinüber, die am Rande der ziemlich befahrenen Straße saß. Sie aß dasselbe wie die Männer, wenn auch nicht soviel. Und nicht so schnell.

»Ich wette, daß die keine Norwegerin ist«, sagte der eine

Polizist mit vollem Mund. »Sieh dir doch bloß die Klamotten an!«

»Zu helle Haare«, sagte der andere und fuhr sich mit dem Handrücken über den Mund. »Zu helle Haare.«

»Könnte 'ne Türkin sein«, beharrte der erste. »Oder Jugoslawin. Die sind doch manchmal fast blond.«

»Die da ist keine Ausländerin.«

Der andere ließ nicht locker. Der erste aber auch nicht.

»Wetten?« schlug er vor. »Ich wette drei Würstchen und einmal Pommes.«

Der andere dachte kurz nach und betrachtete die kleine Gestalt aus zusammengekniffenen Augen. Jetzt hatte sie wohl das Interesse der Männer bemerkt und ging mit raschen Schritten und dem Rest ihrer Mahlzeit zu den Papierkörben. »Alles klar.« Der andere war bereit. Beide standen auf und gingen auf die Frau zu. Sie sah verängstigt aus.

»Ich glaub' ja echt, du hast recht, Ulf«, sagte der Zweifler. »Sie hat jedenfalls Schiß vor uns.«

»He da«, rief der erste siegessicher. »Stehenbleiben.«

Die Frau mit den seltsamen Kleidern fuhr zusammen. Sie starrte die Männer voller Panik an.

»Du bist ja wohl nicht von hier, oder was?«

Er hörte sich im Grunde nicht unfreundlich an.

»Nein, nicht von hier.«

»Und wo kommst du also her?«

»Ich aus Iran, Asyl.«

»Ja, sieh mal einer an. Hast du denn deine Papiere bei dir?«

»Ich keine Papiere hier, nur wo wohne.«

»Und wo wohnst du?«

Sie hatte natürlich den Namen vergessen. Und den Namen »Gudbrandsdalens Gjestgiveri« hätte sie wohl selbst dann nicht aussprechen können, wenn man ihr endlos Zeit zum Üben gelassen hätte. Statt dessen zeigte sie einfach vage die Straße hinauf.

»Da oben.«

»Da oben, ja«, wiederholte der eine Polizist und blickte seinen Kollegen an. »Ich glaube, du kommst jetzt erst mal mit uns. Die Sache müssen wir uns genauer ansehen.«

Sie merkten nicht, daß der Frau Tränen in den Augen standen und daß sie zitterte. Aber sie sahen auch nicht besonders genau hin.

Als die kleine Iranerin nicht zum Abendessen in der Gudbrandsdalen Gjestgiveri erschien, zog Frau Breittum den Schluß, daß ihr Tip seine Wirkung getan hatte. Vor sich hin summend, spendierte sie für die Leberwurstbrote eine Extrascheibe Gurke. Sie war ausgesprochen zufrieden.

In einer Zelle in Lillehammer saß die kleine Iranerin und wartete darauf, daß die Polizei ihre Personalien überprüfte. Dummerweise war sie jedoch genau zum Schichtwechsel dort abgeliefert worden. Die beiden, die über ihre Nationalität eine Wette abgeschlossen hatten, wollten unbedingt heim zu Weib und Kind und baten ihre Kollegen, den Bericht zu schreiben. Und die versprachen das bei Leben und Ehre.

Aber natürlich vergaßen sie es. Deshalb saß die Frau da, und niemand wußte, wer sie überhaupt war.

MITTWOCH, 9. JUNI

Es regnete Hunde und Katzen. Um nicht zu sagen, Elefanten und Wale. Die Natur schien plötzlich alles, was sie zwei Monate lang zurückgehalten hatte, auf einmal loswerden zu wollen. Das Wasser platschte auf den ausgedörrten Boden, der keine Möglichkeit hatte, so große Mengen auf einmal zu absorbieren. Und deshalb suchte der Regen sich Abkürzungen zum Meer und machte die Straßen zu Bächen. Der Åkebergvei sah aus wie der Akerselv zur Zeit der Schneeschmelze. Es sprudelte und strömte, und drei Verkehrspolizisten standen in Seestiefeln und Regenkleidung da und fragten sich, wann das Wasser wohl so hoch steigen wurde, daß es die geparkten Autos wegschwemmen könnte. In Oslo herrschte Verkehrschaos.

Sogar die Bauern, die während der langen Trockenperiode mit gewohntem Pessimismus wie in jedem Jahr – ob es nun zuwenig Regen gab oder zuviel, zuwenig Sonnenschein oder zu starken – die schlechteste Ernte seit Menschengedenken prophezeit hatten, fanden, es müsse doch Grenzen geben. Jetzt schwebte jedenfalls die Ernte in Gefahr. Das war doch die blanke Naturkatastrophe.

Nur die Kinder fanden es herrlich. Nach der langen Hitzeperiode konnte nicht einmal ein plötzliches Gewitter etwas daran ändern, daß die Sommertemperaturen vorhalten würden. Das Quecksilber in den Thermometern zeigte noch immer 18 Grad. Die Kinder kreischten vor Freude und rannten trotz des lauten Protestes ihrer Mütter in Badehosen durch den Regen. Der Protest half nichts. Niemand konnte sich erinnern, daß es je so ein lustiges, heftiges, warmes Gewitter gegeben hatte.

Die Engel trauern eben um Kaldbakken, dachte Hanne Wilhelmsen und schaute aus dem Fenster.

Sie kam sich vor wie in einer Waschanlage. Der Regen schlug dermaßen heftig gegen die Scheiben, daß alle Konturen draußen vollständig zu einem hellgrauen Nebel verschwammen. Sie lehnte die Stirn an das kühle Glas, auf dem sich sofort unter ihrem Mund eine Taurose bildete.

Die Sprechanlage befahl sie alle ins Besprechungszimmer. Sie schaute auf die Uhr. Um acht sollte eine Gedenkfeier stattfinden. Sie haßte so etwas. Aber sie ging hin.

Der Abteilungschef wirkte düsterer als sonst, und dazu hatte er allen Grund. Zur Feier des Tages trug er einen Anzug. Der Anzug hatte noch sehr nasse Hosenbeine und sah ziemlich trist aus, was nun wieder zum Anlaß paßte. Das ventilationslose Zimmer war in Dampf gehüllt. Alle waren naß. Allen war warm. Und die meisten waren aufrichtig traurig.

Kaldbakken konnte kaum als populärer Mann bezeichnet werden. Dazu war er zu verschlossen gewesen, zu schweigsam. Zu sauer, wie manche wohl gesagt hätten. Aber er war immer redlich gewesen. Gerecht. Und das war mehr, als sich über etliche andere Chefs im Haus sagen ließ. Wenn sich während der hingestotterten Gedenkrede des Abteilungschefs einige eine Träne abwischten, dann kam die durchaus von Herzen.

Hanne Wilhelmsen weinte nicht. Aber sie war wehmütig. Sie hatten gut zusammengearbeitet, Kaldbakken und sie. Ihre Ansichten über fast alles, was sich außerhalb des großen Hauses bewegte, in dem sie arbeiteten, waren unterschiedlich gewesen, aber in der Regel hatten sie in allen Aspekten der jeweiligen Ermittlung übereingestimmt. Und außerdem: Was man hatte, wußte man, aber was man bekommen würde, das wußte man nicht. Sie hatte keine Ahnung, wer der neue Hauptkommissar sein würde. Schlimmstenfalls würde jemand aus einer anderen Abteilung kommen. Aber das würde wohl noch einige Tage dauern. Kaldbakken sollte noch in Ruhe begraben werden können, ehe ein Nachfolger in sein verräuchertes Zimmer zog.

Der Abteilungschef war fertig, und ein drückendes Schweigen senkte sich über die Versammelten. Stühle wurden verschoben, aber niemand stand auf. Niemand wußte so recht, ob die Sache jetzt vorbei war oder ob die Stille zum Zeremoniell gehörte.

»Na ja, the show must go on«, sagte der Abteilungschef schließlich zu ihrer aller Rettung.

Binnen einer Minute leerte sich das Zimmer.

Hanne Wilhelmsen hatte sich in den Kopf gesetzt, die Iranerin aus dem Erdgeschoß zu finden. Deren spurloses Verschwinden war wirklich besorgniserregend. Insgeheim fürchtete sie, die Frau könnte schon irgendwo mit durchschnittener Kehle im Boden liegen. Der Samstagsmann konnte ja seine Gewohnheiten geändert haben. Auf jeden Fall mußten sie sie finden. Hanne ärgerte sich schrecklich darüber, beim ersten Verhör so nachlässig gewesen zu sein. Damals war es ihr nicht so wichtig vorgekommen. Und sie hatte so verdammt viel zu tun gehabt.

Jetzt wußten sie immerhin, daß die Frau, die sie in dem abgelegenen Garten gefunden hatten, vergewaltigt worden war. Und zwar auf beide Weisen, um es so zu sagen. Hanne Wilhelmsen saß vor dem Untersuchungsergebnis der Gerichtsmedizin. Noch war keine DNS-Analyse gemacht worden, das dauerte verdammt lange, aber in Rektum und Vagina ließen sich Spermien nachweisen.

Die Frau aus dem Erdgeschoß mußte einfach gefunden werden. Sie bat Erik Henriksen, die Formalitäten für eine Fahndung zu erledigen. »In ganz Südnorwegen«, befahl sie. »Oder nein, nimm das ganze Land.«

Sie würde einige Stunden warten müssen. Und in der Zwischenzeit wurde immerhin die Wohnung der Frau überwacht. Sie hatten beschlossen, alle Nachbarn noch einmal gründlich zu befragen. Sicherheitshalber. Vier Beamte waren praktisch den ganzen Tag über damit beschäftigt. Sie selbst hatte im Büro mehr als genug zu tun.

Und hinter dem Fenster sah sie weiterhin nur nasses Grau.

Kristine Håverstad wußte nicht, ob sie einen Schlafenden würde töten können. Obwohl sie sich bei dem Gedanken an das, was vor ihr lag, beinahe wie befreit fühlte, wünschte sie sich doch eine effektivere Waffe als ein Messer. Das beste wäre eine Schußwaffe. Damit könnte sie ihn quälen. Die Oberhand haben, ihn in die Lage bringen, in die er sie gezwungen hatte. Das wäre das beste. Das wäre das gerechteste. Dann könnte er Gott anflehen, ihn nicht sterben zu lassen. Und sie könnte sich Zeit lassen. Könnte ihn vielleicht zwingen, sich auszuziehen, vollständig wehrlos und nackt vor ihr zu stehen, vor ihr, die sie Kleider und Waffe hatte.

Ihr Vater verwahrte eine Waffe in seinem Schlafzimmer. Das wußte sie. Aber sie hatte keine Ahnung von Schußwaffen. Was sie allerdings wußte, war, wie man am effektivsten und tödlichsten einen Menschen mit einem Messer verletzt. Aber sie brauchte noch ein wenig Zeit. Er mußte tief schlafen. Und das war beim Menschen zwischen drei und vier der Fall. Zwischen drei und vier war er fällig.

Sie würde es schaffen, ihn umzubringen, auch wenn er schlief. Aber sie war sich durchaus nicht sicher, ob das die Lösung war, die sie bevorzugte.

Die Iranerin saß seit vierzehn Stunden in einer Untersuchungszelle in Lillehammer. Sie hatte etwas zu essen bekommen. Das bekamen dort alle. Mehr war nicht passiert. Sie rief nicht um Hilfe, sagte nichts. Es mußte wohl so sein.

In der Nacht hatte sie kein Auge zugetan. Es gab so viele Geräusche, es war viel zu hell. Und sie war außer sich vor Angst. Sie hatte in ihrem Leben schon zweimal in einer Zelle gesessen. Die anderen Zellen waren zwar nicht so sauber gewesen, und sie hatte auch nichts zu essen bekommen, aber Unsicherheit und Angst waren genau dieselben gewesen.

Sie verkroch sich in einer Ecke der Zelle, zog die Knie ans Kinn und saß weitere Stunden lang mäuschenstill da.

»Die ist spurlos verschwunden. Niemand hat sie gehört, niemand hat sie gesehen. War offenbar seit Montag nicht mehr zu Hause. Schwer zu sagen, meinen die Nachbarn, weil sie sich nie groß sehen läßt. Aus der Wohnung ist nie auch nur ein Mucks zu hören, sagen die beiden in der Wohnung über ihr.«

Erik Henriksen sah aus wie ein ertrunkener Rotfuchs. Um seine Füße hatte sich bereits eine Lache gebildet, die sich immer weiter ausbreitete. Er beugte sich vor und schüttelte heftig den Kopf.

»He, mich brauchst du nicht auch noch naß zu machen«, protestierte Hanne Wilhelmsen.

»Sieh dir doch bloß das Wetter an«, sagte Erik begeistert. »Es gießt, es pißt, das gibt den reinen Ozean!« Er versetzte sich einen leichten Karateschlag aufs Knie und strahlte. »Autofahren ist fast unmöglich. Der Motor säuft ab!«

Das brauchte er ihr nicht zu erzählen. Hanne Wilhelmsen hatte den Eindruck, daß der Wasserpegel bald ihr Fenster im zweiten Stock erreicht haben würde. Die Verkehrspolizisten unten am Åkebergvei hatten vor einer Stunde aufgegeben und die ganze Straße abgesperrt. Die Menschen im Haus rissen inzwischen keine begeisterten Witze mehr über den Wolkenbruch und die wahnwitzigen Wassermengen, sondern waren eher ein wenig besorgt. Das Verkehrschaos ging ihnen nicht mehr nur auf die Nerven. Ein Krankenwagen hatte eine Panne gehabt, als in einem kleinen See in der Thorvald Meyers gate der Motor naß geworden war; die Patientin war triefnaß gewesen, als die Männer die Bahre mit der alten Dame, die einen Oberschenkelhalsbruch hatte, die zweihundert Meter zur Notstation hatten tragen müssen. Aber es gab Schlimmeres. Vor Feuer hatten sie im Moment am wenigsten Angst; es war einfach ein erschreckender Gedanke, daß die Infrastruktur der Stadt so mir nichts, dir nichts zusammenbrach. In zwei Vierteln existierte keine Telefonverbindung mehr, nachdem ein Trafohäuschen überschwemmt worden war. Und in Ullevål gab gerade ein Krankenhausgenerator seinen Geist auf.

»Was sagen eigentlich die Meteorologen?«

»Keine Ahnung«, sagte Erik, lehnte sich ans Fenster und blickte hinaus. »Aber ich sage, daß das noch eine Weile so weitergeht.«

Der Abteilungschef erschien, als Erik gerade gehen wollte. Er hatte sein Jackett abgelegt, sah aber in seiner Anzughose, die schon einige Kilo zuvor gekauft worden sein mußte, weiterhin beengt aus. Er zog die Hosenbeine hoch, ehe er sich setzte.

»Wir schaffen das wohl nicht bis Samstag, oder was?«

Eigentlich war das eher eine Feststellung als eine Frage, und Hanne sah keinen Grund, aus dem sie hätte antworten sollen.

»Was machen wir jetzt?« fragte er, diesmal offensichtlich auf eine Antwort erpicht.

»Ich habe vier Leute zu Kristines Haus geschickt. Sie sollen noch einmal alle Nachbarn befragen, und zwar gründlicher.«

Beide starrten sie den nassen Fleck, den Erik auf dem Boden hinterlassen hatte, ein wenig bedrückt an.

»Das ist schon peinlich. Ich hätte beim ersten Mal gründlicher sein müssen.«

Sie hatte recht. Aber der Abteilungschef wußte genau, warum sie das nicht gewesen war. Er rieb sich das Gesicht und schniefte.

»Verdammt, bei diesem Wetterumschwung werden wir uns bestimmt alle erkälten. Das hat uns gerade noch gefehlt. Eine Grippeepidemie.«

Er seufzte tief und schniefte noch einmal, und dann begriff er, daß Hanne Wilhelmsen noch immer bedrückt war wegen der kläglichen Leistung, die sie in der vergangenen Woche in diesem Vergewaltigungsfall erbracht hatte. Als sie noch Zeit gehabt hätten. Vielleicht sogar Zeit genug, um das Blutbad vom letzten Samstag zu verhindern.

»Aber Hanne«, sagte er freundlich und zog seinen Stuhl näher an sie heran. »Es war eine Vergewaltigung. Eine scheußliche, aber leider ziemlich normale Vergewaltigung. Was hättest du denn machen sollen? Wo wir dermaßen überlastet sind? Wenn deine Theorie stimmt und hinter den Samstagsmassakern und dieser Vergewaltigung ein und derselbe Mann steckt – und ich glaube, daß sie stimmt –, dann wissen wir das erst jetzt. Vor einer Woche haben wir das noch nicht gewußt.« Er unterbrach sich, schnappte geräuschvoll nach Luft und nieste heftig. »Weißt du, wie viele wir hier sein müßten, um bei jeder Vergewaltigung ordnungsgemäß zu ermitteln?«

Hanne schüttelte den Kopf.

»Ich auch nicht.« Wieder schniefte er. »Aber so ist das Leben. Wir haben zuwenig Leute. Vergewaltigung ist ein schwieriges Verbrechen. Wir können damit nicht zu viel Zeit zubringen. Leider.«

Sein Bedauern war ehrlich, das wußte Hanne. Aber der Abteilungschef hätte seinen Job nicht gehabt, wenn er nicht ein äußerst flexibler und pragmatischer Charakter gewesen wäre. Vergewaltigungen waren schwer zu beweisen, und die Polizei sollte Beweise liefern. So war das.

»Macht ihr noch etwas anderes, als mit den Nachbarn zu reden?«

»Na ja, ich setze die Gerichtsmedizin unter Druck. Es hilft zwar nicht viel, egal, was die vielleicht noch finden. Aber es wäre nett, die Beweise bereitliegen zu haben, falls wir einen Täter finden. Falls wir über einen stolpern.«

Ein müdes Lächeln begleitete den letzten Satz. »Außerdem sind wir noch immer auf der Jagd nach der Iranerin. Ihr Verschwinden gefällt mir überhaupt nicht. Ich sehe einfach keinen Grund dafür. Entweder fürchtet sie sich, und dann wüßte ich sehr gern, wovor beziehungsweise vor wem. Oder sie folgt vielleicht dem Beispiel ihrer asiatischen Kolleginnen und liegt irgendwo im Dreck.«

Der Abteilungschef klopfte auf den Tisch.

»Na, wenn sie noch im Lande und nicht tot ist...« Sicherheitshalber klopfte er gleich noch einmal auf den Schreibtisch. »...dann taucht sie auf. Früher oder später.«

»Laß uns hoffen, daß sie früher auftaucht«, sagte Hanne

Wilhelmsen. »Übrigens: Soll ich dir mal was zu diesem Wetter sagen? Ich finde es langsam ganz schön unheimlich.«

»Im Laufe des Abends soll es sich angeblich ein bißchen aufklären. Aber es wird noch eine Weile weitergießen, sagen die Meteorologischen. Aber... Gott weiß.«

Er erhob sich schwerfällig.

»Halt mich auf dem laufenden. Ich bin den ganzen Nachmittag über hier.«

»Me too«, sagte Hanne Wilhelmsen.

»Übrigens...«

In der Tür fuhr er herum.

»Beerdigung am Montag. Du kommst doch.«

»Ja. Wenn der Erdball sich am Montag noch dreht, dann ja.«

Das Wetter machte ihr natürlich einen dicken Strich durch die Rechnung. Sie hatten auf der Aker Brygge anfangen und dann die ganze Innenstadt abgrasen wollen. Davon konnte keine Rede sein. Sie konnten allenfalls innig bezweifeln, ob es überhaupt noch eine Aker Brygge gab.

»Schwachsinnig geiles Wetter«, sagte Terje begeistert. »Wir gehen baden.«

Dieser Vorschlag wurde nicht einmal kommentiert. Aber wenn der Regen die ursprünglichen Pläne auch sabotierte, so ließ sich doch eine Bande Studis im besten Alter nicht das ersehnte Fest vermiesen.

»Ich habe einen Vorschlag«, sagte Kristine, die den anderen noch immer ziemlich grippegeschädigt vorkam. »Zu Hause habe ich jede Menge zu trinken. Ich wohne im Moment bei meinem Vater.« Sie dachte blitzschnell nach. »Mir ging es so schlecht. Da hatte ich's bei ihm einfach besser. Wir könnten zu dir gehen, Cathrine, ich hole Wein und plündere die Tiefkühltruhe. Und bei mir können wir dann später noch einen trinken. Mein Vater hat garantiert nichts dagegen.«

Das war eine hervorragende Idee. Noch zwei Stunden im Lesesaal, dann würden sie sich bei Cathrine treffen.

Es war sieben, und der Regen hatte ein wenig nachgelassen. Das Fenster in Hanne Wilhelmsens Büro zeigte keine graue, konturlose Fläche mehr. Nun konnte sie draußen das Dach der Garage für die Dienstwagen und den Gebrauchtwarenhandel auf der anderen Straßenseite ahnen. Der Regen machte das Bild nur ein wenig undeutlich. Aber von gutem Wetter zu reden wäre eine glatte Lüge gewesen.

Die Kollegen waren einer nach dem anderen triefnaß von der Befragung der Nachbarn zurückgekehrt. Ganz zuletzt kam der Polizeianwärter, der die Sache sogar ein wenig spannend gefunden hatte. Und nun saßen sie alle an ihren Schreibtischen und verfaßten ihre Berichte.

»Ihr geht alle erst, wenn auch der letzte fertig ist«, befahl sie energisch, als die anderen über die unbezahlten Überstunden klagten.

»Verdammte Streberin«, erlaubte einer sich zu murmeln, als sie nicht mehr in Hörweite war. »Will die Hauptkommissarin werden, oder was?«

Sie schrieben und schrieben. Zwei hatten mit hoffnungsvollem Lächeln ihre fertigen Produkte abgeliefert und waren sofort zurückgeschickt worden. Schließlich lag ein Stapel aus vierundzwanzig A4-Seiten auf Hanne Wilhelmsens Schreibtisch. Nun durften sie gehen, und sie stürzten davon wie Schuljungen am letzten Tag vor den Sommerferien.

Noch immer fehlte jede Spur von der Iranerin. Das machte Hanne Wilhelmsen mittlerweile ernsthafte Sorgen. Aber es war nach neun, und sie war todmüde. Eigentlich sollte sie diese Berichte noch sorgfältig lesen, vielleicht brachten die sie ja weiter.

»Wohl kaum«, sagte sie nach einer kurzen Denkpause zu sich selbst.

Aber sicherheitshalber nahm sie die Berichte mit. Sie konnte sie zu Hause lesen. Ehe sie ging, ordnete sie noch an, daß sie sofort informiert werden sollte, wenn die Iranerin gefunden würde. Oder, besser gesagt: falls sie gefunden würde.

Das Wetter gab dem Fest erst die richtige Würze. Der Regen schlug wie an einem zünftigen Herbstabend gegen die Fensterscheiben, und im Haus war es warm, trocken und ausgesprochen feuchtfröhlich. Zwei von den Männern versuchten, tiefgefrorene Filetsteaks zu braten.

»Ich will meins roh«, rief Torill.

»Roh«, murmelte der eine Brater. »Sie kann froh sein, wenn es ein wenig angetaut ist.«

Finn Håverstad hatte weder Freude noch Besorgnis gezeigt, als Kristine ihm unerwartet erklärt hatte, sie gehe auf ein Fest. Sie schien nicht in ausgesprochener Feststimmung zu sein. Aber er hatte ihr eine Kiste Wein dazugegeben. Sie hatten kaum einen Blick getauscht. Als sie das Haus in Begleitung dieses überaus höflichen jungen Mannes verlassen hatte, war er fast erleichtert gewesen. Wenn er Glück hatte, würde sie die ganze Nacht wegbleiben. Das war durchaus denkbar, so viel Wein, wie sie mitgenommen hatten.

Er hatte anderes zu tun. Anderes zu bedenken.

Kristine trank so gut wie überhaupt nicht, und das war alles andere als leicht. Terje ließ sie nicht aus den Augen. Kaum hatte sie einen Schluck getrunken, schon füllte er ihr Glas wieder auf. Am Ende stand sie auf und ließ sich neben einer riesigen Yuccapalme nieder. Terje kam natürlich hinterher. Das machte ihr aber nichts aus, eher im Gegenteil.

Das Fest verlief so, wie Feste das nun mal an sich haben. Sie tranken und lärmten, und sie aßen die Filetsteaks, die außen leicht verkohlt und innen gefroren waren. Sie aßen gebackene Kartoffeln und machten sich später am Abend noch Glühwein. Sie hatten Angst vor den Prüfungen und freuten sich auf den Sommer. Sie machten kurzfristige Interrail- und langfristige Pläne über Doktorarbeiten und Gehirnchirurgie.

Als die Kirchturmuhr, die sich auf der anderen Straßenseite undeutlich abzeichnete, zwölf hohle Schläge von sich gab, waren alle reichlich breit. Abgesehen von Kristine Håverstad. Sie hatte das Kunststück vollbracht, den ganzen Abend über nur ein kleines Glas zu trinken. Die Yuccapalme dagegen ließ schon die Blätter hängen.

Die Iranerin war vor fast genau sechzehn Stunden nach der Wette von den beiden Polizisten in Lillehammer aufgegriffen worden. Noch immer hatte niemand mit ihr gesprochen. Noch immer hatte sie mit keinem Mucks gegen diese Behandlung protestiert. Noch immer saß sie mit angezogenen Knien todmüde und verängstigt ganz hinten in der Untersuchungszelle. Das Essen stand unberührt auf einem Tablett auf der anderen Seite der Zelle. Sie war sicher, daß sie würde sterben müssen. Deshalb schloß sie die Augen und dankte ihrem Allah für jede Minute, in der sie noch nicht abgeholt wurde.

In dieser Nacht versah ein geschäftiger Bursche aus Gausdal den Nachtdienst. Er war zweiunddreißig Jahre alt und hatte eine strahlende Zukunft bei Polizei und Anklagebehörden vor sich. Er studierte nebenbei Jura und schaffte das auch, trotz voller Stelle, Frau und zwei Kindern sowie neugebautem Einfamilienhaus. Ein Mann wie er schlief nicht im Dienst.

Aber es wirkte verlockend. Er gähnte. Dieses irrsinnige Wetter hatte seiner Branche jede Menge Arbeit verpaßt, für die sie eigentlich gar nicht zuständig war. Aber wenn alle anderen versagen, wendet die Bevölkerung sich an die Polizei. Er hatte seine Truppen bei allem, von überschwemmten

Kellern bis zu Menschen, die im Wasser in ihren Autos eingesperrt waren, eingesetzt. Vor einigen Stunden hatte der Regen etwas nachgelassen, und die Stadt schien endlich zur Ruhe zu kommen. Aber er würde nicht schlafen.

Die Uniform wurde langsam ein bißchen eng. Seine Frau nannte das Wohlfühlzulage. Und damit konnte sie recht haben. Er fühlte sich verdammt wohl. Angenehmer Job, nette Familie. Keine finanziellen Probleme und freundliche Schwiegereltern. Ein Junge aus Gausdal konnte es wohl kaum besser treffen. Er lächelte vor sich hin. Dann drehte er eine Runde durch den Arrest.

»Ach, auch mal wieder hier, Reidar«, begrüßte er einen alten Kunden mit vier Promille und ohne Zähne. Der Mann kam unsicher und taumelnd vor Wiedersehensfreude auf ihn zu.

»Ach, bist du's, Frogner, bist du's wirklich!«

Und dann kippte er um. Frogner lachte.

»Ich glaube, du legst dich besser wieder hin, Reidar. Morgen sieht's dann besser aus, du wirst schon sehen!«

Er kannte sie fast alle. Aber nicht alle wachten auf. Also ging er in die Zellen, rüttelte sie wach und überzeugte sich davon, daß sie noch lebten. Sie lebten noch. Alle. Bei der letzten Zelle stutzte er.

Eine Frau saß zusammengekrümmt in der hintersten Ecke. Sie schlief nicht, obwohl ihre Augen geschlossen waren. Sie preßte sie fest zusammen, und selbst vom Türgitter aus sah er, daß ihre Lider bebten.

Vorsichtig zog er den Riegel zurück und öffnete die schwere Metalltür. Die Frau reagierte kaum, sie kniff die Augen nur noch fester zusammen.

Knut Frogner war auf einem Hof großgeworden. Er wußte, wie verängstigte Tiere aussehen. Und er hatte zwei Kinder und einen gesunden Menschenverstand. Er blieb bei der Tür stehen.

»Hallo«, sagte er leise.

Noch immer keine Reaktion.

Er hockte sich hin, um nicht so groß auszusehen.

»Ich bin nicht gefährlich.«

Vorsichtig öffnete sie die Augen. Sie waren dunkelblau.

»Wer bist du?«

Vielleicht sprach sie kein Norwegisch. Sie hatte, trotz ihrer Augen, etwas Ausländisches an sich.

»Who are you«, wiederholte er in seinem Gausdaler Schulenglisch.

Es war nicht leicht. Die Frau gab einfach keine Antwort und hatte die Augen schon wieder geschlossen. Mit vorsichtigen, langsamen Schritten ging er zu ihr und hockte sich wieder hin. Er legte ihr die Hand aufs Knie, und sie fuhr zusammen. Immerhin machte sie die Augen auf.

»Wer bist du?« wiederholte er.

Er hatte kein Protokoll über eine festgenommene Ausländerin gelesen. Es lag überhaupt nichts über eine festgenommene Frau vor. Den Polizisten überkam ein arges Gefühl der Beklemmung. Wie lange saß diese Frau denn überhaupt schon hier?

Eins war ihm jedenfalls klar. Hier mit ihr zu reden würde nichts bringen. Vorsichtig, aber entschlossen zog er die Frau auf die Beine. Offenbar hatte sie lange in derselben Haltung gesessen, denn sie verzog schmerzlich das Gesicht, als sie sich mit steifen Bewegungen aufrichtete. Sie roch nicht nach Alkohol. Wegen Trunkenheit konnte sie also nicht festgenommen worden sein. Aber ihren Kleidern nach zu urteilen kam sie von Gottweißwoher.

Er nahm ihre Hand und führte sie langsam aus der Zelle. Im Wachlokal jagte er drei müde Polizisten vor die Tür und schaltete das Videogerät aus. Dann setzte er die Frau auf das unbequeme Sofa.

»Ich müßte schon wissen, wie du heißt«, sagte er und versuchte, trotz seiner Uniform so nett wie möglich zu wirken. Sie murmelte einen Namen. Ihre Stimme war ganz leise, und er konnte sie einfach nicht verstehen.

»Was«, sagte er rasch, legte den Kopf schräg und hielt sich die Hand hinters Ohr. Das mußte doch international genug wirken.

Sie wiederholte ihren Namen, diesmal etwas deutlicher. Das brachte auch nicht viel, er verstand einfach nichts. Fieberhaft hielt er auf dem Tisch Ausschau nach etwas zum Schreiben. Am Tischende lag ein Stück Butterbrotpapier unter einem Käsebrotfragment. Er schnappte sich das Papier und achtete nicht darauf, daß der Brotrest auf den Boden fiel. Dann klopfte er sich auf die Brusttasche und fand einen Kugelschreiber. Beides legte er vor die Frau hin. Zögernd nahm sie den Stift und schrieb ihren Namen, oder jedenfalls etwas, das aussah wie ein Name, auf das Butterbrotpapier.

»Kannst du überhaupt Norwegisch?«

Jetzt faßte sie Mut genug, um zu nicken.

»Wie lange bist du schon hier?«

»Weiß nicht.«

Das war das erste, was sie, abgesehen von ihrem Namen, seit anderthalb Tagen gesagt hatte. Der Polizist fluchte leise und setzte schließlich Himmel und Hölle in Bewegung, um etwas über diese Frau in Erfahrung zu bringen.

Finn Håverstad hatte es nicht eilig.

Der Wetterumschwung war ihm zuerst als unerwartetes Hindernis erschienen. Jetzt entpuppte er sich als Segen. Alle blieben zu Hause. Auch der Vergewaltiger. Håverstad war gegen elf Uhr beim Reihenhaus in Bærum angekommen und hatte drinnen Licht und Bewegung gesehen. Bei dieser Entdeckung hatte er eine Mischung aus inniger Erleichterung und verwirrender Angst empfunden. Im tiefsten Innern hatte er gehofft, der Mann sei nicht da, sei verreist oder habe vielleicht Besuch. Logiergäste. Und dann hätte er sein Vorhaben aufschieben müssen. Für eine Weile.

Doch die Erleichterung überwog.

Der Regen fiel noch immer gleichmäßig, wenn auch nicht mehr ganz so sintflutartig wie zuvor. Es wirkte verlockend, im Auto sitzen zu bleiben. Aber er hatte Angst, gesehen zu werden. Und die letzten Tage hatten ihm klargemacht, daß es alles andere als klug war, den eigenen Wagen in Tatortnähe stehenzulassen. Er hatte zwar noch immer nicht vor, mit seinem Verbrechen durchzukommen, aber er wollte danach Zeit haben. Um sich zu beruhigen. Ein paar Stunden, einen Tag oder zwei. Vielleicht sogar eine Woche. Er wußte es noch nicht, wollte das aber selbst entscheiden können.

Deshalb begnügte er sich damit, einige Minuten bei laufendem Motor zu halten, bis er sich überzeugt hatte, daß der Vergewaltiger zu Hause war. Dann ließ er den Wagen über zwei Geschwindigkeitsdämpfer und um eine Ecke rumpeln. Auf der linken Straßenseite erstreckten sich über hundert Meter dreistöckige Reihenhäuser. Auf einem großen Parkplatz standen die Zweitwagen, die in der Tiefgarage keinen Platz fanden. Er stellte seinen BMW zwischen einer alten Honda und einem feschen neuen Opel Corsa ab. Der BMW schien sich über diese Gesellschaft zu freuen.

Die Glock war einsatzbereit. Er hatte sie in den Hosenbund geschoben, eher aus Mangel an einem besseren Aufbewahrungsort, als weil das sinnvoll gewesen wäre. Es war vielmehr unbequem. Aber immerhin trocken.

Er ging die zweihundert Meter zurück zu Fuß. Am Ende der Straße, die zum Haus des Verbrechers führte, blieb er stehen. Hinter den Reihenhäusern lag eine Art Platz mit einigen Spielgeräten und Bänken. Von der anderen Seite war diese Fläche nicht zu sehen gewesen; er zählte zehn zusammenhängende Häuser, die die Sicht versperrten. Etwa zwanzig bis dreißig Meter entfernt von den Häusern erhob sich hinter dem Platz eine ziemlich steile Felskuppe, die den Platz vermutlich in tiefe Finsternis tauchte, auch an lichteren Tagen als diesem. Einen Moment lang spielte Finn Håverstad mit dem Gedanken, seine Pläne zu ändern und es lieber von dieser Seite aus zu versuchen. Hier war er weder von den Einfamilienhäusern weiter unten an der Straße noch von der Straße aus besonders gut zu erkennen. Andererseits würde ein Fremder auf der Straße sicher weitaus weniger Aufsehen erregen. Falls überhaupt.

Er mußte sich an seinen ursprünglichen Plan halten. Also zog er sich die Kapuze seines Regenmantels über den Kopf und versuchte, so normal wie möglich auf das fünfte Haus in der Reihe zuzugehen. Dort blieb er für einen Moment stehen. Es war jetzt halb eins, und kein Mensch war zu sehen. Die meisten Fenster waren dunkel. Er schlüpfte zwischen zwei Hecken, die an dieser Stelle aneinanderstießen, nur acht Meter vom Haus des Vergewaltigers entfernt.

Dort blieb Finn Håverstad sitzen und wartete.

Terje hatte sich nicht zweimal bitten lassen. Er hätte es sonst sicher auch selbst vorgeschlagen. Hingerissen und sternhagelvoll stolperte er in das Taxi, das Kristine nach vierzig genervten Minuten am Telefon endlich ergattert hatte. Er sollte mit zu ihr nach Hause kommen. Mitten in der Nacht. Das konnte natürlich nur eins bedeuten, und die Erwartung hielt ihn fast die ganze Fahrt über wach. Aber nur fast. Als sie vor Kristine Håverstads Vaterhaus in Volvat hielten, machte es ihr arge Mühe, den Jungen ins Leben zu rütteln. Schließlich mußte der Taxifahrer ihr helfen, ihn zur Haustür zu bugsieren. Der Fahrer war stocksauer, als er im triefenden Regen sein Auto verlassen mußte, vor allem, weil der Hof zum reinen Schlammloch geworden war. Leise fluchend ließ er den Jungen ins Haus fallen.

»An dem wirst du heute nacht nicht mehr viel Freude haben«, sagte er gereizt, wurde aber angesichts der fünfzig Kronen Trinkgeld etwas umgänglicher.

»Viel Glück«, murmelte er mit der Andeutung eines Lächelns.

Sie hatte nicht vorgehabt, ihn derartig zuzudröhnen. Sie brauchte fast fünf Minuten, um den Knaben die acht Meter zu ihrem Zimmer zu zerren, zu schleifen, zu tragen. Daß sie ihren Vater nicht wecken durfte, machte die Sache natürlich auch nicht leichter.

Das Bett war schmal, aber es hatte schon andere Männer beherbergt. Terje kämpfte verbissen darum, zu dieser vermutlich größten Stunde seines Lebens zu erwachen. Aber als Kristine ihn ausgezogen und in einem wunderbaren Bett zurechtgelegt hatte, gab es keine Hoffnung mehr. Er schnarchte. Es schien ihn nicht weiter zu stören, daß sie ihm die Decke wegzog und ihn umdrehte, so daß sich ein schmaler behaarter Hintern ihrer Spritze darbot. Die Spritze hatte unter dem Bett bereitgelegen. Da Terje betrunkener war, als sie kalkuliert hatte, ließ sie den Kolben nur einige Milliliter aus der Spritze drücken. Neunzig mußten reichen. Neunzig Milliliter Nozinan. Beim Blauen Kreuz gingen sie bisweilen auf dreihundert hoch, um den streitsüchtigeren Säufern ab und zu ein paar Stunden Schlaf zu bescheren, wenn die tagelang auf der Rolle gewesen waren und kaum noch wußten, was »schlafen« für eine Tätigkeit war. Aber Terje war alles andere als ein Alkoholiker, auch wenn er jetzt mehr als zwei Promille Äthanol in den Adern haben mußte. Und er war so weit weggetreten, daß sie sich für einen Moment fragte, ob er die Spritze wirklich brauchen würde, um die ganze Nacht durchzuschlafen. Der Zweifel überlebte nicht lange. Resolut drückte sie die Nadel in die linke Hinterbacke des Jungen, der keinerlei Reaktion zeigte. Langsam injizierte sie die Flüssigkeit in den Muskel. Als der Kolben unten angekommen war, zog sie die Nadel behutsam heraus und preßte ziemlich lange einen Wattebausch auf die Einstichstelle. Dann richtete sie sich vorsichtig auf. Es war sehr gut gelaufen. Wenn Terje am nächsten Vormittag neben ihr erwachte, würde er unter einem Mordskater leiden. Er würde ihr nicht widersprechen, wenn sie sich für eine wunderschöne Nacht bedankte. Als Junge im besten Alter und mit begrenzterer Erfahrung, als er jemals zugegeben hätte, würde er sich ein wenig wundern, sich die Sache gründlich überlegen und sich schließlich eine schöne, egostimulierende Geschichte darüber zurechtlegen, wie schön es doch gewesen sei.

Kristine Håverstad hatte ihr unbeholfenes Alibi arrangiert. Ihre Jacke war naß, und sie schauderte leicht, als sie sie wieder anzog. Ihr Wagen stand beleidigt und naß hinten auf dem Hof, so weit vom Haus entfernt, daß sie niemanden aufwecken würde. Wie zum Dank dafür, daß sie es am Vortag nicht für nötig gehalten hatte, das Auto in die Garage zu fahren, wollte es jetzt nicht anspringen.

Sie bekam dieses Drecksauto einfach nicht in Gang!

Hanne Wilhelmsen versuchte zu schlafen. Das war nicht leicht. Das Unwetter hatte zwar etwas nachgelassen, aber der Regen peitschte noch immer gegen das Schlafzimmerfenster, und bei jedem heftigen Windstoß heulte es im Schornstein. Und ihr ging viel zuviel durch den Kopf.

Das Ganze war hoffnungslos. Sie war so müde, daß sie sich einfach nicht mehr konzentrieren konnte. Die Berichte lagen halb gelesen auf dem Wohnzimmertisch. Einzuschlafen war aber auch restlos unmöglich. Alle zwei Minuten wechselte sie die Stellung in der Hoffnung, eine zu finden, in der ihre Muskeln sich entspannen könnten und ihr Gehirn aufhören würde, mit Gedanken zu jonglieren. Cecilie murmelte jedesmal unzufrieden vor sich hin.

Schließlich gab sie auf. Es war trotz allem besser, wenn wenigstens eine von ihnen schlafen konnte. Vorsichtig und fast geräuschlos stand sie auf, nahm den rosa Morgenrock vom Haken neben der Tür und ging ins Wohnzimmer. Dort ließ sie sich in einen Sessel sinken und machte sich noch einmal an die Verhörprotokolle.

Die drei Polizisten faßten sich relativ kurz, in der knappen, versuchsweise präzisen Sprache, die so oft alles andere als präzise war und ihr gewaltig auf die Nerven ging. Der Anwärter dagegen verfügte offenbar über größeren literarischen Ehrgeiz. Er suhlte sich in Metaphern, langen Sätzen und heftigsten Umschweifen. Hanne lächelte. Der Junge konnte wirklich schreiben; selbst an der Rechtschreibung war nur hier und da eine Kleinigkeit auszusetzen. Aber besonders polizeimäßig war das Ganze wohl kaum.

Himmel. Dieser Knabe hatte Talent! Er hatte entdeckt, daß die Familie, die dem Opfer gegenüber wohnte, einen Untermieter hatte. Einen, der still am Fenster saß und zu schlafen schien. Der Anwärter, enttäuscht, weil die anderen Befragten der Polizei einfach nichts liefern konnten, hatte die Straße überquert. Dort hatte er einen komischen Kauz besucht, der offenbar alles im Auge behielt, was in seinem kleinen Straßenende vor sich ging. Der Mann, von ganz unbestimmbarem Alter, war ziemlich feindselig gewesen, aber auch unverhohlen stolz auf seine vielen Archive zu allen möglichen Themen. Und er hatte berichten können, daß erst vor kurzem ein Mann namens Håverstad bei ihm gewesen sei.

Hanne Wilhelmsen war jetzt wacher. Sie schüttelte mehrmals heftig den Kopf, in der Hoffnung, mehr Blut in ihr übermüdetes Hirn zu schaffen, und sie beschloß, sich einen Kaffee zu kochen. Diese Nacht konnte sie ja doch abschreiben, was Schlaf und Ruhe betraf. Doch zuerst las sie die Seite zu Ende. Danach brauchte sie keinen Kaffee mehr. Jetzt war sie hellwach.

Das Telefon klingelte. Ihres. Mit drei Sprüngen war sie in

der Diele und hoffte, daß Cecilie nicht schon geweckt worden sei.

»Wilhelmsen«, sagte sie leise und versuchte, mit dem Apparat ins Wohnzimmer zu gehen. Dabei knallte das Telefon auf den Boden.

»Hallo«, diesmal flüsterte sie fast.

»Hier ist Villarsen, Operationszentrale. Wir haben gerade eine Meldung aus Lillehammer bekommen. Sie haben die Iranerin, die du vermißt.«

»Schafft sie her«, sagte Hanne Wilhelmsen kurz, »und zwar sofort.«

»Die haben morgen früh einen Transport nach Oslo, der nimmt sie mit.«

»Nein«, sagte Hanne Wilhelmsen. »Wir brauchen sie jetzt. Sofort. Organisiert irgendwas. Einen Hubschrauber, wenn es sein muß. Egal, was. Ich bin in zehn Minuten da.«

»Meinst du das mit dem Hubschrauber ernst?«

»Ich hab' kaum je etwas ernster gemeint. Grüß den Adjutanten und sag ihm, es sei lebenswichtig. Und grüßt von mir aus auch den Polizeichef. Ich muß mit dieser Frau sprechen.«

Ausnahmsweise einmal lief in dem großen, heruntergekommenen Gebäude im Grønlandsleiret etwas glatt. Nur zwanzig Minuten nach dem Gespräch zwischen der Operationszentrale und Kommissarin Hanne Wilhelmsen war die kleine iranische Asylbewerberin im Hubschrauber unterwegs nach Oslo. Hanne hatte kurz befürchtet, das Wetter könne diese Reise unmöglich machen, aber sie hatte auch kaum Ahnung von Hubschraubern. Und das Unwetter hatte so weit nachgelassen, daß es kaum noch Probleme gab. Darüber, daß ein bereits überanstrengter Etat diese Aktion eigentlich nicht hergab, konnten sie sich ein andermal streiten.

Die Wartezeit mußte aber trotzdem genutzt werden. Die Iranerin konnte frühestens in einer Dreiviertelstunde eintreffen. Bis dahin mußten sie den Sonderling von gegenüber verhören. Den mit den Autonummern. Sieben Autonummern vom 29. Mai hatte er dem dienstgradlosen Polizeianwärter etwas widerstrebend, aber auch mit einem gewissen Stolz verraten. Leider hatte der unerfahrene junge Mann die Information entgegengenommen, ohne sich die Nummern zu notieren. Obwohl es bereits nach ein Uhr nachts war, sah Hanne Wilhelmsen sich gezwungen, E zu einem Einsatz im Dienste der Gesellschaft anzuspornen.

Das war jedoch leichter gesagt als getan. Sie saß in der Operationszentrale, dem zentralen Raum des Polizeigebäudes. Dort brodelte es vor leiser Aktivität; in regelmäßigen Abständen liefen die Funkmeldungen von den Streifenwagen ein, von Fox und Bravo, Delta und Charlie, je nachdem, wer gerade was machte. Die uniformierten Beamten ihrerseits antworteten mit Informationen und Befehlen und riefen ab und zu einen schlaftrunkenen Adjutanten an, um sich eine Festnahme oder einen Wohnungsaufbruch genehmigen zu lassen. Der Boden des Raumes fiel zur Mitte hin ab. Hanne Wilhelmsen saß auf der zweiten Bank. Rasch hatte sie auf der riesigen Oslokarte, die ihr gegenüber an der Wand befestigt war, Kristine Håverstads Adresse gefunden. Die starrte sie nun schon seit Minuten an. Sie wartete müde und mit bangen Ahnungen auf die Rückmeldung des Streifenwagens, der den Auftrag übernommen hatte. Zerstreut und vor lauter Anspannung zerbrach sie drei Bleistifte, die im Grunde nichts Böses getan hatten.

»Fox drei-null an null-eins.«

»Null-eins an Fox drei-null. Was ist los?«

»Er läßt uns nicht rein.«

»Er läßt euch nicht rein?«

»Entweder ist er nicht zu Hause, oder er will uns nicht reinlassen. Eher letzteres, glauben wir. Sollen wir die Tür knacken?«

Es mußte Grenzen geben! Egal, wie wichtig es war zu erfahren, was dieser Trottel Finn Håverstad erzählt hatte, es gab keinerlei Handhabe, um die Tür gewaltsam zu öffnen. Für den Bruchteil einer Sekunde spielte sie mit dem Gedanken, den Ärger, den das bringen würde, zu riskieren. Aber kein Adjutant auf der ganzen Welt würde für einen so offenbaren Gesetzesbruch grünes Licht geben.

»Nein«, seufzte sie resigniert. »Versucht es einfach weiter. Geht ihm auf den Geist. Klingelt ununterbrochen. Null-eins Ende.«

Das Auto hatte sich die Sache anders überlegt. Nachdem es sich Kristine Håverstads eifrigen Versuchen, den Motor anzulassen, zunächst hartnäckig widersetzt hatte, fuhr es jetzt unerklärlicherweise und ganz plötzlich los. Sie brauchte eine knappe halbe Stunde, um ihren Bestimmungsort zu erreichen.

Sie wollte nicht das Risiko eingehen, gesehen zu werden. Schon zwei Tage zuvor hatte sie beschlossen, daß es zwischen drei und vier Uhr passieren müsse. Und bis dahin hatte sie noch viel Zeit. Inzwischen durfte sie nicht entdeckt werden. Vielleicht war es ein Fehler gewesen, so früh von zu Hause wegzufahren. Andererseits war sie ihrem Ziel jetzt so nahe, daß sie die Beine in die Hand nehmen konnte, falls ihr Auto einem weiteren Anfall von Rachsucht erliegen sollte. Es konnte unmöglich mehr als zwei oder drei Minuten in Anspruch nehmen, zu dem Reihenhaus zu laufen, in dem ihr Vergewaltiger sich aufhielt.

Der Regen tat gut. Schon strömten kleine Bäche unter Pullover und Regenjacke ihren Nacken hinab. Normalerweise wäre ihr das unangenehm gewesen, aber heute war es anders. Es war kalt, aber sie fror nicht. Sie war wie betäubt, aber in ihrem Körper hatte sich eine neue, unbekannte Ruhe ausgebreitet, eine Art totale, alles umfassende Kontrolle. Ihr Herz schlug hart und gleichmäßig, aber nicht zu rasch.

Vor ihr lag ein Wäldchen, durch das ein ausgetretener, breiter Weg führte. Auf einer Lichtung ungefähr in der Mitte des kreisförmigen Waldes stand eine hölzerne Bank. Dorthin setzte sie sich. Über ihr grummelte der Himmel und spuckte wütende Blitze. Auf jeden Blitz folgte ein heftiges Krachen, bedrohlich bald, nachdem unheimliches blaues Licht das Wäldchen erfüllt hatte. Der Regen war ein Segen, denn er jagte alle Zeugen ins Haus. Das Gewitter, das jetzt offenbar genau über ihr hing, war schlimmer: Es hielt die Leute wach. Aber gegen das Wetter war kein Kraut gewachsen. Sie mußte es darauf ankommen lassen. Sie schüttelte die vage Unruhe, die sie bei den Blitzen überkommen hatte, ab und fühlte sich wieder gelassen und bereit für ihr Vorhaben.

Der Hubschrauber schwebte wie ein bedrohlicher, polternder Donnergott nur fünfzehn Meter über dem verschlammten Rasen des Jordal Amfi. Er schwang schwer und gleichmäßig von einer Seite auf die andere, als sei er mit einem unsichtbaren Kabel an der schwarzen Wolkendecke befestigt. Langsam näherte das Ungeheuer sich dem Boden.

Ein uniformierter Polizist öffnete die Tür und sprang heraus, als der Hubschrauber noch gar nicht zum Stillstand gekommen war. Er wartete in gebückter Haltung einen Moment, während die Rotoren noch immer bedrohlich über ihm schrapten. Ihm folgte eine kleine, schmächtige Gestalt in einem roten Regenmantel. Sie zögerte in der Hubschraubertür kurz, wurde von dem ungeduldigen Polizisten aber rasch herausgezerrt. Er nahm ihre Hand, und zusammen liefen sie durch spritzenden Matsch und heftige Windstöße. Hanne Wilhelmsen hatte irrsinnig wenig Zeit, wartete aber dennoch auf den Hubschrauberpiloten. Schließlich kam er, blaß und erschöpft.

»Ich hätte das wirklich nicht machen sollen«, sagte er, und

Hanne ahnte, daß der Flug alles andere als angenehm gewesen war.

»Wir sind vom Blitz getroffen worden«, murmelte er. Müde saß er auf dem Beifahrersitz des Streifenwagens, der mit laufendem Motor dastand. Der Polizist und die iranische Zeugin saßen schweigend auf der Rückbank. Sie brauchten auch nichts zu sagen. Schon neunzig Sekunden später sauste der Streifenwagen auf den Hinterhof im Grønlandsleiret 44, wo Hanne im voraus dafür gesorgt hatte, daß das Tor offenstand und sie willkommen hieß.

Der Pilot und der Uniformierte blieben sich selbst überlassen. Die Asylbewerberin folgte Hanne in ihr Büro.

Hanne kam sich vor wie eine Biathlonkämpferin auf dem Weg zum Schießstand. Sie hätte gern zum Spurt angesetzt, wußte aber, daß sie für Ruhe sorgen mußte. Instinktiv nahm sie die andere Frau an der Hand und führte sie wie ein kleines Kind die Treppen hinauf. Ihre Hand war eiskalt und ganz schlapp.

Mach, daß sie redet. Mach bitte, daß sie redet.

Hanne Wilhelmsen sprach stumm ihre Stoßgebete. Finn Håverstad konnte natürlich ruhig und sicher in seinem Bett in Volvat liegen. Aber er hatte sieben Autonummern, mit denen er weiterarbeiten konnte. Und das schon seit zwei Tagen. Mehr als genug für einen Mann wie ihn. Die Iranerin mußte einfach reden.

Im Büro blieb die Frau ganz einfach stehen und schien weder ihren Regenmantel ablegen noch sich setzen zu wollen. Hanne bat sie um beides, erhielt jedoch keinerlei Reaktion.

Langsam ging sie zu der Iranerin hinüber, um irgendeinen Kontakt herzustellen.

Hanne Wilhelmsen war fünfundzwanzig Zentimeter größer als ihre Besucherin. Und sie war zehn Jahre älter. Noch dazu war sie Norwegerin. Und sie hatte es wahnsinnig eilig. Ohne sich zu überlegen, daß diese Geste demütigend wirken konnte, streckte sie die Hand nach dem Gesicht der anderen Frau aus. Sie faßte sie unterm Kinn, nicht unfreundlich, nicht hart, aber ziemlich energisch. Dann drückte sie das Kinn hoch, um der Frau ins Gesicht zu sehen.

»Hör zu«, sagte sie leise, aber mit einer Intensität, die die andere trotz der fremden Sprache begreifen würde.

»Ich weiß, daß du vor irgendwem Angst hast. Er hat dich gequält. Die Götter mögen wissen, was er getan hat. Aber eins kann ich dir garantieren: Seine Strafe ist ihm sicher.«

Die Frau versuchte nicht einmal, sich loszumachen. Sie stand einfach mit erhobenem Gesicht und abwesendem, nicht zu deutendem Blick vor Hanne. Ihre Arme hingen schlaff am Körper herunter, und von ihrem roten Regenmantel fielen in regelmäßigen Abständen Tropfen auf den Boden.

»Du bist sicher todmüde. Das bin ich auch.« Sie ließ das Gesicht der Asylbewerberin noch nicht los. »Ich kann dir noch etwas versichern. Das spielt keine Rolle...«

Jetzt ließ sie los. Mit derselben Hand strich sie sich über die Augen und hätte unendlich gern geweint. Nicht, weil sie wirklich traurig war, sondern vor Erschöpfung und weil sie überzeugt war, daß sie zu spät kommen würden. Und weil sie jetzt etwas sagen mußte, was sie noch nie gesagt hatte. Etwas, das sie alle als bedrückende Möglichkeit belastet hatte, seit sie die Bedeutung der blutigen FK-Nummern erkannt hatten. Ohne daß irgendwer diesen Gedanken je laut geäußert hätte.

»Obwohl der Mann bei der Polizei ist, brauchst du keine Angst zu haben. Ich verspreche dir, daß du keine Angst zu haben brauchst.«

Es war mitten in der Nacht, und diese Polizistin war alles, was sie hatte. Sie war zum Umfallen müde und hatte Hunger. Die Angst quälte sie nun schon so lange, daß sie eine Entscheidung treffen mußte. Sie schien plötzlich ein wenig zu erwachen. Sie blickte an ihrem nassen Regenmantel hinab und starrte die Pfütze auf dem Boden an. Danach ließ sie ihren Blick durch das Zimmer jagen, überrascht, als wisse sie nicht, wo sie sei. Dann zog sie ihren Regenmantel aus und setzte sich vorsichtig auf eine Stuhlkante.

»Er sagt, ich mit ihm schlafen. Sonst nicht in Norwegen bleiben darf.«

»Wer«, fragte Hanne Wilhelmsen leise.

»Das sehr schwer, ich keine Leute...«

»Wer?« wiederholte die Polizistin.

Das Telefon schellte. Wutschnaubend hob Hanne ab und kläffte ein »hallo«.

»Hier Erik.«

Der Kollege war sofort bereit gewesen, als sie ihn um sein Kommen gebeten hatte. Eine Nacht mit Hanne Wilhelmsen war eine Nacht mit Hanne Wilhelmsen, egal, wo sie nun stattfand.

»Zwei Dinge. Wir haben die Autonummern. Der Heini hat schließlich doch aufgemacht. Und: Bei Finn Håverstad ist niemand zu Hause. Es geht jedenfalls niemand ans Telefon, egal, wie oft die Jungs es klingeln lassen.«

Sie hatte es ja gewußt. Finn Håverstad konnte natürlich ihren Rat befolgt haben und mit seiner Tochter verreist sein. Aber sie wußte, daß das nicht der Fall war.

»Stell die Namen der Autohalter fest. Sofort. Vergleich sie mit den Namen der...« Sie unterbrach sich und starrte einen Regentropfen von ansehnlicher Größe an, der ganz oben gegen die Fensterscheibe geklatscht war. Als er halbwegs unten angekommen war, fuhr sie fort: »Vergleich sie mit den Namen hier im Haus. Fang in der Ausländerabteilung an.«

Erik Henriksen stutzte nicht einmal. Er legte einfach auf. Wie auch Hanne Wilhelmsen. Sie drehte sich zu ihrer Zeugin um und entdeckte, daß die schmächtige Frau weinte. Lautlos und verzweifelt. Und Hanne Wilhelmsen konnte sie nicht trösten. Sie konnte ihr natürlich erzählen, was sie im Grunde für ein Glück gehabt hatte, da sie am Samstag, dem 29. Mai, nicht zu Hause gewesen war. Sie konnte ihr selbstverständlich klarmachen, daß sie sonst vermutlich irgendwo in der Umgebung von Oslo mit durchtrennter Kehle im Boden verscharrt läge. Kaum ein Trost, wehrte Hanne innerlich ab und wandte sich an die Frau.

»Ich kann dir heute abend noch mehr versprechen: Ich schwöre, daß du hierbleiben darfst. Dafür sorge ich, egal, ob du mir jetzt erzählst, wer dieser Mann ist. Aber es wäre für mich eine enorme Hilfe...«

»Er heiße Frydenberg. Andere Name weiß ich nicht.«

Hanne Wilhelmsen stürzte zur Tür.

Es wurde langsam Zeit. Er fühlte sich leicht und beschwingt, fast froh. Die Lampen hinter den Fenstern im fünften Reihenhaus waren vor über anderthalb Stunden erloschen. Das Gewitter hatte sich nach Osten verzogen und würde vermutlich noch vor Tagesanbruch Schweden erreicht haben.

An der Haustür blieb er stehen und lauschte, es war nicht nötig, aber sicherheitshalber tat er es. Dann zog er ein Brecheisen aus einer Tasche seines umfangreichen Regenmantels. Es war naß, aber der Gummigriff gewährleistete, daß es fest in der Hand lag. Er brauchte nur wenige Sekunden, um die Tür aufzubrechen. Überraschend einfach, dachte er und berührte vorsichtig das Türblatt mit der Hand. Die Tür gab nach.

Und er betrat das Haus.

Ihre Augen jagten über den Zettel, den er ihr hinhielt.

Olaf Frydenberg, Besitzer eines Opel Astra mit einem Kennzeichen, das ein komischer Kauz in dem Straßenende, wo Kristine Håverstad vor einer Ewigkeit vergewaltigt worden war, notiert hatte. Oberwachtmeister bei der Polizei Oslo, Ausländerabteilung. Er arbeitete seit vier Monaten dort. Vorher war er bei der Polizei von Asker und Bærum tätig gewesen. Wohnsitz: Bærum.

»Shit«, sagte Hanne Wilhelmsen. »Shit, Shit. Bærum.« Sie starrte Erik Henriksen einen wilden Moment lang an. »Ruf Asker und Bærum an. Schick sie zu der Adresse. Sag ihnen, sie sollen sich die Erlaubnis holen, Waffen zu tragen. Sag, daß wir auch kommen. Und besorg uns um Himmels willen die Erlaubnis dafür!«

Es gab immer Ärger, wenn Polizisten sich gegenseitig in den Blumenbeeten herumtrampelten. Aber von diesem Beet würden Hanne Wilhelmsen auch zehn wilde Pferde nicht fernhalten können.

Unten in der Wachabteilung stand ein verdutzter Adjutant, für den das zu allem Überfluß der erste Nachtdienst war. Zum Glück machte ein besonnener Vorgesetzter mit zwanzig Jahren Erfahrung seinen Einfluß geltend. Hanne bekam ihren Streifenwagen und als Gesellschaft einen uniformierten Polizisten. Der ältere Kollege versicherte ihr flüsternd, daß die Waffenerlaubnis vorliegen würde, noch ehe sie ihren Bestimmungsort erreicht hätten.

»Sirene?«

Diese Frage stellte der Polizeibeamte Audun Salomonsen. Er hatte sich, ohne sie zu fragen, hinters Lenkrad gesetzt. Hanne war das nur recht.

»Ja«, antwortete sie, ohne nachzudenken. »Fürs erste jedenfalls.«

Das Schlafzimmer lag da, wo alle Schlafzimmer liegen. Nicht im selben Stock wie das Wohnzimmer. Von der Diele gingen zwei Schlafzimmer ab, ein Bad und etwas, das aussah wie ein Abstellraum. Eine hölzerne Treppe führte in den ersten Stock, wo er zweifellos ein Wohnzimmer und eine Küche finden würde.

Aus irgendeinem Grund zog er seine Stiefel aus. Eine Art

rücksichtsvolle Geste, zu rücksichtsvoll, dachte er und spielte mit dem Gedanken, seine verdreckten Stiefel wieder anzuziehen. Aber sie gurgelten vor Nässe. Er ließ sie stehen. Es machte ihm Probleme, die Haustür wieder zuzumachen. Beim Aufbrechen hatte er ein Stück des Rahmens eingedrückt, und nun paßte das Türblatt nicht mehr richtig hinein. Vorsichtig und so leise wie möglich drückte er die Tür zu, so fest es ging. Bei diesem Wind war schwer zu sagen, wie lange sie geschlossen bleiben würde.

Beide Schlafzimmertüren waren geschlossen. Es war unleugbar von einer gewissen Bedeutung, daß er sich die richtige aussuchte. Der Mann hatte vielleicht einen leichten Schlaf.

Finn Håverstad überlegte, welches Zimmer wohl das größere sei, so, wie die Türen angebracht waren und wie er das Haus in Erinnerung hatte. Er entschied sich für die richtige Tür.

An einer Wand stand ein großes Doppelbett. Eine Bettdecke lag, ordentlich dreifach gefaltet, wie ein Riesenkissen quer darüber. Auf der Seite zur Tür hin lag ein Mensch. Es war nicht möglich, ihn zu sehen, denn er hatte die Decke so weit über den Kopf gezogen, daß am Kopfende nur ein paar Haarbüschel hervorlugten. Sie waren blond. Finn Håverstad machte ruhig die Tür hinter sich zu, fischte die Pistole aus dem Hosenbund, legte den Ladegriff vor und ging auf den Schläfer zu.

Mit übertrieben langsamen Bewegungen, wie in Zeitlupe, näherte er den Pistolenlauf dem Kopf im Bett. Dann traf er plötzlich auf etwas Hartes, sicher die Schläfe. Die Wirkung blieb nicht aus. Der Mann erwachte und versuchte, sich aufzusetzen.

»Liegenbleiben«, kläffte Håverstad.

Ob es an dem Befehlston lag oder an der Tatsache, daß der Mann nun die Waffe entdeckt hatte, war schwer zu sagen, jedenfalls legte er sich wieder hin. Und er war plötzlich hellwach.

»Was, zum Teufel, soll das«, sagte er und gab sich Mühe, wütend auszusehen.

Das gelang ihm nicht. Die Angst stand ihm ins Gesicht geschrieben. Seine Augen flackerten, und die Nasenlöcher weiteten und verengten sich im Takt seines schweren, keuchenden Atems.

»Bleib ganz still liegen und hör mir erst mal zu«, sagte Håverstad mit einer Ruhe, die ihn selbst überraschte. »Ich werde dir nichts tun. Jedenfalls nichts Schlimmes. Wir reden nur eine Runde. Aber ich schwöre beim Leben meiner Tochter: Wenn du laut wirst, dann schieße ich.«

Der Mann im Bett starrte die Waffe an. Danach wanderte sein Blick zu seinem Angreifer weiter. Dessen Gesicht kam ihm bekannt vor, aber gleichzeitig war er sich hundertprozentig sicher, daß er diesen Menschen noch nie gesehen hatte. Es war irgend etwas mit den Augen.

»Was, zum Teufel, willst du?« fragte er noch einmal.

»Ich will mit dir reden. Steh auf! Hände hoch! Nimm sie nicht eine Sekunde runter.«

Der Mann versuchte erneut, sich zu erheben. Das war nicht leicht. Das Bett war niedrig, und er durfte ja seine Hände nicht benutzen. Schließlich schaffte er es.

Finn Håverstad war zehn Zentimeter größer als sein Opfer. Das verschaffte ihm den nötigen Vorteil, als der Vergewaltiger nun vor ihm stand und weitaus weniger hilflos wirkte als eben im Bett. Er trug einen Schlafanzug aus Baumwolle, ohne Schlitz und Knöpfe. Das Oberteil hatte einen V-Ausschnitt. Das Ganze sah fast aus wie ein Trainingsanzug. Der Schlafanzug war verwaschen und saß ziemlich eng, und der Zahnarzt trat einen Schritt zurück, als er die dicken Muskeln unter dem dünnen Stoff sah.

Mehr als dieses kleine Eingeständnis von Unsicherheit war nicht nötig. Der Vergewaltiger stürzte sich auf Håverstad, und beide schlugen gegen die nur einen Meter hinter ihnen liegende Wand. Das entschied den Kampf. Håverstad fand die nötige Stütze und preßte den Rücken gegen die Mauer, während der andere das Gleichgewicht verlor und auf ein Knie fiel. Blitzschnell versuchte er, wieder auf die Beine zu kommen, aber es war zu spät. Der Pistolenkolben traf ihn über dem Ohr, und er sank in sich zusammen. Es tat schrecklich weh, aber er verlor das Bewußtsein nicht. Håverstad nutzte die Gelegenheit, um den knienden Mann mit einem Fußtritt zum Bett zurück zu befördern; der lehnte den Rücken an die dicke Federkernmatratze, rieb sich den Kopf und jammerte. Håverstad stieg über seine Beine hinweg und hielt die ganze Zeit die Waffe auf ihn gerichtet. Dann packte er das Kopfkissen. Ehe der sitzende Mann sich's versah, hatte der andere seinen Arm auf die Matratze gepreßt und mit dem Kissen bedeckt. Danach begrub er die Waffe tief unter den Daunen und drückte ab.

Der Schuß hörte sich an wie ein schwaches »plupp«. Beide waren überrascht. Håverstad von dem, was er getan hatte, und von dem leisen Knall, und der andere, weil der Schmerz auf sich warten ließ. Aber nicht allzulange. Der Mann wollte schon aufschreien, doch der Anblick des auf ihn gerichteten Laufes ließ ihn die Zähne zusammenbeißen. Er hielt sich den Arm vor die Brust und stöhnte. Das Blut quoll nur so aus der Wunde.

»Jetzt kapierst du vielleicht, daß ich's ernst meine«, flüsterte Håverstad.

»Ich bin Polizist«, stöhnte der andere.

Polizist? Diese gemeine, unmenschliche Vernichtungsmaschine wollte bei der Polizei sein? Håverstad fragte sich kurz, was er mit dieser Information anfangen sollte. Dann schob er sie beiseite. Es spielte keine Rolle. Nichts spielte eine Rolle. Er fühlte sich stärker denn je.

»Aufstehen«, kommandierte er noch einmal, und diesmal leistete der Polizist keinerlei Widerstand. Er wimmerte noch immer vor sich hin und ging gehorsam die Treppe hinauf in den ersten Stock. Håverstad hielt sich mehrere Meter hinter ihm, um nicht von einem plötzlichen Ausfall des anderen getroffen zu werden.

Das Wohnzimmer war dunkel, die Vorhänge waren zugezogen. Nur ein Lichtschein aus der Küche, wo die Lampe über dem Herd brannte, ermöglichte es, überhaupt etwas zu sehen. Håverstad ließ den Polizisten an der Treppe stehen und schaltete neben der Küchentür eine Wandlampe ein. Dann sah er sich im Wohnzimmer um. Er zeigte auf einen Korbsessel. Der Polizist glaubte, er solle sich setzen, aber Håverstad befahl: »Stell dich mit dem Rücken zur Rücklehne!«

Das Aufrechtstehen fiel dem Polizisten schwer. Noch immer quoll Blut aus der Wunde an seinem Arm. Er wurde langsam blaß, und trotz des schwachen Lichtes konnte Håverstad das Entsetzen in seinem Gesicht und den Schweiß auf der hohen Stirn sehen. Dieser Anblick tat ihm richtig gut.

»Ich verblute«, jammerte der Polizist.

»Tust du nicht.«

Es war ziemlich schwer, dem Mann mit nur einer Hand Arme und Beine zu fesseln. Håverstad mußte bisweilen beide Hände zu Hilfe nehmen, ließ aber auch dann die Pistole nicht los, die die ganze Zeit auf den anderen zeigte. Zum Glück hatte er dieses Problem vorausgeahnt und fertig zurechtgeschnittene Seile mitgebracht. Endlich war der Polizist vertäut. Seine Beine waren, leicht gespreizt, jeweils an ein Sesselbein gebunden. Die Arme waren nach hinten gedrückt und an dem Teil der Armlehnen befestigt, wo sie sich bogenförmig zur Rücklehne hochschwangen. Der Sessel war nicht besonders schwer, und der Mann blieb nur mit Mühe im Gleichgewicht. Immer wieder drohte er vornüber zu kippen. Håverstad packte einen großen Fernseher, der auf einem Glasschränkchen mit Rädern stand, riß die Leitung aus der Steckdose und stellte den Apparat auf den Sessel.

Dann ging er in die Küche und öffnete eine Schublade. Die falsche. Beim dritten Versuch fand er das Gesuchte. Ein ganz normales großes Tranchiermesser, finnisches Fabrikat. Er fuhr mit dem Daumen über die Schneide und ging zurück ins Wohnzimmer.

Der Polizist war in sich zusammengesunken und sah aus wie ein toter Hampelmann. Die Stricke verhinderten, daß er ganz umkippte, und er hing in absurder, fast komischer Haltung da; mit gespreizten Beinen, gebeugten Knien und hilflos nach hinten verzerrten Armen. Finn Håverstad zog sich einen Sessel heran und setzte sich.

»Weißt du noch, was du am 29. Mai gemacht hast?«

Der Mann hatte offenbar keine Ahnung.

»Nachts? An dem Samstag vor zehn Tagen?«

Jetzt wußte der Polizist, warum ihm der Mann bekannt vorkam. Die Augen. Die Frau aus Homansbyen.

Bis jetzt hatte er Angst gehabt. Angst wegen seiner Armwunde und vor diesem grotesken Kerl, dem es offenbar eine perverse Freude bereitete, ihn zu quälen. Aber er hatte nicht geglaubt, daß er würde sterben müssen. Das glaubte er erst jetzt.

»Keine Panik«, sagte Håverstad. »Ich will dich auch jetzt nicht umbringen. Wir wollen uns nur ein bißchen unterhalten.«

Dann stand er auf und packte den anderen am Schlafanzugoberteil. Er steckte das Messer in den V-Ausschnitt und zog es nach unten, so daß das Oberteil sich plötzlich in eine Jacke verwandelte. In eine zerfetzte, schiefe Jacke. Dann wiederholte er das Manöver am Hosenbund. Die Hose rutschte herunter und wurde auf Oberschenkelhöhe von den gespreizten Beinen aufgefangen. Alles von Bedeutung war nun nackt und wehrlos.

Finn Håverstad setzte sich wieder in seinen Sessel.

»Jetzt können wir uns unterhalten«, sagte er, die österreichische Pistole in der einen und ein großes finnisches Küchenmesser in der anderen Hand.

Obwohl sie eigentlich noch eine halbe Stunde hatte warten wollen, stand sie auf und steuerte auf ihr Ziel zu. Das Warten war wie ein Alptraum.
 Sie brauchte noch weniger Zeit, als sie angenommen hatte. Als sie eine gute Minute gelaufen war, stand sie auf der Straße, an der das Haus des Vergewaltigers lag. Die Straße war wie ausgestorben. Sie drosselte ihr Tempo, schauderte und ging auf das Haus zu.

»Dreh die Sirene aus.«
 Ihre Gemeinde lag nun hinter ihnen. Der Kollege Salomonsen war ein guter Fahrer. Sogar jetzt, auf kleinen Straßen mit Kreuzungen alle zwanzig Meter, fuhr er schnell, aber ruhig, ohne Gewackel oder Schlingern. Sie hatte ihm die Lage geschildert, und per Funk war ihnen die Benutzung von Waffen erlaubt worden.
 Sie sah auf die leuchtenden Zahlen am Armaturenbrett. Es war fast zwei Uhr.
 »Aber nicht langsamer werden«, sagte Hanne Wilhelmsen.

»Hast du eigentlich eine Ahnung von dem, was du gemacht hast?«
 Der Polizist saß gefesselt in seinem eigenen Wohnzimmer und hatte eine vage Ahnung. Er hatte einen Riesenfehler begangen. Das hätte niemals passieren dürfen. Er hatte sich verrechnet. Und wie! Jetzt konnte er sich nur damit trösten, daß sich noch nie jemand auf diese Weise gerächt hatte.
 Nicht in Norwegen, sagte er sich. Nicht in Norwegen.
 »Du hast meine Tochter kaputtgemacht«, fauchte der Mann und beugte sich in seinem Sessel vor. »Du hast mein kleines Mädchen kaputtgemacht und geschändet.«

Die Messerspitze streifte die Geschlechtsteile des Vergewaltigers, und der stöhnte vor Angst auf.

»Jetzt hast du Angst«, flüsterte der andere und spielte wieder mit dem Messer in der Leistengegend des anderen. »Jetzt hast du vielleicht genau solche Angst wie neulich meine Tochter. Aber das war dir ja egal!«

Der Vergewaltiger konnte einfach nicht mehr. Er holte tief Luft und stieß ein wahnwitziges, schrilles Geheul aus, das selbst die Toten hätte erwecken müssen.

Finn Håverstad warf sich vornüber und schwang das riesige Messer in einem Bogen, in dem sich Tempo und Kraft zusammentaten, von unten nach oben. Die Spitze traf den Vergewaltiger mitten im Schritt, bohrte sich durch die Hoden, perforierte die Leistenmuskulatur und verschwand in der Bauchhöhle, wo sie in einer Schlagader steckenblieb.

Der Schrei verstummte so plötzlich, wie er sich erhoben hatte. Er wurde einfach abgeschnitten, und es war unangenehm still. Der Vergewaltiger sank in sich zusammen, und trotz des schweren Fernsehers auf der Sitzfläche drohte der Sessel umzukippen.

Irgend jemand kam die Treppe heraufgestürzt. Finn Håverstad drehte sich ruhig um, als er die Schritte hörte; er wunderte sich nur ein bißchen, daß die Nachbarn so rasch zur Stelle waren. Und dann sah er, mit wem er es zu tun hatte.

Beide schwiegen. Plötzlich warf Kristine Håverstad sich ihm in etwas, das er für eine Umarmung hielt, entgegen. Er streckte die Arme aus und ging zu Boden, als seine Tochter nach der Pistole griff und dabei seinen Arm zerkratzte. Die Pistole fiel hin, aber sie hatte sie an sich gerissen, ehe er sich wieder aufrappeln konnte.

Er war viel größer als sie und sehr viel stärker. Trotzdem konnte er nicht verhindern, daß sich ein Schuß löste, als er ihren Arm energisch, aber nicht zu hart packte; er wollte sie ja nicht verletzen. Bei dem Knall fuhren beide hoch. Vor Schreck ließ sie die Pistole los und er sie. Einige Sekunden lang standen sie da und starrten einander an, dann packte Kristine den Messergriff, der aus dem Schritt des Vergewaltigers ragte wie ein seltsamer, steinharter Reservepenis. Als sie das Messer herauszog, sprudelte Blut hervor.

Hanne Wilhelmsen und Audun Salomonsen wunderten sich, weil die Kollegen aus Asker und Bærum noch nicht da waren. Die Straße lag dunkel und nächtlich still vor ihnen, ohne das erwartete Blaulicht. Der Wagen kam direkt vor dem Reihenhaus zum Stehen. Als sie auf die Haustür zuliefen, hörten sie in nicht allzu großer Entfernung ein Martinshorn.

Die Tür war aufgebrochen. Sie stand sperrangelweit offen. Sie waren zu spät gekommen.

Hanne Wilhelmsen rannte die Treppe hoch, und dort bot sich ihr ein Anblick, der sie für den Rest ihres Lebens verfolgen würde.

An einen Sessel gebunden, mit nach hinten gebogenen Armen, weit gespreizten Beinen und auf die Brust gefallenem Kinn, hing ihr Kollege Olaf Frydenberg vor ihr. Er sah aus wie ein Frosch. Er war fast nackt. Aus seinem Unterleib schoß Blut in eine rasch wachsende Lache zwischen seinen Füßen. Noch ehe sie ihn untersucht hatte, wußte sie, daß er tot war.

Dennoch hielt sie mit beiden Händen ihre Waffe im Anschlag, wies auf eine Zimmerecke und befahl den beiden, sich von ihrem Opfer zu entfernen. Sie gehorchten sofort, mit gesenktem Blick wie brave Kinder.

Hanne konnte keinen Puls finden. Sie schob ein Augenlid hoch. Der Augapfel starrte sie tot und sinnlos an. Sie fing an, Handgelenke und Knöchel von den Fesseln zu befreien.

»Wir versuchen es mit Wiederbelebung«, sagte sie verbissen zu ihrem Kollegen. »Hol den Erste-Hilfe-Koffer.«

»Ich war es«, sagte Finn Håverstad plötzlich in seiner Zimmerecke.

»Nein, ich!« Kristine Håverstad hörte sich verzweifelt an. »Er lügt! Ich war es!«

Einen Moment lang drehte Hanne Wilhelmsen sich um und musterte die beiden genauer. Sie empfand keinen Zorn. Nicht einmal Resignation. Nur abgrundtiefe, überwältigende Traurigkeit. Sie sahen genauso aus wie bei der ersten Begegnung in ihrem Büro. Mit einem hilflosen, von Trauer erfüllten Gesichtsausdruck, der bei dem riesigen Mann auffälliger war als bei seiner Tochter.

Kristine Håverstad hielt noch immer das Messer in der Hand. Ihr Vater hatte eine Pistole.

»Legt die Waffen weg«, sagte sie fast freundlich. »Dahin!«

Sie zeigte auf einen Glastisch am Fenster. Danach machten sie und Kollege Salomonsen sich an einen restlos vergeblichen Wiederbelebungsversuch.

DONNERSTAG, 10. JUNI

Der Kalender hatte sich wieder beruhigt. Endlich. Eine der Jahreszeit angemessene leichte Wolkendecke hing über Oslo, und die Temperatur lag bei fünfzehn normalen Junigraden. Alles war, wie es sein sollte, und die Bevölkerung nahm sich die Zeit, sich darüber zu freuen, daß das Unwetter nicht ganz so große Verwüstungen angerichtet hatte wie zuerst angenommen.

Im Polizeigebäude auf Grønland saß Hanne Wilhelmsen in der Kantine. Sie war blasser als alle anderen. Ihr war schlecht. Sie hatte in vier Tagen nur zwei Nächte geschlafen. Bald würde sie nach Hause gehen. Der Abteilungschef hatte ihr befohlen, übers Wochenende wegzubleiben. Mindestens. Und er hatte sie aufgefordert, sich um den Posten einer Hauptkommissarin zu bewerben. Was sie absolut nicht vorhatte. Heute jedenfalls nicht. Sie wollte nach Hause.

Håkon Sand dagegen wirkte ungewöhnlich zufrieden. Er lächelte gedankenverloren vor sich hin, riß sich aber zusammen, als ihm aufging, daß Hanne Wilhelmsen einem physischen Zusammenbruch näher war, als er das je erlebt hatte.

Die Kantine lag im sechsten Stock und bot eine phantastische Aussicht. Ganz hinten auf dem Oslofjord strebte die Fähre aus Dänemark dem Land entgegen, beladen mit Rentnern, die wesentlich mehr dänische Wurst und Schinken gebunkert hatten, als erlaubt war. Der Rasen vor dem Haus wimmelte nicht mehr von Menschen, nur hier und dort blickte ein Optimist erwartungsvoll zum Himmel, ob die Sonne nicht bald zurückkommen wollte.

»Einmal muß ja das erste Mal sein«, sagte Hanne Wilhelmsen und rieb sich die Augen. »Und bei unserem dauernden Versagen war es eigentlich nur eine Frage der Zeit, wann jemand die Sache selbst in die Hände nehmen würde. Das scheußliche ist...« Sie unterbrach sich und schüttelte den Kopf. »Das scheußliche ist, daß ich sie verstehen kann.«

Håkon Sand sah sie sich genauer an. Ihre Haare waren ungewaschen. Ihre Augen waren weiterhin blau, aber der schwarze Ring um die Iris wirkte breiter, schien sich zur Pupille durchzufressen. Ihr Gesicht wirkte geschwollen, und ihre Unterlippe war in der Mitte gesprungen, so daß ein dünner Streifen geronnenen Blutes die Lippe zerteilte.

Sie kniff im hellen Junilicht die Augen zusammen und behielt die Fähre im Blick. Es gab so viele Fragen, auf die sie keine Antwort erhalten hatte. Wenn sie das Haus in Bærum nur fünf Minuten früher erreicht hätten. Nur fünf Minuten! Höchstens.

»Woher hat er zum Beispiel das ganze Blut gehabt?«

Håkon Sand zuckte gleichgültig mit den Schultern.

»Mich interessiert etwas ganz anderes«, sagte er abwehrend und sah sie mit schlauem, erwartungsvollem Blick an, in der Hoffnung, sie würde fragen, wovon er redete.

Aber Hanne Wilhelmsen war mit ihren eigenen Gedanken beschäftigt, und die Fähre hatte nun leichte Probleme mit einem kleinen Frachter, der auf sein Vorfahrtsrecht pochte. Sie hatte Håkon überhaupt nicht zugehört.

»Sie werden damit wahrscheinlich durchkommen«, sagte er etwas zu laut und mit einer Spur von Verbitterung angesichts des mangelnden Interesses bei seiner Kollegin. »Wahrscheinlich können wir nicht einmal Anklage gegen sie erheben.«

Das half. Hanne überließ die Fähre ihrem Schicksal und starrte ihn an. Ihr Blick war von äußerster Skepsis erfüllt.

»Was sagst du da? Die kommen damit durch?«

Kristine Håverstad und ihr Vater saßen in Untersuchungshaft. Sie hatten einen Menschen getötet. Sie versuchten auch nicht, sich durch Lügen zu retten. Sie gestanden bereitwillig. Und sie wären um ein Haar in flagranti ertappt worden.

Natürlich würden sie damit nicht durchkommen. Hanne gähnte.

Håkon Sand, der acht Stunden lang gut und behaglich in seinem eigenen Bett geschlafen und deshalb Zeit und Kraft genug gehabt hatte, sich über den Fall zu informieren, und der noch dazu im Laufe des Morgens mit mehreren Kollegen darüber hatte diskutieren können, war strahlender Laune.

»Beide behaupten, es allein getan zu haben«, sagte er und trank einen Schluck bitteren Kantinenkaffee. »Beide nehmen die Schuld auf sich. Die alleinige. Sie leugnen hartnäckig, es gemeinsam getan zu haben. Alles, was wir bisher wissen, deutet darauf hin, daß letzteres jedenfalls die Wahrheit ist. Sie sind getrennt gekommen, haben an unterschiedlichen Stellen geparkt. Und Kristine hat versucht, sich ein Alibi zu konstruieren.«

Er lächelte beim Gedanken an den Jungen, der in einem Zustand zum Verhör gebracht worden war, in den Håkon niemals zu geraten hoffte. Der Student hatte sich während der ersten halben Stunde des Verhörs zweimal erbrochen.

»Aber das kann doch kein Problem sein, Håkon! Es ist doch klar, daß es einer von den beiden war, und der oder die andere kann dann wegen Beihilfe verurteilt werden.«

»Nein, eben nicht. Beide machen Aussagen, die mit unseren Erkenntnissen übereinstimmen. Beide behaupten, den Mann allein umgebracht zu haben und vom anderen dabei überrascht worden zu sein. Beide können belegen, warum wir ihre Fingerabdrücke an der Pistole und am Messer haben. Beide haben ein Motiv, beide hatten die Möglichkeit. Beide hatten Schmauchspuren an der rechten Hand. Und sie widersprechen einander heftigst in der Frage, wer an die Decke und wer den Mann in den Arm geschossen hat. Und deshalb, meine liebe Hauptkommissarin in spe...«

Er grinste, und sie machte sich nicht einmal die Mühe, ihn zu korrigieren.

»Deshalb stehen wir vor einem klassischen Problem. Wenn ein Urteil gefällt werden soll, darf kein vernünftiger Zweifel mehr daran bestehen, wer es war. Fünfzig Prozent Sicherheit sind nicht genug. Genial!«

Er breitete die Arme aus und lachte schallend. Alles starrte ihn an, was er sofort bemerkte, ohne sich jedoch davon beeindrucken zu lassen. Er sprang auf und schob den Stuhl an den Tisch. Dann beugte er sich über den Tisch und stemmte die Hände ins Kreuz.

»Es ist noch zu früh für klare Aussagen. Viele Untersuchungen stehen noch aus. Aber wenn ich mich nicht irre, dann lacht sich die Bronzedame in meinem Büro gerade kringelig.«

Der Polizeiadjutant lächelte selbst von einem Ohr zum anderen.

»Aber da ist noch was.« Jetzt starrte er verlegen die Tischplatte an, und Hanne ahnte in seinem Gesicht ein leichtes Erröten. »Das Essen morgen...«

Das hatte sie total vergessen.

»Ich muß da leider absagen.«

Dieser Tag brachte wirklich eine positive Überraschung nach der anderen.

»Alles klar«, sagte sie auffällig schnell. »Das holen wir einfach nach, ja?«

Er nickte, wollte aber offenbar noch nicht gehen.

»Ich werde Vater«, sagte er schließlich, und jetzt glühten seine Ohren wirklich. »Weihnachten werde ich Vater! Karen und ich wollen das am Wochenende feiern. Wir fahren weg. Tut mir leid, daß ich...«

»Alles klar, Håkon. Hundert Prozent in Ordnung. Herzlichen Glückwunsch!«

Sie umarmte ihn und drückte ihn ausgiebig an sich.

Was für ein Tag!

In ihrem Büro griff sie, ohne zu zögern, zum Telefon. Ohne weiter nachzudenken, wählte sie eine Nummer aus dem Haus.

»Hast du morgen schon was vor, Bill T.?«

»Ich habe übers Wochenende meine Jungs. Hole sie gegen fünf ab. Wieso?«

»Hast du Lust, sie zum Essen mitzubringen, zu mir und zu...«

Es mußte Grenzen geben. Sie brachte den Namen nicht über die Lippen. Er kam ihr zu Hilfe.

»Es sind vier; drei, vier, fünf und sechs Jahre alt«, warnte er.

»Spielt keine Rolle. Kommt um sechs.«

Dann rief sie Cecilie bei der Arbeit an und setzte sie von der Menüänderung in Kenntnis. Sie mußten Spaghetti servieren. Und massenhaft Limonade.

Das Gefühl, das sie überkam, als sie den Hörer wieder auflegte, schockte sie mehr als alles, was an den letzten beiden dramatischen Tagen passiert war.

Sie freute sich!

Aus Freude am Lesen

Kerstin Ekman

Kerstin Ekman ist neben Selma Lagerlöf und Elin Wägner die dritte Frau, die in die Schwedische Akademie der Wissenschaften aufgenommen wurde. Ihr Buch »Hexenringe« bildet den Auftakt zu einem vierteiligen Romanzyklus, der als bedeutendstes Epos der jüngeren schwedischen Geschichte gilt und zugleich eine Hommage an die Frauen in aller Welt ist.

Roman
335 Seiten
btb 72056

Bilderreich, wortgewaltig und mit subtilen Einblicken in die menschliche Seele schildert Kerstin Ekman in »Hexenringe« die Geschichte des Dienstmädchens Tora Lans, das in den frühen Tagen der Gründerzeit den trotzigen Mut aufbringt, sich gegen ihr Schicksal aufzulehnen.